彼の目に映るのは、常に苦悩する王の姿。
飢える仲間達を想い、それでも何も出来ずに苦悩する王の孤独な姿。

大地が枯れて作物が実らなくなり大飢饉が発生した。
少し境界を越えれば、豊かな国々がある。
だが、そこに出向く事は出来ない。なぜならば、そこは魔王の領土だから。
その境界を越える事は、魔王への明確な反逆行為。
飢えて死ぬのを待つまでもなく、皆殺しにされてしまうだろう。
彼等の住む土地は、三つの領土と森に囲まれている。
三人の魔王が治める領土は、彼等のような下等な魔物には絶対不可侵であった。
それならば、残る道は一つである。
少し境界を越えれば、豊かな森がある。
王がそこに活路を見出したのは、至極当然の流れだったのだ。

腹ガ減ッタ——
何デモイイ、飯ガ食イタイ——

声にならぬ声を上げながら、倒れる仲間達。
だが、その数は減るどころか、数倍へと増えていた。

転生したらスライムだった件 2

Regarding Reincarnated to Slime

Kurobe
Benimaru
Shuna
Hakurou

Story by Fuse, Illustration by Mitz Vah
伏瀬 イラスト／みっつばー

転生したらスライムだった件 2

Regarding Reincarnated to Slime

GC NOVELS

生存本能が刺激され、生まれる赤子が増えたのが原因である。
その事が、事態をより深刻なものへと変えていく。
王が笑った顔など、見た事もない。
自分の分の食糧までも、小さな子供達に分け与える王。
けれども、翌日にはその子達も死んでいるだろう。
それ程までに痩せ衰え、生きる力を失っているように見えるから……。
そして王は、禁忌を犯した。
最後の我が子に、自らの血肉を与えたのだ。
誰が止める事が出来ただろう……その、あまりにも儚い願いを。
王はただ、我が子に生き延びて欲しかっただけなのだ。

その行為を諌める事が出来なかった事が、罪。
食べても食べても満たされぬ。
そして毎晩夢を見るのだ。
あの、凄惨なる王の姿と、何も知らずに腸を貪る赤子の姿を。
誰か、救って欲しい。
——この、いつ終わるとも知れぬ永劫の餓鬼地獄から。

この叶わぬであろう願いを胸に、今日も一日が始まる。

目次 ―― 森の騒乱編

第一章

騒乱の始まり

Regarding Reincarnated to Slime

激しい怒りを込めて、ランガが咆哮する。それを嘲笑うが如く、黒髪と青髪の大鬼族《オーガ》が跳躍した。

一瞬遅れて衝撃波が地面を抉《えぐ》り、大量の土砂を空中に撒き散らす。

魔力を込めて放たれた、ランガの声震砲《ボイスカノン》である。子鬼族《ゴブリン》程度なら一撃で粉微塵にしてしまうほどの強力な威力を秘めているが、避けられては意味がない。

だが、ランガは非常に冷静であった。自慢の攻撃を回避されたというのに慌てる事もなく、軽く地面を蹴り跳躍する。

黒髪と青髪の連携攻撃を止める事が、ランガの狙いだったのだ。そして、ランガの攻撃を回避する為に跳躍した片方——黒髪のオーガに向けて、一息に襲いかかったのだった。

狙った理由は単純だ。ランガから見て、黒髪の方が弱かったからである。片方を無力化してしまえば、連携を取られる事も無くなるだろうから。

ランガの目的は、半ば達成しようとしていた。

ただし、相手が二人だけだったならば、だ。

ランガが跳躍した瞬間、その前方に突如として炎の壁が聳え立つ。

呪術師《シャーマン》の〈精霊魔法〉に似ているが、系統としては別物だ。それは妖術と呼ばれるものであり、〈幻覚魔法〉という魔法系統に属する。

こうした魔法を習得しているという事実こそ、オーガが上位種族であるという証明に他ならない。力任せに本能に従って生きるのではなく、人と同様に学習出来る知恵がある、という事なのだから。

今ランガの行く手を阻んだのは、幻覚魔法‥幻炎の防壁《フレイムウォール》だった。

この魔法は攻撃力こそ高くないものの、一度だけ敵の攻撃を防ぐ効果がある。また、迫り来る敵の前に出現させる事で、その視界を妨げる効果も期待出来た。

時間稼ぎには持ってこいの魔法なのである。

事実、ランガも目標を見失っていた。これでは一旦地面に舞い戻るしかない。

ランガにとって嫌な敵だった。

搦《から》め手を用い、決して正面から戦おうとしないのだ。

自慢の『超嗅覚』も、戦闘開始時に幻覚魔法：昏睡の香り《コンフュージョン》により使い物にならなくされている。魔法本来の効果である昏睡に陥らなかっただけ、まだマシというものだった。

共に戦う仲間達は、この魔法に抵抗《レジスト》出来ずに昏睡してしまったのだから。

抵抗《レジスト》に成功したのは警備隊長であるリグルと、副長のゴブタのみ。

狩りに出た部隊からの緊急連絡により駆けつけた十数名の人鬼族《ホブゴブリン》達は、相棒の嵐牙狼共々、残らず昏睡してしまったのである。

ランガは不快気に、炎の壁の先を見据える。

仲間達を倒した妖術師《マーヤー》である、桃髪のオーガの女を。

敵は、六体。

されど、ジュラの大森林に住まう上位種族、オーガ。

その戦闘力は、決して侮れるものではなかった。

今、ランガが相手している、黒髪と青髪も。

リグルが相手している、紫髪の女オーガも。

ゴブタが相手している、白髪の老オーガも。

一番厄介な、戦局を有利に傾けるように魔法を行使する、桃髪の女オーガも。

その桃髪の横に立ち、戦場を睥睨《へいげい》する赤髪のオーガも。

誰一人として、油断ならぬ者達なのだ。

それを証明するように、知恵なき魔物では決して行わぬ連携攻撃を以って、ランガ達を相手にしてみせた。

少なく見積もっても、Bランク以上の実力者達である。リグルやゴブタでは、長くは持たないだろう。

せめて、主たるリムル様がおられれば――

ランガはそう考え、自嘲する。主を頼るなど、言語道断だ。

　そして、自身の軟弱さを払拭するかの如く、不退転の決意を込めて咆哮するのだった。


　村には平和が戻っていた。

　炎の巨人《イフリート》が暴れたにもかかわらず、ホブゴブリン達は平然としたものである。

　何よりも驚きだったのが、ゴブリン・キングに任命したリグルドが、俺の想像していた以上の統率力を見せた事だ。

　俺がシズさんを看病していた間に、どんどんと村の建設を再開していたのである。

　カイジンやドワーフ三兄弟、四名のゴブリン・ロードとも上手くやっているようで、各々に役割を担わせて、効率よく村の住民を働かせていた。

　俺がした事など、相談に乗ってやったくらいのものである。


食糧調達は、警備隊長となったリグルが兼任で。

衣類作製は、ドワーフ三兄弟、長男のガルムが。

道具作製は、ドワーフ三兄弟、二男のドルドが。

住居建設は、ドワーフ三兄弟、三男のミルドが。

　それぞれ責任者として担当している。

　カイジンは生産関係の取り纏めを行い、ゴブリン・ロードの一人であるリリナが出来上がった生産物の管理を行っているようだ。

　生産大臣、カイジン。管理大臣、リリナ。そういう感じの分担なのである。

　残りのゴブリン・ロードである、ルグルド、レグルド、ログルドの三名が、それぞれ司法・立法・行政を司る長官となり、リグルドが行う統治の手助けを行う流れが出来ていた。とはいえ、立法なんてご大層に言うけど、俺が適当に言った言葉を纏めるだけの簡単なお仕事なんだけどね。

　強者に従う魔物達だから、揉め事もそんなに起きないし、今のところ問題はないようだ。

　そうした仕組みが出来ていたお陰で、新しい国作りも順調に進んでいるのだった。

　さて、人間の身体を手に入れた事だし、いつまでも毛皮のままという訳にもいくまい。

　早速、俺の服を作ってもらう事にした。

　スライムの身体は便利なのだが、欠点がある。それは装備に関してだ。特殊な魔法装備《マジックアイテム》以外、装備出来ないのである。

　まあ、寒暖は感じないので困っている訳ではないけれど、防御面に不安があった。

　スライムの身体は優秀なのだが、尖ったものが刺さる事はある。森の中には何があるかわからないので、葉や枝で切り傷を作ったりするかもしれない。毒やバイ菌が身体に入るかもしれないし、用心するに越した事はない。不意の一撃を防げるような、俺でも着る事が出来る装備が欲しかった所なのである。

　都合良く魔法装備《マジックアイテム》が手に入らない以上諦めるしかないと思っていたが、人の姿に変化《へんげ》出来るようになった今なら話は別だ。

　ドワーフ達も、最近はゴブリン達の狩ってきた魔物の素材で、色々作製している様子。

　とりあえず一着、子供用の服を用意してもらおう。

　そう思い、ガルムのもとへ出向いた。

　いつの間にか出来上がっていた丸太小屋の中が、衣服関係の製作工房である。

　小屋の中では、ガルムが女性達《ゴブリナ》に指示を出し、衣類の製作を行っていた。

「おいっす、ガルム君。ちょっと俺の服を作って欲しいのだけど？」

「って、旦那。何言ってるんですか。どうやって着るつもりです？　装備出来ないでしょ？」

「ふふふ。ふはは、はあーーーっはっはっは！　舐めるなよ？　いつまでも俺がスライムのままだと思っているなら、それは大間違いだ！　はぁーーーー!!」

「な、何いぃ!?　旦那の身体がどんどん大きく……、はなってないな。子供——ですか？」

「チッ、余り驚かないな……。まあいい。大人にもなれるけど、この姿が楽なんだよ。先ずはこの姿で着られる服を頼む」

「お、おう。じゃあ、サイズを測らせてもらいますよ。おい、ハルナ。旦那の採寸を頼む！」

俺は、製作を行っていた女性の一人、ハルナさんに採寸をしてもらった。

無論真っ裸だが、恥ずかしくもない。何しろ子供の姿だし、性別も無いのだから。

「まあ！　リムル様、可愛らしくなられて」

そう言いつつハルナさんが頬を染めて、嬉しそうに採寸してくれた。

可愛い？　俺的には可愛いが、ゴブリンの美的感覚でも可愛いのか。

魔物にも、美的感覚がある事の方が驚きだけど。

ゴブリンも元は妖精だったようだし、美的感覚は人と同じなのかもしれないな。

採寸が終わると、あとはする事がない。数日で出来るそうなので、先に獲得した新しい能力《スキル》の確認を行う事にしたのだ。

＊

落ち着いてスキルを試すとなると、誰も来ない場所がいい。テントでの実験には限度があるので、威力の高そうな能力を試せなかったのだ。

俺はリグルドに出かける事を伝え、誰も付いて来ないようにと命令し、場所を移した。

村の中心から封印の洞窟へと向かう。

ヴェルドラと出会った場所だ。

あそこには広大な地下空間があり、異常に頑丈で誰も来ない。洞窟の魔物達すらヴェルドラを恐れて、地下空間へは近寄って来ないのだ。

目的地に着くなり、早速試す事にする。

今回シズさんを喰った事で獲得したのは、ユニークスキル『変質者』と、エクストラスキル『炎熱操作』である。彼女の想いが込められた能力だ。

あとは、イフリートの『分身体、炎化、範囲結界』を獲得している。『分身体』は自分の姿の確認をするのに使用したが、問題なく使いこなせそうだった。

何から試すか？『分身体』を試した事だし、イフリートの能力を見てみるか。

先ずは『炎化』を試してみる。

ところが残念な事に、スライムの状態では発動しなかった。こういう風になんらかの要因で使えない能力《スキル》もあるのだが、何が原因なのだろう？

《解。イフリートは精霊であり、精神生命体です。イフリートの『炎化』とは、自分の身体を魔素《エネルギー》へと変換して解き放つ能力であり、物質体のままでは使用出来ません》

むむ？　つまり、俺が肉体を持っているから使えないという事か？　だとすれば、黒霧で作り出す魔体なら、『炎化』出来るという事になるけど……。

早速試してみる。

イフリートへと擬態し、使用する。すると、問題なく『炎化』が発動した。ただし、俺の本体がある核の部分は変化していないようである。

やはり思った通り、魔体でしか使えないようだ。だがそれならば、何もイフリートの姿でしか使えないという事はないだろう。そう考えて、大人の状態へと擬態し、『炎化』を実行してみた。すると、手足の先のみが炎へと変化したのである。

思った通りであったようだ。本体部分では発動出来ないけれど、仮初の魔体ならば炎へと変化出来るという事が確認出来た。その温度は、イフリートと同等の千二百度近い高温である。それを部分的に集中させて更なる高温にする事も可能で、これだけで凄い威力の攻撃手段となりそうだった。

だけどこの『炎化』という能力は、結界内で使わないとエネルギー流出が大き過ぎて、直ぐに魔素切れになってしまう。調整が難しいので練習が必要だ。

幸いにも同時に獲得したエクストラスキル『炎熱操作』があるので、そうした問題も解決しそうである。

精霊が物質世界にて短時間しか顕現出来ないのは、魔素の消費が大き過ぎるからに違いない。

俺には本体があるし、『炎熱操作』で調節も可能である。練習次第では、上手く威力調節も出来そうだ。

続いて試したのは、『範囲結界』だ。

このスキルは、炎の熱を結界に閉じ込めて、熱エネルギーの流出を防ぐのが目的なのだろう。先程の推論である、精霊が顕現する条件としての魔素の流出を防ぐ為の能力だと考えた。

もう一つの特徴として、物理的な強度も有している点が挙げられる。対象を結界に閉じ込める訳で、それなりの強度があるのだ。

だからこそ、『範囲結界』を用いてバリア的な使い方も出来るのではないだろうか？

俺はその使い方について思案してみた。

範囲の指定は、最大直径百メートルの半球。地面の下には効果なしである。

最小は、自分の身体を覆う程度にまで縮小出来た。効果は変わらない。ただし、大きさを変化させた事で消費魔素量が少なくなった。

ある程度自由に操れるようであり、薄皮一枚覆うような感じで発動出来た。

ちなみに、この状態で『炎化』したら魔素の流出を抑えられるようだ。ただし、『範囲結界』の外に熱が伝わらないようで意味はなさそうだけどね。

熱の流出がエネルギー消費であり、魔素を消費する原因なのだろうか？

《解。『炎化』とは、熱量を維持する為に魔素を消費し熱を生み出します。魔素を熱量に変換させている為、熱の流出と魔素の流出は同意であると言えます》

なるほど、ちょっとだけ理解出来た。作った炎を閉じ込めておけば、新たに炎を作る必要がないからエネルギーを消費しないで済むという事か。何となく、物理法則が元の世界と異なるような気がするが、それは魔素という魔法的な物質が存在するからなのだろう。

炎を完全に閉じ込められるのかとか、酸素を消費しないでいいのかとか、考え出したらきりがないので、深く考えたら負けである。

ともかく、今重要なのは『炎化』ではなく、防御手段としての『範囲結界』だ。

この最少状態の『範囲結界』を略して『結界』と呼ぶ事にする。

果たして、その強度は？

それを試すのに、持って来いの能力がある。そう、『分身体』だ。

今までは、自分にダメージが来るのを恐れて色々試せなかった訳だが、『分身体』のお陰でその問題も解決だった。

何しろ『分身体』は、自分とまったく同じ能力を持つのだから。

制限はある。ユニークスキルだけは、本体にしか使いこなせないのだ。

近くにいれば本体同様に使いこなせるけれど、本体である俺が認識出来ない距離まで離れてしまうと、まったく使用出来なくなるようだ。

『捕食者』だけはスライムの本能に従っているのか、若干使えるみたいである。

一キロ以内ならば俺の意思で動かせるけれど、それ以上離れると、単純な命令を実行させる事しか出来ない感じだ。ただし視覚は共有出来るし、『思念伝達』で命令の上書きも可能。偵察には持って来いの能力である。

とりあえず、今回の実験では関係ない。耐性を調べるだけなら、本体と同等なのだから。

分身を作り、『結界』を張らせた。

その『結界』に向けて、『水刃』を放つ。

凄烈な気配を纏った『水刃』が、分身の前で弾けて消える。『結界』によって防がれたようだ。

思った通り、そこそこの強度がありそうである。

ついでに、『結界』を張ったまま『水刃』を撃てるか気になったので練習してみた。

これは思ったよりも簡単だった。手の先に小さな射出口を作り『水刃』を撃つのだが、そのまま『結界』で包んで撃ち出たのである。シャボン玉が分離するようなイメージだと言えば理解しやすいだろう。『結界』で包んだ事で、射程距離と威力が上がったのは思わぬ誤算である。

　では、『毒霧吐息』に『麻痺吐息』と続けて試す。

判明したのは、ダメージを受けると魔素を消耗する
という事だった。

　分身に持たせた魔素は、『麻痺吐息』ならダメージを受けないのか消耗しなかったが、『毒霧吐息』では一気に消耗し、無くなると同時に壊れたのだ。

　逆に言えば、最初にそれなりの魔素《エネルギー》を補給しておけば、耐えられるという事を意味する。

　大量の魔素を持たせ、再度分身に結界を張らせた。

　そして実験した結果、『毒霧吐息』による攻撃でも長時間耐え抜く事に成功したのだ。

　俺が使うならもっと長時間でも大丈夫だし、実質的に言うと、『毒霧吐息』程度の攻撃は通用しないという事だ。素晴らしい防御手段を手に入れたのである。

　そして本日最後の実験、『範囲結界』と併用して『炎化』を行ってみたのだが……。

　その結果はかなりエグイものだった。


　流石はAランクオーバーの能力。

　炎化爆獄陣《フレアサークル》という結界内での炎化攻撃は、結界内の生物を数千度の高熱で焼き尽くす。限定空間の中で、『炎化』の威力が高まるのだ。

　空気が燃焼し、無酸素状態となる。それ以前に、呼吸した瞬間に肺が焼かれるので、肺呼吸する生物がこの中で生存するのは絶望的だろう。

　俺は肺呼吸の必要が無い上に、『熱変動耐性』があったので問題なかったが、普通なら絶対的な必殺技となっていたはずだ。

　俺がイフリートに勝てたのは、実に相性が良かったからなのだ、と安堵した。

　この技も威力が高過ぎて使いどころが難しいし、要検討である。

　ちなみに、イフリートと同化していたからか、シズさんには『炎熱攻撃無効』という耐性があったようだ。このスキルのお陰で、火炎攻撃や超高熱の中でも無事だったようである。

　俺の『熱変動耐性』は冷気への耐性もあるが、『炎熱

攻撃無効』にはない。しかし、高温に対しては、より上位の耐性を与えてくれるようである。おそらく、『耐性』スキルの中では『無効』が上位に位置するのだろう。『熱変動耐性』だけでもエクストラ級の性能があり、十分凄いと思うんだけどね。


思ったよりも充実した実験結果だった。

こんな実験はテントでは出来ない。あっという間に周囲を焼き尽くしてしまうだろうから。

俺は満足して、村へと戻った。寝る必要はないのだが、魔素を回復させる必要はある。それにはやはり、休息が一番なのだ。低位活動状態《スリープモード》になるのは御免だし、何事もやり過ぎるのは良くない。時間はたっぷりあるので、慌てる事はないのだ。

＊

翌日、ガルムのもとへ顔を出し、衣装合わせを行う。まだ仮縫いの段階であり、注文品は出来ていなかったのだが、量産品の服と防具をハルナさんが用意してくれていたので、着用してみた。

「まあ！　お似合いですわ、リムル様」

着せ替え人形にされているような気もしたけど、ハルナさん達が嬉しそうだし、我慢しよう。

用意されていた装備の中で、俺にピッタリのサイズのものがあったのでそれを着る。

村のホブゴブリン達と同じものだが、案外着心地が良かった。流石はガルムのお手製である。

「いい出来だな。動きやすいし、頑丈そうだし」

「ははは、そう言ってもらえると嬉しいですよ。旦那専用に作っているヤツも、期待していて下さい」

俺が褒めると、ガルムが嬉しそうにそう言った。これは期待出来そうである。牙狼族のボスの遺品となる毛皮を渡しているので、性能は折り紙つきなのだ。

出来上がるのを楽しみにしつつ、ガルムの工房をあとにした。せっかく久しぶりに服を着たので、スライムに戻らず子供の姿のままである。

不審者に思われるかと思ったのだが、出会う者皆、俺を見るなり脇に避けて会釈してくれた。

どうやら、子供の姿でも俺だと見抜いたらしい。

その事に疑問を感じていると、視察中のリグルドが目に入った。

「おいっす、リグルド。順調か？」

「これはこれは、リムル様。順調ですぞ！　これも全て、リムル様のお陰です」

俺が声をかけると、満面の笑みで答えるリグルド。

やはり、子供の姿になっていてもわかるようだ。

「スライムの姿じゃないが、わかるのか？」

「ははは、当然ですとも。リムル様には気品が漂っておりますので、間違うはずも御座いません」

という答えが返ってきた。

今度は妖気《オーラ》を出したままだったとかそういう理由ではなく、俺の気配を見抜けるようになったようだ。これは全員に言える事なので、名付けに関係しているのかもしれない。

まあ、理由はどうでもいいのだ。不審者に間違われる事がないのなら、問題ないのだから。

気掛かりが一つ消えた事だし、昨日の続きをしに洞窟へ向かう事にする。緊急の用事以外では呼びに来ないように、リグルドに申し付けた。

昨日の実験でも思ったが、今日も強力そうなスキルを試す予定なのだ。誰も巻き込まないようにするには、近付かせないのが一番であった。

「了解であります！　ところで、今日もお食事の用意は必要ないのでありますか？」

そう言われて、思わずリグルドを見つめてしまった。

そうだよ、なんで忘れていたんだ⁉

せっかく人化出来たのに、美味しい御飯を食べていないじゃないか！

「待て、今日から俺も一緒に飯を食う事にする」

「なんと⁉　では、今日は宴会ですな？　ご馳走を用意するように、リリナに申し付けておきましょう！」

リグルドが嬉しそうに破顔した。恐ろしい表情だが、笑っているのだろう。

俺も嬉しい。空腹感はないけど、久しぶりの食事はとても楽しみなのだ。


村を出た所で、リグルとゴブタに出会った。

「よう、今日は宴会らしいから、美味そうな獲物をリナさんに届けてくれよ。俺も食事を楽しめるようになったし、豪勢に楽しもうじゃないか！」

「おお、リムル様。本当ですか？　では、特上の牛鹿《ウジカ》をご用意致しますぞ！」

俺がそう言うと、リグルが嬉しそうに答えてくれた。牛鹿《ウジカ》？　牛と鹿が混じったような魔獣らしいけど、味はいいらしい。

非常に楽しみである。

「ところで、リムル様のその姿はどうしたっすか？」

「ふふふ、良い所に目を付けたね、ゴブタ君。スライムの姿も楽でいいけど、この人の姿も案外悪くないのだよ。何しろ、五感がスライムよりも優れているからね。特に、味覚があるのが素晴らしい。それに、人型の方がお前達と触れ合いやすいしな」

実際、味覚以外はスライム状態でも再現出来るんだが、元人間としては人型の方が慣れ親しんでいる感じである。どちらが楽かと言われれば、実はスライム形態の方が楽なんだけどね。

そんな事を考えていると、俺の返答をどう勘違いして受け止めたのか、ゴブタがアホな事を言い出した。

「そうだったっすか！　自分も、リムル様と触れ合いたいっすけど……どちらかと言えば、もっと出る所が出て、へこむ所はへこんでいる方が好みっすね！」

「アホか！　そういう意味の触れ合いじゃねーよ!!」

俺はこのアホに、後ろ回し蹴りをプレゼントしてやった。意のままに身体は動き、綺麗にゴブタの鳩尾《みぞおち》に右足が吸い込まれる。

悶絶するゴブタ。だが、アホには良い薬だろう。

「すみません、リムル様。ゴブタにはキッチリと教育しておきますので」

「ああ、そんなに気にしてはいないけどな。そんな事より、獲物を頼むな」

「それは勿論です。最近は森の奥から移動してくる魔獣が多いので、獲物は豊富なんですよ。期待していて今は普通のサイズ――と言っても二メートル近いけど――なので、風圧で砂塵が舞ったりはしない。以前俺に怒られたのが堪えたのか、ちゃんと学習したようである。

「気をつけろよ、ランガ。リグルも、何かあったら連絡してくれ」

「ハハハ。心配なさらずとも大丈夫ですよ、リムル様。それより、獲物に期待していて下さい！」

リグルが笑いながら言ってきた。

そうだな、確かに心配し過ぎかもしれない。今のランガの強さは、B^{+}ランク以上だ。下手すると、A^{-}ランクに達しているかも。ジュラの大森林の中では上位クラスだし、大丈夫だろう。

今日の焼肉が楽しみ過ぎて、ついつい過剰に考え過ぎてしまったようだ。

「期待しているよ。俺は洞窟にいるから、何かあったら連絡してくれ」

俺はリグルに頷き返し、別れを告げてその場をあとにしたのだった。

下さい」

「何かあったのかな？」

「たまにですが、環境の変化などで魔獣の移動がありますからね。大した事はないと思うのですが、警備態勢は強化しております」

ふと、気になった。多分大丈夫だろうが、万が一という事もある。

俺はランガを召喚し、リグル達に同行させる事にした。何かあっても、ランガがいれば対応出来るだろう。

俺の召喚に応えて、ランガが俺の影から出現する。

俺も、ランガの召喚が出来るようになっていた。ゴブタに出来て俺に出来ないなんて、プライドが許さなかった。陰で練習したのである。

「お呼びですか、リムル様？」

「おう、ランガ。リグル達と森に同行してくれ。何もないと思うけど、もしもの時はリグル達を頼む」

「心得ました。お任せ下さい、リムル様」

俺に命令されるのが嬉しいのか、神妙な顔と裏腹に尻尾を大きく振っている。

ウキウキした気分で洞窟についた。

今日は久しぶりの焼肉である。ホブゴブリンの料理には期待出来ないけど、肉や山菜を焼くだけなら問題ないだろう。味付けは塩だけになるかもしれないが、それは仕方ない。

待てよ？　今まで味覚がなかったから気にしていなかったけど、アイツ等、ちゃんと味付けしてたのか？　塩くらい使っていただろうか？　念の為に、岩塩を探して自分で用意しておいた方が良いかもしれないな。

『大賢者』の『解析鑑定』により、塩分を含んだ岩を探す。そして、『捕食者』にて取り込み、塩の成分だけを抽出して残りは捨てた。

物凄く便利である。

果たしてこんな事に使っても良い能力なのだろうか？　なんてな。

大丈夫だ、問題ない。利用出来るのなら、なんでも利用すれば良いのである。

さて、目的の塩を手に入れたし……って、本当の目的は能力の検証だった。ついつい、食事が出来るようになった事に浮かれて、目的を取り違えてしまったようだ。

俺は気を引き締めて、昨日の地下空間へと向かったのだった。

＊

今日は、エクストラスキル『炎熱操作』を試そうと思う。

このスキルは、言ってしまえば炎を操る能力である。体温や周囲の熱を手の平に集めてみたり、それを指先の一点に収束してみたり。あるいは、焚き火の炎なんかを任意に操作したり出来るのだ。

だけど、それだけである。所詮はエクストラスキル、そこまで高性能ではないようだ。

指先に炎を灯したり、手の平から炎を出したり、そういった事は出来ない。

指先に熱を収束し放射する、熱線砲《ブラスター》といった使い方が出来ないかと考えていたのだが、期待外れだった。

シズさんがやったみたいに、爆発を起こす事なんて論外だ。多分あれは、魔法と融合させて独自の技を生み出していたのだろう。

ん？　魔法と……融合…………？

ふと思いついたのが、昨日の『炎化』だ。

昨日は大人に『擬態』して、魔体部分を『炎化』させるという使用方法を用いた。しかし、一晩考えて閃いたのが、魔体ではなく魔素をそのまま『炎化』させるという方法だ。

精神生命体である精霊が、自身をエネルギーの波動へと変えるのが『炎化』である。しかし、何も馬鹿正直にそういう使い方をする必要はないと思うのだ。

例えば、魔素を放出しそれを魔体へと変化させる流れから、そのまま『炎化』させてしまえば……。

そして、生み出した炎を『炎熱操作』で操れば……。

《解。ユニークスキル『捕食者』の『擬態』と、『炎化』と、エクストラスキル『炎熱操作』をユニークスキル『変質者』により統合させる事は可能です。実行しますか？

YES／NO》

ニヤリ。思った通りだ。当然、ＹＥＳである。

というか、あとで検証しようと思っていたユニークスキル『変質者』に、思わぬ効果があったようで驚きだ。危ない趣味に目覚めた人のようで、良い印象がなかったけれど、思ったよりも高性能な能力なのかもしれない。

《告。『炎化』と、エクストラスキル『炎熱操作』及び『水操作』が統合により消失。新たに『黒炎』と、エクストラスキル『分子操作』を獲得しました。続けて、『熱変動耐性』が『熱変動無効』へと進化しました。これにより、『炎熱攻撃無効』は消失しました》

俺の命令により、『大賢者』が能力の統合を行ってくれた。結果として、思った以上に簡単に、新しい能力を獲得出来たようである。エクストラスキル『水操作』

まで消えたのは誤算だが、エクストラスキル『分子操作』で同じ事が出来るからだろう。

早速、新しい能力の検証である。

『黒炎』というのは、俺が魔力を込めて念じると、身体から炎が出せるようになる能力だ。魔体を作りそれを炎に変換するという段階を飛ばして、直接炎を生み出せるようになった。

魔力の強弱で温度の調節も可能である。

相手の頭を掴んでから炎を出すとか、そういう危険な事もやろうと思えばやれるだろう。

手の平に炎を集中し、撃ち出す事も出来る。これは魔力で魔素を一点に集め、それを燃焼させるイメージだな。そして、『水刃』と同じような要領で、魔素を放出するのだ。

実際に試してみると、目標とした岩に当たった瞬間、岩が炎上した。

岩の表面が溶融していた事から考えると、『炎化』と同等以上の高温である、千五百度には達しているだろう。いやはや、凄まじい攻撃手段を手に入れたものだ。

このスキル、俺の魔力次第で温度を高める事も可能だし、拡散させる事で、爆発系統にもなりそうだ。今後に備えて要練習である。

難しく考えなくても自然に炎が操れるのは、『分子操作』のお陰のようだ。

魔素を操る事で分子を操り、その摩擦により熱を生み出せるのだ。操る力が魔力で、動かしているのが魔素である事から、俺が魔力を高めるだけで温度が上昇するのも納得である。

簡単に獲得した『分子操作』だが、おそろしく性能が高い。

この能力について『大賢者』が、俺が理解出来ないような理屈を長々と説明しようとしてくれたけど、お断りした。聞いても理解出来ないから、時間の無駄だし、そういうのはお任せでいいと思う。

それよりも気になるのは、大気中の分子すらも操れるようになった点である。

『黒炎』は魔素を炎に変化させ、超高熱を生み出す方向で考えた。だけど、分子を摩擦させる事で熱を生み出せるなら、同様に電気も生み出せるのではないだろうか？

そう、例えば――『黒稲妻』と『分子操作』をリンクさせれば……。

《解。『黒稲妻』と、エクストラスキル『分子操作』をリンクさせる事は可能です。リンクさせますか？
YES／NO》

やはり思った通りか。YESと念じた。すると、新しいスキル『黒雷』を獲得出来たのである。

この『黒雷』のお陰で、黒嵐星狼《テンペストスターウルフ》に擬態しなければ使用出来なかった『黒稲妻』が、いつでも扱えるようになったのだ。それも、ある程度の威力調節が可能になったというオマケ付きで。

黒嵐星狼《テンペストスターウルフ》の二本の角で威力調節と範囲指定を司っていたみたいだが、『黒雷』はそれを必要とせず思いのままに雷を操れる。

今も、人差し指と親指の間に、青白く放電する雷を発生させていた。人を痺れさせる程度の弱電流から、全てを焼き尽くす程の轟雷まで。『黒炎』と同じく、込める魔力の大きさと魔素の量により、自由自在に調節出来るようになったのだ。

正直、『分子操作』って凄い万能スキルだと思った。これだけで使うとそうでもないけど、他の能力と併用すると凄まじく化ける。

――いや、凄いのはこれを生み出したユニークスキル『大賢者』であり、シズさんの残してくれたユニークスキル『変質者』の統合のお陰か……。

そもそも、この『変質者』とはどんな能力なのだろうか？

《解。ユニークスキル『変質者』の効果――》

『大賢者』の説明によると、『変質者』の能力は大きく分けて二つある。

統合：異なる対象同士を、一つのモノへと変質させる。
分離：対象に備わる異なる性質を、別のモノとして分離する。（分離された対象が実態を持たない場合、消滅する場合がある）

というものだった。

シズさんの魔人化は、このユニークスキルの効果だったようである。精霊と人という二つの異なる存在が、完全に統合していた。イフリートがシズさんを乗っ取ろうとしたのが先か、あるいは、シズさん自身が乗っ取られるのを防ぐ為に生み出したのが『変質者』なのか。

　どちらにせよ、今となっては確かめる術はない。確かなのは、この能力が思った以上に応用の利くものである、という事だけ。

『統合』がスキルにも適用可能なのは、既に体験済みだ。という事は、様々な能力を統合可能という事を意味する。ひょっとすると魔法にも適用され、〝炎〟と〝風〟を合体させて〝爆風〟を生み出したり、魔法効果を武器と統合して、魔力を込めるだけで発動する魔法武器《マジックウェポン》を作り出したりも出来るのではないだろうか。

　正直な感想を言うならば、この『変質者』、俺のスキルとおそろしく相性が良いと思う。

　汗を流す機能など備わっていないスライム身体《ボディ》だが、冷や汗が流れるような感じがした。

　今試しただけでも、『分子操作』や『黒炎』を手に入れたし、『黒雷』も操れるようになった。

　他にも魔物を捕食して得た能力が沢山あるし、今後も獲得していく予定である。

　ひょっとすると、敵からスキルを消失させる事が可能なのでは？

《解。状況に応じて異なります。ただし、魂に刻まれた能力の消滅や分離は不可能です》

　そこまで万能ではなかったようだ。

　だけど、状況次第では可能なのか。当然だが、相手の能力を理解する事が前提のようだけど。

でもまあ、この能力の本質は、分離ではなく統合だろう。

今後も色々な魔物から能力を奪うつもりだし、それを統合するという楽しみが出来た。

全てはユニークスキル『大賢者』があるから出来る事だろうけど、ユニークスキル『捕食者』と『変質者』の相性は、おそろしく良い。

いやはや、シズさんの残してくれた『変質者』——名前はアレだけど、素晴らしい能力だ。

本日の仕上げに、『熱変動無効』を試してみる事にした。

熱変動という事は、炎や冷気への耐性が高いという事だろう。イフリートの超高熱にも耐える事が出来た『熱変動耐性』の上位版みたいだし、大抵の攻撃を無効化出来そうだ。とは言え、流石に太陽に突っ込んだら融けて死ぬだろうけど。

焼肉が待っているので早めに切り上げたいが、自分の命に直結する防御力は把握しておかねばなるまい。

肝心な時に困るのは嫌だし、『大賢者』に呆れられるのも面白くないからな。

俺は昨日と同様、それなりに魔素を渡して『分身体』を作成した。

当然、スライムの姿である。

流石に、美少女にしか見えない裸の『分身体』を攻撃するのは躊躇《ためら》われるしね。慣れれば、装備を複製し、着た状態での作成も可能になりそうだけど、服を着ていたら良いという問題でもない。

スライムも可愛いので少し心が痛む気がするが、割り切って実験開始だ。

『水刃』を『結界』で防げるのは、昨日試した通りである。

今回は『黒炎』で攻撃を試す。同じ魔素量《エネルギー》で、『黒炎』と『結界』がぶつかり合うと、『結界』は完全に熱を遮断してのけた。流石は、炎化爆獄陣《フレアサークル》というイフリートの超高温攻撃すらも封じ込めただけの事はある。

それだけではなく、水氷大魔槍《アイシクルランス》のような冷却系の攻撃すら防いでくれたので、加熱、冷却両方ともに対応しているようだ。

《解。『熱変動無効』と『範囲結界』がリンクしている為、熱系攻撃は無効です》

なるほど、予想通りだ。

シズさんも『炎熱攻撃無効』を持っていたし、当然イフリートにも備わっていた。それであの熱量を抑え込む事が出来ていたのだろう。どうやら、高温を封じるのに最適化していたようだ。そして、俺の『熱変動耐性』と統合された事で、冷却系への耐性も万全となったのである。

試しにリンクを解除して『黒炎』を試してみたら、『結界』そのものは一瞬で破壊出来た。けれど、俺の『分身体』は無事である。

つまり『熱変動無効』とは、『結界』だけでなく身体にも適用している事が証明されたのだった。

付属的なダメージである衝撃なんかも、『物理攻撃耐性』である程度は吸収出来るようだ。

各種耐性と『結界』があれば、防御面では結構安心出来そうである。それ以前に、全ての耐性を『結界』とリンクさせるのを忘れてはいけない。


《告。『範囲結界』と各種耐性の統合が完了しました。『多重結界』として発動させますか？　ＹＥＳ／ＮＯ》

どうやら、複数の目的を一つの『結界』に統合する事は出来なかったようだ。しかし、別個に発動させるのは問題ないようである。

俺は躊躇いなく、ＹＥＳと念じる。その瞬間、薄皮一枚にも満たない厚みの無色透明な皮膜が、俺の身体を覆ったのがわかった。

これでも、多数の『結界』を束ねた『多重結界』なのだろうけど、『魔力感知』で確認してもほとんど視られないような皮膜であった。消費魔素《エネルギー》量はそれ程必要ない。一度張ってしまえば、維持の魔素消費は気にならない程度である。何しろ、回復量の方が多いのだから。

今日も素晴らしい成果を得た。

今ある能力を組み合わせ新しい能力が出来ないかなど、検討すべき点はまだまだ残っている。だが、今はこれで十分であった。

攻撃と防御の手段が増えた事に満足し、俺は地下空間をあとにした。

＊

地上へと至る洞窟を迷わずに歩きつつ、どうにか妖気《オーラ》を抑え込めないか考えてみた。

俺の身体からは、微小な魔素が妖気《オーラ》のように放出される事がある。

意識していれば防げるのだが、たまに無意識に出してしまう事があった。それに、イフリートを喰った事で俺の魔素量《エネルギー》が大幅に増加して、隠すのが難しくなっている。

今もムカデと遭遇したが、チラッと見ただけで逃げて行った。

他の洞窟の魔物達も、俺の姿を見るなりそそくさと逃げ出すようになった。

やっと俺にも貫禄が出てきたのかとも思ったが、間違いなく漏れ出る妖気《オーラ》のせいである。

『多重結界』を張る事で、大きく妖気《オーラ》を隠せるのだが、それでも若干だが漏れ出ていた。漏れ出るというよりも、『多重結界』そのものが力を放っている感じだ。かと言って、『多重結界』を使わない方が、より多くの妖気《オーラ》が漏れ出るのでどうしようもない。

これをなんとかすれば、俺が魔物であるとばれる心配もないのだが……。

ふと思い出し、俺は懐からあるモノを取り出した。

それは、一つの美しい仮面。

シズさんの忘れ形見の、〝抗魔の仮面〟であった。一度壊れた仮面の欠片を『捕食者』で取り込んで、再生していたのである。

もしかして、この仮面でそれを防げないだろうか？

この仮面、実は魔法道具《マジックアイテム》だったのだ。付与されているのは、『魔力抵抗、毒中和、呼吸補助、五感増強』の四つの効果だ。かなり貴重な仮面だと思う。

シズさんが大量の火炎を生み出す爆発魔法を使っても呼吸出来たのは、この仮面のお陰だったのだろう。周囲から酸素が無くなっても、『呼吸補助』があれば問題ない。俺には呼吸の必要がないから、無意味な効果なんだけどね。

肺を再現しようと思えば作れるのだが、肺呼吸する必要がないのに作る必要はない。しかし、仮面を付ける事で呼吸していない事を誤魔化す事は可能だろう。今はそんな事をする必要はないが、人と出会った時には重宝しそうだ。

他の効果、『毒中和』や『五感増強』も効果は大きそうだった。冒険者には必須の魔法なのだろうけど、俺には必要ない。

俺に必要だと思われるのは、『魔力抵抗』だ。この効果は、敵の魔法への対抗としても効果があるが、自身の魔力を隠蔽《いんぺい》する効果もある。

仮面を装着してみた。不思議と、落ち着いた感じがする。

付け心地に違和感は無かった。そして、仮面を装着すると同時に、漏れ出ていた妖気《オーラ》を完璧に隠蔽する事に成功したのである。

良し。今日から対外向けには、この格好で出向こう。

一つ問題が片付いた事で、俺は満足した。

それに、帰ったら焼肉が待っている。

俺はウキウキしながら、地上へ向かったのだ。

………

……

…

久しぶりの焼肉――しかしそれは、甘い考えだったようだ。

洞窟から出た瞬間、俺は何者かが戦っている気配を感知した。

大気を震わせるように、魔素が流れていたのである。焼肉が呼んでいるとは思うものの、放置は出来ない。

俺は諦めて、魔素が荒れ狂う方向へ向けて疾走を開始した。

そして――
そこでは、激しい戦いが繰り広げられていたのである。

＊

戦場へ到着すると、絶叫が聞こえた。

ゴブタだ。

白髪の老オーガと切り結んでいるが、相手が悪過ぎた。老齢により膂力《りょりょく》は落ち、動きは鈍っているだろう老オーガだったが、足運びから刀を持つ構えまで、どうみても素人ではなかったのだ。

対するゴブタはまさに素人。よくぞ今まで生き延びたものよと、褒めてやってもいいだろう。

大げさな動きで回避しつつ、どうにか相手を務めていたようだ。しかしそんな幸運も、かけ離れた実力を前にしては時間の問題であった。

瞬間的に間合いを詰めた白髪の老オーガの一撃を受けてしまい、胸を大きく切り裂かれてしまったのだ。

俺の目の前で。

「ぎゃあーーー、痛いっす！　し、死ぬ。このままでは、死んでしまうっすよ!!」

転がりながら、大げさに叫ぶゴブタ。

それだけ騒げるなら大丈夫だろう。何しろ俺の見立てでは、殺すつもりの攻撃ではなかったようだし。

白髪は俺が来た事に気付き、先にゴブタを無力化させただけの事なのだ。

「落ち着け、傷は浅い」

「あ、リムル様じゃないっすか。自分が心配になったから、来てくれたんすね!?」

「ああ、そうだな。元気そうだし、回復薬はいらないみたいだな」

「ちょ、欲しいっす！　冗談言ってすまなかったっすよ！」

本当に元気そうだ。野生の本能で自分から転んで、怪我を小さく済ませたのだろう。

煩《うるさ》く喚《わめ》かれるのも面倒だし、ゴブタに回復薬を振りかける。一個で十分間に合った。

ゴブタを治療している間、白髪の老オーガは動かなかった。俺を観察しているようだ。中々に侮れない感じである。

周囲には多数のホブゴブリンの戦士と、嵐牙狼が倒れている。死んだ者はいないようだが、これだけの人数を無傷で制圧するとは只事ではない。おそらく、魔法だろう。

離れた場所で、紫髪の女オーガと、リグルが戦っているのが見える。

この戦いも分が悪い。

鉄の塊のような鉄製の棍棒――メイスを振り回す女オーガは怪力であるらしく、リグルの持つ剣が歪み始めている。木盾はとっくに破壊されているし、致命傷を負うのも時間の問題だろう。

俺に気付いたランガが、傍に駆け寄ってきた。

「リムル様、申し訳ありません。我がいたにもかかわらず、このような無様な――」

ランガが謝罪の言葉を口にするのを、途中で止めた。

これはランガが悪い訳ではなく、相手が悪かっただけだろう。

ジュラの大森林に住む、上位種族。その名を、オーガ。

ホブゴブリンなど比較にならない、強者達なのだから。

「争うのを止めろ」

リグル達に向けて、静かに命令する。

リグルは俺に気付き、即座に剣を下ろした。紫髪の女オーガは、リグルに追い討ちをかけるでもなく、俺を興味深そうに見つめてきた。

大柄な体躯で、筋骨隆々であるようだが、均整はとれていた。胸が隆起している事から、女性であるとみて間違いないだろう。意外な事に、思った以上に端整な顔立ちだ。

ランガに命じ、力尽きたリグルを回収する。

オーガ達は俺を警戒しているのか、邪魔しようとはしなかった。

「り、リムル様……。も、申し訳……」

リグルは満身創痍で、息も絶え絶えだった。あの紫

髪の女オーガを相手にしては、Bランクに達するかどうかといったリグルでは勝機はなかっただろう。

「安心しろ。あとは俺に任せて、ゆっくり休め」

そう言って、リグルにも回復薬を渡してやった。大怪我はしていないので、直ぐに回復するだろう。

「ランガ、周囲で倒れている者達はどうした?」

「ハッ、それは――」

ランガの説明によると、魔法でやられたらしい。昏睡魔法だったようで、抵抗《レジスト》に失敗して眠ってしまっただけだと言う。混乱魔法とかじゃなくて良かった。

混乱して同士討ちになっていたら、最悪だっただろうから。

しかし、魔法とは……。

厄介な相手がやって来たものである。


俺は落ち着いて相手を観察する。

数は六体。

俺の持っていた、オーガという種族へのイメージをぶち壊す、不思議な一団だった。

落ち武者のような格好をしているものの、身なりはしっかりしている。上半身裸で、虎の毛皮の腰巻というイメージだったけど、とんでもない。

大柄なのはイメージ通りだ。皆それなりに体格が良い。しかし、全員きちんと衣服を着ていたのが驚きだった。

魔物といっても、オーガは武装しているのか。つまりは、知恵があるという事。しかも魔法まで使うとなれば、人の集団よりも危険だといえる。

同じ階級で比べるならば、知恵の有る無しでは危険度は大きく異なるのだ。

まして相手は上位種族である。

ただでさえBランク相当以上の強さの魔物であり、それが武装した上で連携まで取るとなると、ランガですら狩られるおそれがあった。

オーガ達が持つ武器も気にかかる。

ゴブリンですらドワーフとの取引をしていたのだ、オーガが武器を持っていても不思議ではない。しかし、その武器が刀だとしたら、話は別。何しろ、ドワーフの作る武器は、叩き斬るのを目的とする西洋剣なのだから。

ゴブタと対峙していた白髪の老オーガが持っているのは、どう見ても日本刀だった。

その素人離れした動きは、間違いなく剣術を嗜《たしな》んでいる。

オーガの力に、人の技術。そして、魔法。考えるまでもなく、危険である。

桃色の髪の女オーガが魔法を行使したらしいが、見れば一際豪華そうな衣装を纏っていた。

良く見ると、非常に整った可憐な顔をしている。その凛とした立ち振る舞いにより、気品のようなものを感じられるオーガだった。

オーガ達の中でも別格、鬼姫とでも呼ぶのが相応な立場なのだろう。

だが、それよりも危険なのは、赤髪のオーガだ。

「なんという邪悪な魔物でしょう⁉　皆の者、気をつけるのです！」

俺がオーガ共を観察していると、桃髪の女オーガがそう叫んだ。

しかしその表情は、怯えるように緊張の色を浮かべている。

その視線がハッキリと俺を捉えている事から、俺の事を言っているのだろうけど……。

「おいおい、ちょっと待て。俺が、邪悪な魔物だと?」

「しらばっくれるつもりか？　そこの邪悪な者達を使役するなど、普通の人間に出来る芸当ではあるまい。見た目を誤魔化し、妖気《オーラ》も抑えているようだが、甘いわ‼　我等を騙せるとでも思ったか⁉」

「姫様の目は欺けぬぞ、正体を現すがいい！」

「黒幕から出向いてくれるとは、好都合というもの。この少人数ならば、我等にも勝機はある」

姫様と呼ばれた桃髪の女オーガが、俺の言葉を切って捨てる。それを皮切りに、黒髪と白髪が口々に同調して叫んだ。どうやら、聞く耳は持っていないようだ。

それからしばらく、誤解であると力説したのだが、無駄だった。

どうにもこうにも、俺を妖しいヤツだと言い張って、話がまったく噛み合わなかったのだ。

果ては——

「もういいだろう。素直に話す気にならぬと言うなら、力ずくで喋らせてやろう。我等同胞を襲った、あの邪悪なる豚共との関係をな!!」

赤髪が怒気を放ちつつ、叫んだ。

まったく意味がわからないが、どうやら戦闘は避けられないようだ。

向こうがその気なら、受けて立つしかない。俺だけなら、ここから逃げるのも簡単なのだが、周囲には未だに眠りこけたホブゴブリンや嵐牙狼達がいる。

コイツ等を見捨てて逃げるほど、俺は薄情ではない。

「リムル様、どう致しますか?」

ランガが聞いてきた。

怪我の治癒を終えたばかりのリグルとゴブタでは、どうせ大して役には立たない。今戦えるのは、俺とランガだけなのだ。

ランガには、魔法使いだという桃髪の女オーガを任せる事にした。

「お前はあの桃髪の女オーガを相手しろ。どうも裏がありそうだし、話を聞く必要がある。だから、決して殺すなよ? 魔法を使われると厄介だし、邪魔だけしてくれればいいから。残りは俺が倒すよ」

「しかし、リムル様がオーガ五体を相手する事に……」

「問題ない。というか、負ける気がしない」

俺の言葉を聞き、オーガ達が色めき立つ。しかし、気にする事はないだろう。

「——承知!」

俺の命令に従い、ランガが疾走を開始した。させじとばかりに、オーガ達が散開する。

俺はというと、オーガ達をどう相手するか、思案の最中だった。

負ける気がしないというのは本当だ。先程までの実験結果から、俺はかなり強くなったと思っている。何しろ、あのイフリートがAランクオーバーという話だったし、それを喰った俺もAランクにはなっているだろうから。

それに対し、リグルドに聞いたオーガの階級は、せいぜいがB～B^{+}といった感じだった。目の前のオーガ達は上位者の風格を漂わせているので、ひょっとしたらA^{-}くらいの強者であるかもしれないけれど……それでも、イフリート程の脅威には思えなかったのだ。

　殺すだけなら簡単だと思うが、どうも誤解があるようで気になった。

　明確な敵対行為を取ったのなら話は別だが、俺の仲間は誰一人として殺された訳ではない。誤解によって話を聞いてはもらえないものの、一回頭を冷やしてやれば、会話も成立するだろう。

　ランガに備えて散開したうちの一体、黒髪のオーガへ向けて、俺は素早く接近した。

　身体は軽く、俺の意思を反映して自在に動く。人型になったばかりだというのに、一切の不都合を感じる事はなかった。

　視点の高さの違いも問題とならない。何しろ、俺の視野は『魔力感知』によって全方位を網羅しているのだから。

　俺の接近に気付いた黒髪が驚愕して、目を見開きつつ身構えた。

　しかし、遅い。

「お前も休んどけ！」

　俺はそう言って、左の手の平を黒髪に向けた。

　そこに出現する小さな口。驚いた顔の黒髪に向けて、その口から霧が発生する。

　ムカデの魔物から奪った、『麻痺吐息』である。

　自由に身体を動かせる段階で出来るのではないかと思ったのだが、やはり可能だったようだ。

　――俺が捕食した魔物達の、必要な部分だけ擬態するという荒技を。

《告。ユニークスキル『捕食者』の擬態と、ユニークスキル『変質者』の統合分離の合成能力として、エクストラスキル『万能変化《ばんのうへんげ》』を獲得しました》

　成功と同時に、思わぬ能力を獲得したようだ。

　ユニークスキル『変質者』に統合と分離という能力があるのなら、各魔物の特徴のみを、部分的に再現出来るのでは？　と、思いついていた。

　実戦で試してみたのだが、予想以上に上手くいったようだ。

　この能力を獲得した結果、どうやらスムーズに様々な魔物に変身出来るようになったらしい。

　それだけではなく、任意で魔物の部位を選択し、同時に複数の魔物の外見的特徴を出す事も出来るようだ。

　黒狼や黒蛇を元に変身すると、どう見ても合成獣《キメラ》のようになってしまうが、人の姿をベースにして変身する事も可能みたいである。

　この能力の最大の特徴は、全ての能力を制限なしで自由自在に操れる、という点にある。

　つまり、俺の攻撃手段が大幅に増えた、という事なのだ。


　黒髪のオーガは、霧を全身に浴びて痙攣《けいれん》する。

　そしてそのまま硬直したように地面に倒れ、動く事もままならなくなったようだ。


　流石はランクB⁺に相当するムカデの化け物の能力、中々に強力だった。

　だが、オーガ達も只者ではない。

　黒髪を倒した俺に向かって、同時に二体が襲いかかってきたのだ。

　鉄の塊のような棍棒《メイス》を振りかざし、紫髪の女オーガが俺に迫る。その影に隠れるように、青髪のオーガが俺に向けて不意打ちを狙っていた。

　それは連携の取れた、熟練の動きだったのだが、『魔力感知』を持つ俺には丸見えである。これを習得する際、不意打ちを防げるようになるというヴェルドラさんの言葉は、本当に正しかった。

　紫髪の端整な顔立ちの中で、切れ長のツリ目が俺を睨んでいる。そんな女オーガが棍棒《メイス》を振りかざした瞬間を狙い、左手の指先から射出した『粘鋼糸』にてグルグル巻きにした。

　イフリートの怪力をも封じ込めた柔軟性溢れる『粘鋼糸』は、ユニークスキル『変質者』の統合により、より強力に改良している。粘つく糸で絡め捕られ蓑虫のような姿となった女オーガが、どれだけ力を込めても脱出する事が出来ない程に。まさに、日頃の修練の成果と言えるだろう。

そんな自画自賛をしている俺に、足元の死角から刃が迫る。俺の心臓部を狙って、青髪が直刀を突き出してきたのだ。

しかし、俺は慌てない。『魔力感知』により認識出来ていたので、対処も考えている。右腕を盾代わりに、突き出された直刀を弾いて見せたのだ。

金属が硬質のものとぶつかる鈍い音が響き、青髪の直刀は見事に折れた。驚きに目を見開く青髪へ、俺は追撃を叩き込む。鱗に覆われた右腕にて、そのまま正《せい》拳突《けんづき》を捻《ね》じ込んだのだ。トカゲの魔物の『身体装甲』を、拳から腕まで発動させたのである。

鋼のように硬質化した拳は、容易に青髪の胸当てを破壊した。俺は拳を痛める事なく、青髪のオーガを無力化する事に成功したのである。

ちなみに、『物理攻撃耐性』とリンクさせた『多重結界』だけでダメージをゼロにする事が出来ていたようで、コモンスキルの『身体装甲』はそれ程必要なかったみたいだ。まあ、念の為なので問題ないだろう。

さて、三体のオーガの無力化に成功した。

残りは、ランガが相手どっている桃髪の女オーガと、偉そうな赤髪。そして、油断なく立つ年老いた白髪のオーガのみ。

「俺の実力はわかったろ？　話を聞く気になったか？」

「黙れ。ますます確信したぞ、貴様こそが災厄の根源だと。我等の里を滅ぼした邪悪な豚共を操っていたのも、貴様の仲間なのだろう？　たかが豚頭《オーク》族如きに、我等が敗れるなど考えられぬ。全ては貴様達、魔人の仕業なのだろうが!!」

ん？　貴様達、魔人の仕業、だと？　完璧に勘違いされているようだな。

というか、豚共って、オークの事だったのか。確か、ルグルド達が俺を頼ってきた時、森の覇権を巡って小競り合いが始まったとかなんとか言っていたような気がしたけど……。

「待てよ、それは誤解――」

赤髪の勘違いを正そうとした時、背後から感じる気配に悪寒が走った。

ふと見れば白髪がいない。長々と喋っていたのは、俺の気を逸らす為だったのか⁉

俺は慌てて振り向き、背後からの一閃を右腕で受ける。『魔力感知』を掻い潜り、一瞬で背後を取られるとは驚きだ。しかし、ユニークスキル『大賢者』は、『思考加速』により知覚速度を千倍に高めてくれる。瞬速の居合い抜きを放つ白髪を前に、辛うじて対処が間に合ったようだ。

しかし――

俺の右腕に感じる違和感。『痛覚無効』のお陰で痛みは感じないが、綺麗に切断されてしまったのだ。

この白髪、老齢の癖に、凄まじい腕前だった。俺の『多重結界』と『身体装甲』を、アッサリと破ってのけたのだから。

「むむ、ワシも耄碌《もうろく》したものよ……。頭を刎ねたと思ったのじゃが……」

耄碌とか、笑えないし。身体能力は先程の青髪や紫髪に遠く及ばないような老体なのに、その動きは遥かに速い。無駄がないのだ。

見た目に騙されていたが、非常に危険なヤツだったようである。

俺は切断された腕を回収しつつ、一旦距離を取る。

「リムル様⁉」

「こっちはいいから、油断するな！」

ランガが慌てて駆け寄ろうとするのを制すべく、俺は叫ぶ。殺意を放つ白髪は危険であり、ランガでは相手にならぬと悟ったからだ。

ランガは一瞬の迷いを見せたが、俺を信じる事にしたようだ。命令通り、桃髪の牽制を再開する。

「次は外さんぞ」

白髪が刀を鞘に納め、再び居合いの構えを取った。

最早、コイツを老体と侮る事は出来ない。この白髪は、全力で倒すべき敵である。

そう俺が意識を白髪に集中させたのを見計らったかのように、「死ね、同胞の仇め‼」という声とともに、横合いから太刀にて斬りつけられた。

「ハン！　片手を失ったらもう終わりだろう？　確かに貴様は強かったが、一人で俺達を相手にしようという傲慢さが、貴様の敗因だ」

　ごもっともな事を言いながら、連続して俺を狙う赤髪。

　赤髪もまた、独特の移動方法にて、瞬間的に俺の認識を超えて動いたようである。一切の油断や迷いのない太刀筋で、真っ直ぐに俺の急所を狙ってくるのだ。

　俺を脅威と認め、生け捕りなどという甘い考えは捨てたようである。

　達人級の連携とは、非常に厄介だった。凄まじく高い身体能力を得たせいで油断していたが、俺は戦いに関しては素人なのだ。せいぜいが、義務教育の武道の心得くらいしか、経験がないのである。

　こんな素人相手に本気になるなんて、達人の癖に大人気ない奴等だ。しかし、負ける気がしないと言って、先に煽ったのは俺である。自業自得だし、文句は言えないのだ。

　ともかく、この場はハッタリでもなんでもいいから、どうにかして切り抜けなければならないだろう。大きく距離を取って回避しつつ思考する。

　片手で、達人二人を相手にするのは骨が折れそうだ。回収した腕をユニークスキル『捕食者』で捕食する。前もダメージを受けた時、〝スライム〟の固有スキル『自己再生』とユニークスキル『捕食者』の補助で回復した事がある。今回は部位欠損だが、回復出来たらいいのだが……。

《告。ユニークスキル『捕食者』の擬態と〝スライム〟の固有スキル『溶解、吸収、自己再生』を、ユニークスキル『変質者』にて統合した結果、エクストラスキル『超速再生』を獲得しました。これにより、〝スライム〟の固有スキル『溶解、吸収、自己再生』は消失しました》

　俺の意思を受けて、新たな能力《スキル》、エクストラスキル『超速再生』が出来た。その能力を生み出すのに、スライムの固有スキルは消失してしまったが、問題ない。だって、使ってないスキルだし。全部ユニークスキル

『捕食者』で出来るから、まったく困らないのだ。

エクストラスキル『超速再生』を発動させ、右腕の再生を念じた。すると、取り込んだ右腕が分解され、瞬時に俺の本体へと吸収されていく。

そして、瞬く間に俺の右腕が再生したのだ。以前の回復力の比ではなく、凄まじい再生速度である。まさに、〝超速再生〟だ。

おっと、俺が驚いている場合ではない。せっかくだし、ハッタリに利用する。

「クックック。ハーーーッハッハッハッハ！　片手を斬り落とした程度で、俺に勝ったつもりだったのか？　残念だったな。だが、確かに俺は、お前達を甘く見ていたようだ。少し、本気を見せてやろう」

そう言って仮面を取り、懐にしまう。

俺の腕が一瞬で回復した事に戸惑っていたオーガ達は、仮面を取った俺を見て硬直した。抑えていた妖気《オーラ》を解放したせいで、フワリと髪が舞い上がっている。

そんな俺に危機感を抱いたのだろう。

「化け物め、貴様は全力で始末してやる！　焼き尽くせ、鬼王の妖炎《オーガフレイム》!!」

赤髪が、奥の手であろう炎熱攻撃を仕掛けてきた。千数百度、いや、下手したら二千度に到達しているかもしれぬ炎の渦が、俺の全身を包み込む。

だが——

「効かんな。その程度の炎など」

俺じゃなかったら、一瞬で燃え尽きるような高温だった。だが、俺には『熱変動無効』があるのでなんの痛痒も感じないのだ。

必殺の奥の手が通用しない事に、初めて赤髪が怯えの色を見せた。だが、その怯えを強き意志にて抑え込み、決意を秘めた目で俺を睨んでくる。まだ心は折れぬらしい。敵ながら見事だが、殺したくないと思っている俺からすれば、さっさと負けを認めて欲しいところである。

今が最大の、チャンスだろう。

オーガ達は俺を警戒し、動きを止めたようなので、一発大技を披露して心を折りにいく。もし失敗し俺の話を聞く意志を見せないようなら、その時は残念だけど始末する他なさそうだ。

これを見て負けを認めてくれよ、そう念じつつ俺は最後の賭けに出た。

「いいか、本当の炎というものを見せてやろう」

そう言いつつ、左腕に『黒炎』を撒き付かせる。

我ながら、凄まじく演出くさいと思ったが、相手をビビらせるのが目的なので仕方ない。

「お、お兄様……あれは、あの炎は……お兄様のような、幻妖術の類ではありませぬ！」

ランガが相手していた桃髪が、俺の『黒炎』を見て恐怖の表情を浮かべる。

どうやら、驚いてくれたようだ。赤髪が使ったのは、妖気《オーラ》を炎に変えるような、妖術の類だったという事か。俺の炎は能力によるもので技術的なものではないから、驚くのもわからなくはないな。

ならば、『黒雷』を見せれば……。

「ふふふふ、その通り。だが、炎よりも、もっと面白いものを見せてやる」

なんて事を言いつつ、今度は右手に『黒雷』を発生させた。

ここで度肝を抜き、ともかく俺の話を聞くように仕向けないといけない。

遠慮はいらないだろう。だが、魔素を使い切ってしまっては話にならない。

俺は三割程度の出力になるように魔力を調整しつつ、『黒雷』へと魔素を注ぎ込んでいく。

そして——

「良く見ておけ、コレが俺の真の力だ！」

叫びながら、お手頃そうな大岩に向けて、『黒雷』を解き放った。

音は遅れてやってきた。

瞬間的に大岩は蒸発し、あとには消し炭も残らなかった。前回試した時と同等か、それ以上の威力である。

ヤバ過ぎるだろ！

これは……、手加減がどうこうという威力ではない。

前回試した時よりも、込めた魔素の量は少ないのだ。

ちょっと意味がわからない。

ちゃんと使用魔素は三割で止めているし、連射しようと思えば可能なんだけど……。

《解。『黒稲妻』に比して、『黒雷』使用時のエネルギー効率は――》

頼んでもないのに、『大賢者』が解説してくれた。これはつまり、範囲を絞って命中精度が格段に上がった事で、威力も上がったという事らしい。当然、範囲を絞った事で、使用魔素量は大幅に削減されたとの事。前回より少ない魔素で威力が上がったのは、そういう理由だったようだ。

というか、この『黒稲妻』――どうやら、特殊なスキルの可能性がある。『黒炎』もそうだが、気軽に使うのは考え物かもしれない。

使った俺が、ドキドキしてしまったよ。

迂闊に自分に試さなくて良かったと、心からそう思った。この威力では、『多重結界』も過信出来ないだろうし。

さて、オーガ達はどう出るか？

「……凄まじい、な。悲しいが、我等では貴様に遠く及ばぬようだ。だが俺も、力ある種族、オーガの次期頭領として育てられた誇りがある。無念に散った同胞の恨みを晴らさずして、何が頭領か。敵わぬまでも、一矢報いてくれるわ！」

「……若、お伴致しましょうぞ！」

逆効果だったようだ。

悲壮感漂う目つきとなり、迷いの晴れた表情となる赤髪と白髪。覚悟を決め、俺と刺し違えるつもりなのだろう。

こんなつもりではなかったのだが、覚悟を決めたコイツ等を殺さずに制圧するのは困難だ。

仕方ないのか……。

誤解とは言え、見逃したりしたら災厄の元を生む事になる。悪いとは思うけど、勘違いした自分達を恨んでくれ――俺がそう考えた時、「お待ち下さい！」という可憐な鬼姫の声が、その場に響いた。

鬼姫――桃髪――が、兄である赤髪の前に立ち、両手を広げて制止の声を上げたのだ。

「お兄様、冷静になって考えてみて下さい。これだけの力ある魔人様が、姑息な手段を用いて、豚共に我等が里を襲撃させるなど、不自然です。それこそ、お一人で我等全てを皆殺しに出来ましょうから。この方が異質なのは間違いありませんが、おそらく、里を襲った者共とは無関係なのではないかと……」

「なんだと⁉　だが、言われてみれば……」

桃髪に説得された赤髪が、戸惑ったように俺を見た。

「だから、最初っから誤解だって言ってるだろうが！　少しは人の話を聞く気になったか？」

蒸発した岩のあった場所から蒸気が吹き上がっている。その惨状は、桃髪の言葉を裏付ける説得力として申し分ないものだった。

もう一度、俺と桃髪を交互に見てから、赤髪は俺に向けて片膝をついた。

「申し訳ない。どうやら追い詰められて、勘違いしてしまったようだ。どうか謝罪を受け入れて欲しい」

どうやら勘違いを認めて、謝罪する気になってくれたようだ。

これで誤解も解けそうだし、ひと安心である。

「まあ、ここで話すのもなんだし、一先ず村に戻ろうか。お前達も来いよ、飯くらい食わせてやるから」

俺の言葉に赤髪が頷き、桃髪や白髪も同意した。

こうして、理由もわからずに始まった争いは終わりを見せたのである。

＊

桃髪が昏睡の魔法を解除したのか、ホブゴブリン達が目覚め始める。

あの轟音でも目覚めないのだから、魔法の睡眠というのは大したものだ。

俺も紫髪の『粘鋼糸』を解《と》いてやり、気絶している青髪に回復薬を振りかけてやった。

麻痺している黒髪をどうしたものかと思案したのだが、麻痺効果もユニークスキル『変質者』で簡単に分離出来たので問題は解決する。

本来は魔法で解除するか、治療薬が必要だったらしい。何も考えずに『麻痺吐息』を使ったけれど、今度からは対処法も把握してから使わないと駄目だな。

俺は、こっそりと反省したのだった。


大怪我をした者はいなかったので、皆で村へと帰還した。

出かける前に宴会にすると宣言していた通り、その日は豪勢な食事が用意されていた。

流石はリグルド、こうした準備は抜かりなく手配してくれる。

俺は空腹を感じないけど、朝からずっと楽しみだったのだ。

程よく運動したし、久しぶりの味覚を楽しめるとあって、弥が上にも期待は高まる。

そして、焼きたてのお肉を一口。

美味い!!

感動で涙が出そうになった。

心配していた味付けだったが、何種類かの果物の汁を好みで搾ってタレにしていた。ホブゴブリンへと進化した際に、味覚も発達したらしい。今は試行錯誤で、色々と試している最中だったのだとか。

確か、牛鹿《ウジカ》という魔獣だったか？　タレを付けずそのまま焼いただけでも十分に美味い肉だったのだが、色々な果汁と組み合わせる事で、また違った味が楽しめる。

果汁が肉の臭みを消してくれるので、非常に美味しく頂けるのだ。

食糧の備蓄を管理しているゴブリン・ロードのリリナさんと、料理担当のハルナさんがそう説明してくれた。

俺は二人に勧められるままに肉を頬張り、久しぶりの食事を楽しんだ。

ちなみに、俺が採取した塩を渡すと、舞い上がって喜んでくれた。知識としては知っていたようだが、高級品過ぎて手に入らないと諦めていたらしい。確かに、生きるのに精一杯だったゴブリンには、味にかかわる調味料など、一生縁のないものだったのだろう。

獲物の血肉にて塩分補給していたようだし、生死に関する事以外は考える余裕もなかったようだ。塩分の取り過ぎも良くないので、それだけ注意しておいた。

魔物が塩分取り過ぎによって、高血圧になったりするのかは知らないけどね。

それから思わぬ所で桃髪が役に立った。

各種薬草や香草に詳しく、肉の臭い消しに使えるような野草を準備してくれたのだ。

「この程度の事で、我等の無礼のお詫びになるのなら」

そう言って、率先して食材の下拵えを手伝ってくれたのである。

流石は上位種族、進化したてのホブゴブリンなんて目じゃないくらい、テキパキとした動作であった。

もう一体の女性である紫髪は、他のオーガと同様に食べているだけだったけど……。

女が料理をすると決まっている訳ではなく、得意な者が料理をするという風習なのかもしれないな。まあ、美味しければなんだっていいのだ。

基本的に、焼くと煮るしか知らなかった女性達《ゴブリナ》は、あっという間に桃髪と仲良くなったようだ。今後は自分達でも出来るように、精一杯覚えようと努力しているのだろう。実に良い事である。

こうして、俺が楽しみにしていた焼肉による大宴会は無事に開催され、思った以上の盛況ぶりを見せつつ、皆で一晩飲み明かしたのだった。

第二章

進化と職業

Regarding Reincarnated to Slime

大鬼族《オーガ》達と遭遇した翌日、落ち着いて話を聞く事になった。

場所は、焼けた広場に建てられたログハウスだ。

ドワーフ兄弟三男のミルドは、俺が木板に書いた設計図を見事に再現してくれたのだ。

元、建設会社のサラリーマンとしての経験で、図面程度なら俺にも書けた。黒炭で木の板に寸法など細かい事まで書き込んで、ミルドに渡していたのだ。これを可能としたのは、意のままに動く身体とユニークスキル『大賢者』である。ドワーフ達が持ち込んだ製図道具で、パソコンで製図するよりも細かい図面を描き出したのだから。

こんな簡素なログハウスだけではなく、高層ビルの図面さえも、時間をかけずに手書きで製図出来そうな程だった。

ミルドも図面を眺め、わかりやすいと感心してくれた。この世界の製図の作法よりも、俺の書き方の方が、効率よく相手に伝わるようだ。

そりゃまあ、高層ビルジャングルとも揶揄されるような元の世界の都市と比べれば、こちらの建物なんて子供騙しみたいなものだしな。

ドワーフ王国も立派な建物が多数あったけど、技術面ではまだまだだった。いつかはこの場所に、超高層ビルを建てるのも面白いかもしれないな。

おっと、話が逸れた。

内装も注文通りなのを確認しつつ、応接間にオーガ達を案内した。

オーガ達も大人しくついてくる。物珍しいのか、室内を見回していたようだ。といっても、まだ装飾も何もない出来たてのほやほやだから、大して面白くはないだろうけど。

応接間には大テーブルが用意されており、それを囲むように木製の椅子が並べられている。

この場に集合したのは、リグルドと四名のゴブリン・ロード。そして、ドワーフの纏め役として、カイジンがいる。俺を含めて、全員で十三名だった。

なぜリグルド達を呼び寄せたのか？

それは、オーガ達の話がかなり重要だと判断した為である。

ジュラの大森林で異変が起きているのなら、それは決して他人事ではないからだ。

重要な案件を、俺一人に任されても困る。

俺はあくまでも、〝君臨すれども、統治せず〟を貫きたいのだ。

ハルナさんが全員分のお茶を用意し、運んできた。

そつなくお茶を出し終えると、一礼して応接間をあとにする。どうやら、たどたどしいながらも礼儀作法を身につけつつあるようだ。素晴らしい進歩である。

そっとお茶を口に含む。苦いが、不味くはない。

味の違いなど煩《うるさ》くなかった俺だが、念願の味覚を得てこだわりを持つようになったようだ。

抹茶に似た苦味が、俺の舌を楽しませた。

熱さも感じる。熱無効だが、熱さは感じるのだ。

中々面白い。


オーガ達もお茶を嗜む様子。

落ち着くのを待って、話を聞く事にする。

そもそも、なんでこんな所まで来たのか？　そう思って尋ねると、再起を図って逃げて来たのだという。

再起を図るという時点で不穏である。これは長い話になりそうだった。

オーガを打ち破る勢力となると、脅威と考えて間違いない。

単体でも、Bランク相当以上の魔物達なのだ。昨日の戦いでもそれを証明している。

特にコイツ等はかなりの凄腕だった。

森の覇者。この森の最上位の存在だと聞いていたのだが……。

ともかく、話を聞く事にしよう。

＊

オーガ達の話を纏めると――

戦争が起きた。そして、オーガの部族が敗北した。

たったそれだけの事になる。

丁度この村で、俺が炎の巨人《イフリート》と戦っていた頃、オーガ達も戦争に巻き込まれていたらしい。

森の上位種族のオーガに戦争を仕掛けるなど、一体誰が？　しかも、勝利するなど……。

話を聞いた者達にも、衝撃が走った様子。

一気に、表情が引き締まる。

「奴等は、いきなり俺達の里を襲撃してきた。圧倒的戦力で……。奴等――あの忌まわしい豚共、豚頭族《オーク》め!!」

赤髪が、血を吐くような怒りの感情を込めて、叫んだ。オーガの里を襲撃したのは、オークの軍隊だったのだ。

魔物には人間と違って、宣戦布告を行ったりするルールはない。だから、不意打ちを咎められる事はないのだ。

けれども、オークがオーガに仕掛けるというのは異常なのだとか。

理由は簡単で、種族としての強さによる格の違い、である。

オークの階級《ランク》は、Dランクである。子鬼族《ゴブリン》よりは強いのだが、ベテランの冒険者の敵ではない存在だ。

それに対してオーガはB以上。普通なら戦う前から勝敗が見えていた。

それなのに弱者が強者に戦争を仕掛け、あまつさえ勝利するなど……。

更に詳しく話を聞いた。

オーガの里は村より若干大きく、少数の部族が寄り集まって暮らしていたらしい。

Bランクの魔物で構成された、総数三百体くらいの戦闘集団である。

それは、小国の騎士団に匹敵する戦力となる。B⁻ランク程度に鍛えられた騎士三千人に相当する戦力なのだ。

普段から部族間で戦闘訓練を行う程の戦闘狂らしく、他の種族同士の諍《いさか》いに助っ人として参戦したりもするらしい。

魔王が起こす戦の先陣を駆けたりと、時代ごとに活躍する一族もいたそうで、この者達もそうしたオーガの血を引くのだそうだ。

いわゆる、傭兵のような事を生業として暮していたのだとか。

この世界のオーガとは、俺の持っていたファンタジーなイメージを真っ向からぶち壊してくれる存在だったようである。

まあそれは置いておこう。

問題は、そんな戦闘種族を下位種族であるオークが襲ったという点だった。


皆一様に、有り得ないといった表情になっている。

里の者は、彼等を除いて皆殺しにされたそうだ。

里長が率いる戦士団がオークの部隊を抑えている隙に、赤髪が妹姫を連れて脱出して来たらしい。

やはり俺が思ったとおり、桃髪はお姫様だった。

オーガの部族を束ねる巫女として、全てに優先させたのだという。

「俺に、もっと力があれば……」

赤髪が力なく呻いていた。

最後に見た光景、それは、里長が黒い鎧を着たオークに殺される場面。

巨大なオークで、異様な妖気《オーラ》を放っていたそうだ。

そして、もう一人。

凶悪な妖気《オーラ》を隠そうともしない、怒り顔の道化のような仮面を付けた人物。

「あれは間違いなく、魔人でした。少なくとも、お兄様でも太刀打ち出来ない程の、上位魔人です」

桃髪が断言する。

「ワシ等が勘違いしてしまったのは、その者を見ておったからですのじゃ。貴方様も、てっきりヤツの仲間なのかと……」

な、なんだと？　この愛らしい俺様を見て、そんな邪悪そうなヤツと混同するとは。

言うに事欠いてなんて事を！　と思ったが、考えて見ればあの時は仮面を被っていた。

その魔人とやらも道化の仮面を被っていたそうだし、勘違いしたとしても不思議ではないのか。

確か知恵ある魔物を総称して、魔人と言うんだったはず。だとすればオーガも魔人という事になるのだろう。そんなオーガから見ても上位と断言するのだから、余程の強さを持っていそうである。

魔物が知恵を持つと厄介だというのは、オーガを見ていれば良く理解出来る。何しろ、人間と同じように魔法を行使し、武器を持つのだから。人よりも優れた身体能力を持つ上に、それを生かした武具を持つとなると、人の身で相手するのは非常に困難となるだろう。

そして上位魔人ともなると、もはや災厄級である。最低でもAランクの力は持っていると考えて、間違いないだろう。非常に厄介なヤツが出てきたものである。

ちなみにゴブリンは亜人だし、進化して人鬼族《ホブゴブリン》になっても魔人とは呼ばない。

オーガ達の話は続いた。

その黒い鎧を着たオークに匹敵する個体が、他に三体もいたそうだ。

その四体に、里の精鋭である戦士達が皆殺しにされた。そしてその隙にオークの兵が雪崩れ込み、蹂躙が始まったらしい。

その数、数千。これは彼等が数えた訳ではなく、そのくらいだろうと感じた数であるそうだが、それにしても途轍《とてつ》もない数である。

全てのオークが、人間の着用するような全身鋼鎧《フルプレートメイル》を身に纏っていたそうで、森を鎧が埋め尽くしていたという。それが事実なら、オークだけで動いているとは思えない。

オークも亜人だが、ゴブリン同様の下位の魔物という扱いである。そんなオークが、それだけの数の高価な武具を用意出来るハズがないのだ。

それに、ジュラの大森林には他にも有力な魔物達が生息している。それら全ての魔物の目を欺き侵攻するなど、どう考えても不自然だった。

どこかの国、人間の国と手を組んだと考えるのが妥当だろう。

目的がわからないのも不気味だ。

それだけの規模の侵攻なら、オーガを潰す事が目的だとは思えない。それこそ、このジュラの大森林を制覇でもするつもりなのだろうか？

「いや――もしかすると、〝魔王〟の勢力のいずれかに与《くみ》したのかもしれん」

カイジンが、そう呟く。

魔王だと？　俺の脳裏にシズさんの顔がよぎり、遺言が思い出される。

魔王レオン――俺が倒すべき、敵。

その可能性もあるのか。今の俺では、流石に魔王には勝てないような気がするけど……。

基本的に魔王は、この森には手を出さないのかと思っていた。

森を抜けた先に、魔大陸が広がっている。

そこは肥沃な大地で、大量の戦争奴隷や魔力人形《ゴーレム》に生産を行わせているそうだ。

だから魔大陸にある魔国に飢えはなく、魔王達に人間への興味はない。

戦争奴隷といっても代替わりを重ね、今では普通の住民と変わらないらしい。人間の国ではどう思われているのかは不明だが、ジュラの大森林に住む魔物から見れば、魔国は概ね平和なのだという。

だからこそ、領土欲があるとすれば、それは人間側である可能性が高いのだ。

だが中には、興味本位や暇潰しで戦争を起こそうとする魔王がいても不思議ではないとの事。

ジュラの大森林の守護者〝暴風竜〟ヴェルドラの消滅は、そういった魔王への抑止力が減少するという意味もあったのだ。

なるほど、そう考えるとこの森の防衛も、もっとしっかり考えないとならないだろう。

ともかく今判明しているのは、オークの軍勢が森を侵攻中だという事だけであった。

＊

さて、どうしたものか……。

皆の意見を聞いてみた。

「オーク共は、この森の支配権を狙っていると思われます」

目で合図を送り合い、代表してリグルドが答えた。

俺の様子を窺っている。

戦うか、逃げるか、傘下に入るのか。

オーガ達も、俺の返答次第では再び敵対する事になると悟った様子。

急速に高まる緊張感。でも俺は気にしない。

「まあ、お茶のお代わりでも貰うとするか」

そう言って、お茶のお代わりを用意してもらった。

皆もお茶に口をつけ、緊張した空気が緩和される。

さて、と。


「で、お前達はこれからどうするの？」

オーガ達に、問う。

「どう、とは？」

「いや、今後の方針だよ。再起に向けて逃げるのか、何処《どこ》かに隠れ住むのか。逃げるにしても、当てはあるのかなと思ってさ」

「知れた事。隙を窺い力を蓄え、再度挑むまで！」

「その通り。お館様の仇討ちをせねばなりますまい！」

「わたくしも！　今はまだ非力ですが、豚共を生かしてはおけませぬ！」

「「我等は、若と姫に従います!!」」

迷いなく答えるオーガ達。

ふむ、覚悟はとっくに決まっているか。

俺に挑んだ時の目を思い出してみても、一点の曇りもなかったように思う。

死ぬのはわかっているだろうに……だが、嫌いではない考え方だ。

そんな切羽詰まった状況にもかかわらず、ホブゴブリン達を殺さなかったその器量。

見殺しにするのは、なんだか嫌な気分になりそうだ。

「お前達、俺の部下になる気はあるか？」

「は？　一体何を言って……」

「何をって、言葉のままの意味だぞ。傭兵稼業をやっていたんなら、俺に仕えても問題ないだろ？　お前等が主の為に戦うのなら、俺がお前等を雇用するって言ってるんだよ」

「それは――」

「お前等が力を付けたいのなら、俺の申し出を受けた方がいいんじゃねーか？　俺が支払うのは、衣食住の保障のみだけどな」

「しかしそれでは、この村まで俺達の復讐に巻き込む事に……」

「それについては問題ないですぞ。我等は皆、リムル様に付き従うのみ。リムル様が決定を下されたのならば、誰も異論を唱えたりは致しませぬ」

「それによ、どうせ巻き込まれると思うぜ？　それだけの数のオークが動いているのなら、ここら近隣も決して安全とは言えないだろうな」

「そうですな。我等の住んでいた村へも、蜥蜴人族《リザードマン》の偵察者から接触がありました。当時は意味が理解出来ませんでしたが、おそらくなんらかの動きを掴んでいたのでしょう。だとすれば、ここも戦場になるおそれがあるというもの。協力し合うが吉でしょうぞ」

リグルドやカイジン、ゴブリン・ロード達までが、口々に賛同の意を示す。

ふん。どうせ、ゴブリン達の戦力だけでは足りないのだ。オークが攻めて来るなら、少しでも戦力は多い方が良い。

「お前等が俺を主と仰ぐなら、お前等の願いは叶えてやれると思うぞ？」

「どういう意味だ？」

「簡単だ。俺の部下となるのなら、何かあった時には俺も一緒に戦う事を誓ってやろう。俺は仲間を見捨てない。お前等が俺に雇われるなら、お前等に協力してやるって言っているのさ」

「なるほど、我等がこの村の守護に協力すると同時に、我等もまたこの村に守られる、か。悪くない提案だ。

むしろ、願ってもない。この村を拠点に、豚共に対する反抗勢力を集める事も出来よう……」

「ま、どうせ戦う事になりそうだからな。ついでだよ」

「契約期間は、オークの首魁《しゅかい》を討ち滅ぼすまででいいのか？」

「そういう事だ。オークを始末したそのあとは、自由にしてもらって構わない。俺達に協力して国を作るも良し、旅立つも良し、だ。どうする？」

俺の問いに、しばし考える赤髪。

そんな赤髪を信頼しているのか、他のオーガ達は黙したままである。

赤髪は一度瞑目し、そして目を見開いた。

「承りました。我等一同、貴方様の配下に加わらせて頂きます！」

俺の提案を受け入れ、部下となり協力する道を選んだようだ。

良かった。

こちらも助かるというものである。

＊

無事にオーガ達も仲間に加わり、何よりである。

傭兵稼業をしていたのなら配下となるのに忌避感は感じないだろうと思ったが、正解だったようだ。数千ものオークを相手にするのなら、こちらも数を揃える必要があるだろうし。

オークの軍勢がどの程度の戦力なのか不明である以上、手駒は多い方がいい。

契約上とはいえ俺に従うと誓った以上、今からはコイツ等も仲間である。

となると、先ずはちゃんとした呼び名を考えないと不便だな。

「良し！　それではお前達に、名を授けよう」

「は？　一体何を……？」

「何をって……名前だよ、名前。ないと不便だろ？」

「いや、俺達は別に意思疎通出来るから不便ではないが……」

「ホホ、確かに人は名前を持ちますが、魔物には不要なものですな」

「アホか。意思疎通が出来るから不要とか、お前等の意見なんて関係ないんだよ。俺がお前等を呼ぶのに不便だから必要だって言ってるんだよ」

「いや、しかし……」

「お待ち下さい！　本来名付けとは大変危険を伴うもので、それこそ高位の――」

赤髪が狼狽《うろた》え、桃髪が何かを言いかける。

危険って、あれだろ？　あの魔素を使い過ぎて眠くなるヤツ。この前みたいに、一度に大量の名前を付けたりしない限り大丈夫だろ。

「いいからいいから。大丈夫だって！」

俺は桃髪の言葉を聞き流し、サクッと名前を考える。

オーガ達は戸惑っている様子だが、お構いなしである。

そして、恒例の名前付けを行った。

今回の俺は、一味違う。

オーガ達の髪の色にちなんで、簡単に名前が閃いたのだ。

赤髪を〝紅丸《ベニマル》〟。

若武者という感じだし、精悍《せいかん》な感じが似合っている。

姫に〝朱菜《シュナ》〟。

桃色の髪に、野草に詳しい知識。中々良い感じではないかと思う。

白髪は〝白老《ハクロウ》〟だ。

老中という感じだし、老齢なのも見た目通り。

青髪は〝蒼影《ソウエイ》〟かな。

影に潜むような攻撃は脅威だった。俺じゃなかったら危ないところだ。

紫髪は〝紫苑《シオン》〟かな。

頭の後ろで一纏めにしてある髪が跳ねているのを見て、花のような印象を受けたのだ。

黒髪は〝黒兵衛《クロベエ》〟にした。

無骨そうな雰囲気の中に、憎めない感じが好印象なのだ。

と、それぞれに名付けたのである。

我ながら良い名前だと満足した。悩まずに閃いたし、天啓のようなものなのだろう。

そんな風に満足した俺を、急激な虚脱感が襲う。

あれ？　この感覚は――

そう思った時は既に手遅れ。

俺は低位活動状態《スリープモード》に陥っていたのである。

というか、たった六名に魔素を奪われるとは、これは一体……？

そんな疑問を胸に秘め、俺の身体はスライムへと戻っていく。身体の制御も失われ、人化も完全に解けたようだ。

「な、スライム!?」

「まさか！　貴方様は、スライムだったのですか!?」

そんな声が聞こえるが、返事は出来ない。

驚愕の声を発していたオーガ達も、他人事ではなかったようだ。

俺と同様、急激な疲労に襲われたかのように、次々と倒れていった。

一体何が起きたのか？

その疑問が解消されるには、魔素の回復を待たねばならないのだ。

＊

一晩が経過した。

今回の低位活動状態《スリープモード》は、前回よりも厳しいものだった。意識はあるけど、夢を見ているような感じになったのだ。

記憶も曖昧で、なんだか柔らかいものを押し付けられたような感触がしたり、いい匂いに包まれてフワフワとする浮遊感がしたり、優しく撫でられたような気もするのだが、全て確かめる術はない。

多分俺の思い込みなのだろう。

「シオン、いつまでリムル様を胸に抱いているのですか？　そろそろ交代の時間です！」

「シュナ様、何を仰いますか!?　交代などと意味不明です。リムル様の面倒は私が見ますので、シュナ様はどうぞお休みなさって下さい」

「シオン！　いい加減になさい。わたくしが面倒を見

ると申しているのです！」

　という喧騒があったような気がするが、それも気のせいに違いない。

　その時に、二人に身体を引っ張られたような気もするのだが、間違いなく俺の勘違いなのだ。

　そういう事にしておこう。

　さて、何が起きたのか？

　目覚めた俺の前に控える六名を見て、その答えを知った。


　一番前にて控えるのは、燃えさかる炎のような真紅の髪の美男子だ。

　髪と同じ真紅の瞳が、揺らぐ事なく真っ直ぐに俺を見つめていた。

　誰だコイツ？　そう思って良く見ると、若と呼ばれていたオーガ――ベニマルだった。

　黒曜石より美しい輝きを放つ漆黒の角が二本、真紅の髪から飛び出ている。

　象牙のような太い角だったはずだが、今は洗練されて磨きぬかれた芸術品のように、細く美しい。

　大柄な体躯だったハズなのに、身長百八十センチ程度になり、身体もしなやかに引き締まっている。

　しかしそのうちに秘めた魔素量《エネルギー》は、昨日《さっき》まではまるで別人であった。

　イフリートには及ばぬものの、それなりの力を感じさせた。

　ひょっとすると、Aランクオーバーなのではないだろうか。

　名前を付けただけで、まさかここまで進化しちゃうとは……。

　それが俺の本音だった。


　次だ。

　ベニマルの隣に隠れるように、美しい少女が控えていた。

　シュナなのだろう。

　元々可憐で可愛い顔立ちだったのだが、進化したら凄まじくなった。

なんだ、これ？　どこのお姫様？

いやいや、そんなレベルじゃねーぞ！

薄桃色のゆるく波打つ長髪を、後ろで一つに束ねている。

白磁の二本角。白い肌に、桜色の唇。

真紅の瞳が、濡れるような艶《つや》を帯びて、俺を見つめていた。

なんという美少女!!　二次元も真っ青である。

身長は小柄で百五十五センチくらいだろうか？　守ってあげたくなるオーラを放っていた。


老いたオーガだったハクロウは、かなり若返ったように思う。

いつ死んでもおかしくないような老体だったのが、今では初老に差し掛かったくらいにしか見えない。

足腰もしっかりとしており、衰えていた膂力《りょりょく》もある程度戻っているのではないだろうか？　その身ごなしが、油断出来ないものになっていた。

白髪で黒目なのは元のままだが、眼力は鋭くなったようだ。

伸びた髪を総髪《そうはつ》にしており、額の左右から小さな角が見えていた。

武人という感じで、今戦ったら勝てるかどうか疑わしい感じだった。


もう一人の女性、シオンはというと。

丁寧に洗髪して櫛を通したようで、頭の後ろで跳ねていた髪が、サラサラのストレートになっている。紫っぽい光沢を放つ髪は美しく、ポニーテールが良く似合っていた。

正面を見ると、額に生えた黒曜石のような一本角が、髪を左右対称に分けていた。

紫の瞳が、真っ直ぐに俺を見つめている。

白い肌に、真紅の唇。少し化粧をしたのか野性味が薄れて、物凄い美人さんになっていた。

身長は百七十センチくらいだろう。

モデルのようにスラリとした体型だが、一部分だけ自己主張が激しい部位がある。どうしてもそこに視線が釘付けになってしまうのは、元男としての本能だろう。今はスライム形態なので、視線を読まれないのが幸いであった。

　スーツを着たら似合いそうだ。そして、俺の秘書になって欲しい。

　心からそう思った。


　ソウエイは、ベニマルと同年代。

浅黒い肌に、青黒い髪。

純白の一本角が、額の中心から生えていた。

紺碧の瞳は意志の強さを感じさせ、浅黒い肌に良く似合っている。

　ベニマルとは雰囲気の違う美丈夫で、上背も似たような感じだ。

　しかし、ベニマルといいソウエイといい凄まじいまでの美形だった。火と水、動と静という感じに、タイプの違う美しさがある。

　完璧な美形って嫌味だよね、と思ってしまったのは仕方ないのだ。


　クロベエは、壮年。

良く言えばダンディ、悪く言えば髭もじゃなおっさんである。

　美男美女揃いのオーガ達の中で、一人だけ浮いていた。

　黒髪黒目で、褐色の肌。

白い角が二本、申し訳程度に額の左右に生えている。

その平凡そうな外見に、一番親近感が湧いた。

　美形二人を見たあとだと、クロベエの地味顔に安心する。

　年も近そうだし、仲良くしようと思ったのだ。


　とまあ、これで六人。

　変化したのは姿形だけではない。

ベニマル達は大鬼族《オーガ》から、鬼人族《キジン》へと進化していた。

ゴブリンが上位種のホブゴブリンへと進化したように、オーガもキジンへと進化したのである。

　見た目は華奢になっているが、逆にその強さは凄まじく増加していたのだ。

全員がAランクオーバーとなっていた。

見間違いかと思ったが、全員Aランクオーバーだった。

そりゃあ、一気に魔素を持っていかれるハズである。

どうやら、上位の魔物に名前を付けた場合、それに見合う魔素を持っていかれてしまうらしい。

魔物の進化は、用いた魔素の量に比例するという、貴重な実験データを得たのである。

だがこれは下手すると、魔素枯渇で俺がヤバイ事になっていた可能性があった。浅く夢を見ているような状態になるほどに、俺の魔素が無くなっていたという事なのだから。

今後は名前を付ける時は加減しつつ、ホドホドにした方が良さそうだ。

俺は六名の変化に感心しつつ、内心で少しだけ反省したのだった。


しかしこれ、裏切られたら洒落にならんな……。


そんな風に俺が思った時、ベニマルが口を開いた。

「リムル様、お願いが御座います！　何卒、我等の忠誠をお受け取り下さい!!」

俺の心配を嘲笑うかの如き、予想外のセリフだった。

「ん？　大げさなヤツだな。傭兵とは言え、忠誠までは誓わなくてもいいぞ？」

「いえ、そうでは御座いません。我等一同を、家臣として召抱えて欲しいのです！」

なんだと⁉　今回の件が片付いたら好きにしていいという話だったが、ベニマル達は俺の家臣になる道を選択したらしい。皆で相談し、全員の意見が一致したのだそうだ。

「「何卒、宜しくお願い致します!!」」

そう述べながら、俺の前に一斉に跪くベニマル達。

断る理由は、無い。

衣食住の世話だけで本当に満足するのかコイツ等？という小心な不安はあったものの、本人達が望むのだから大丈夫だと信じよう。

こうして俺は、新たな仲間を得たのである。

――ちょっと強力過ぎて怖い気がしたのは、誰にも言えない秘密なのだ。

＊

改めて良く見ると、全員おそろしく容姿が変化したものである。

全体的に身体のサイズは縮んだようで、着ている服が少しぶかぶかになっていた。だが、それを感じさせないように、着こなしで誤魔化している。

本当、美形は得だよね。

クロベエは誤魔化せないと思ったのか、カイジンから服を借りているようだ。これはこれで、良く似合っていた。角が無ければ、ドワーフと見間違っていたかもしれない程だ。

ハクロウだけは変化しなかったのか、普通に以前同様の服装だった。

危険なのはシオンだ。その豊満な胸が、大きなサイズの服からこぼれ出そうになっている。


これはイカン！　早くなんとかしないと。

ガルムに頼んで、服を用意してもらう必要がありそうだ。

俺はコッソリとシオンの胸を凝視しつつ、そんな事を考えた。

シオンだけではなく、ソウエイの胸当てなんかもボロボロだ。

……まあ、俺が壊したんだけどね。

丁度いい機会である。俺は鬼人へと進化したベニマル達に、新たな服と装備を用意する事にした。

衣食住の面倒を見ると約束していたし、傷んだままの装備ではいざという時に困るだろう。

皆を連れてガルムのもとへと向かう。

「おう、旦那。そいつ等が新しく仲間になったっていうオーガ達か？　どう見てもオーガに見えないんだが……本当にオーガなのか？」

忙しそうにしていたガルムだったが、俺を見るなり笑顔で声をかけてきた。そして、俺の後ろに続くベニマル達を見て、驚いたように目を丸くしている。

その視線はシオンの胸元に釘付けだった。

「ああ。名前を付けてやったら、オーガじゃなくなったみたいだ。鬼人という種族に進化したみたいだぞ」

「鬼人だって!? オーガの中から希に生まれるという、上位種族だぞ……」

「そうなのか? まあ進化しちゃったんだし、それは今更だな。そんな事より、コイツ等の服と防具を用意してやって欲しい」

「お、おう。わかったぜ」

ガルムは納得いっていないという感じだったが、それ以上は何も言わずに奥の部屋へとベニマル達を連れて行った。採寸して、専用の服を作るのだろう。

ハクロウは自前の服があるし、クロベエは昨日カイジンから服を借りた際に着替えも数着渡されたそうだ。作業着みたいだが、本人は満足しているようだ。

そういえば、どう見ても日本風の服装なのはどういう事だろう?

「お前達の武器って、変わってるよな?」

気になったので聞いてみると、ハクロウが答えてくれた。

なんでも四百年ほど昔に、鎧武者の集団がオーガの里にやって来たらしい。森で遭難したのか、傷つきボロボロの有様だったそうだ。

当時から戦闘集団であったオーガは、今よりも魔物に近い存在だったそうだ。しかし、弱った者を襲うような真似はしなかった。森の上位者であり、食事に困る事もなかった為、やって来た武者達を介抱したのだという。

その事に感謝した武者達がオーガに戦闘技術を教え、武具を譲ってくれたのだそうだ。

集団の一人が刀の製法を知っていた事もあり、試行錯誤の末、刀が量産される事になる。

「その武者の一人が、ワシの祖父に当たるのですよ。ワシの技術は、祖父にみっちりと仕込まれたものなのです」

「オラは鍛冶を叩き込まれただ」

ハクロウは長命で、直接指導を受けたという。

そしてクロベエは、家業として鍛冶技術を継承したのだと。

「それじゃ、その武器は自分達で造れるのか？」

「ワシは剣一筋ですが、刀の手入れ程度は作法として学んでおります。そしてクロベエは、皆の武器番ですぞ」

「皆の刀、オラが造った。オラ、戦うのは苦手だども、刀打つの得意」

なんと！　まさか刀を打てる者がいたとは。確かにクロベエは、他の者に比べると弱かった。しかし、思わぬ特技を持っていたものである。

四百年前の鎧武者の集団はもしかすると異世界からの転移者だったのかもしれないが、今となっては確かめる術はない。重要なのは、継承されている技術なのだ。

「じゃあ、クロベエは武器専門の〝刀鍛冶《かたなかじ》〟として今後も頼む」

「リムル様、任せてくんろ！　オラ、頑張る」

クロベエは快く了承してくれた。これ幸いとばかりにカイジンに引き合わせる。

カイジンとは昨日会っているので、話は早い。

クロベエとカイジンは意気投合し、早速新たな武器の製作の打ち合わせを行い始めた。

そして何やら怪しげな研究を始める始末。

そのせいかどうかは不明だが、クロベエがユニークスキル『研究者』を獲得したようだ。

俺のユニークスキル『捕食者』に似ている。その能力は『万物解析、空間収納、物質変換』というもので、製作に特化していた。この中の『空間収納』は俺の『胃袋』と同じようなものだし『物質変換』とは、『空間収納』した物質を弄《いじ》れるような能力みたいだ。例えば、屑鉄を大量に収納して鉄の塊にしたりする事が出来る。俺の『捕食者』の複写《コピー》と同じような事も出来るみたいだ。

どうやら、クロベエにとって必要と思われる能力だけを寄り集めたようなスキルが、ユニークスキル『研究者』なのだろう。

他にも『炎熱操作』や『熱変動耐性』まで獲得している。

Bランク程度の魔素量《エネルギー》へと減少しているが、戦闘力として考えたら十分に脅威的なのではなかろうか？

もっとも、本人は〝刀鍛冶《かたなかじ》〟として、武具製造に命を捧げる心づもりのようだが。

だがこれで、ホブゴブリン達の武具を大量生産する目処が立ったというものである。

その前に、俺やベニマル達の刀を打ってもらいたい。

俺はクロベエに大量の〝魔鋼塊〟を渡し、武器の作製を依頼したのだった。

「オラが必ずや、素晴らしい刀を造ってみせるだ！」

クロベエが張り切っていたので、非常に楽しみである。

＊

ベニマルとソウエイが採寸を終えて、毛皮の服を着て外に出てきた。

色男は何を着ても似合うようだ。羨ましい。

「あれ？　シュナとシオンは？」

「う、む。それがですね……」

言葉を濁しつつ、ベニマルが説明してくれた。

シュナとシオンは、毛皮の服に満足いかなかったらしい。確かに、シュナの着ていた服は豪華なもので、素材も高級感が漂っていた。

毛皮ではチクチクすると言って、自分の服の手直しをしているとの事。

「シュナ様は織姫と称される程、裁縫が得意でしたので」

ソウエイがそう言って、ベニマルの説明を補足する。

シュナやシオンの着ていた着物は、絹に相当する素材を加工したものだったようだ。

なんでも、オーガ達の里付近に生息する地獄蛾《ヘルモス》という魔物の幼虫が、蛹《さなぎ》の繭《まゆ》を作った際に採れる糸を織り込むのだとか。高濃度の魔素を含み、高い防御力を持つのだそうだ。

麻のような素材の服は見かけていた。ゴブリンのボロボロの衣服も麻系統である。

植生が同じではないから厳密には違うかもしれない

が、認識は麻で間違っていない。

綿のような花も群生していたので、シュナならば加工出来そうである。

綿麻にして普段着を量産するのも良さそうだ。

そして、絹。防御力を持つのなら、それで戦闘服を作ってもらいたい。

防具はガルムが用意してくれるので、その下に着られるような服が欲しい。

ベニマル達を案内して出てきたガルムに相談する。

「なるほど、織物で服をですかい……」

「ああ。絹製の服を作れないかと思ってね」

「絹ですって!?」

ガルムの驚きように、俺が驚いた。

ドワーフの王国でも、織物は超高級品だったようだ。

麻や綿の服は出回っているのだが、絹は滅多に流通しない。製法さえ不明で、素材の入手が難しかったらしい。

「そういう事なら、素材集めはお任せ下さい」

ソウエイが請け負ってくれた。


地獄蛾《ヘルモス》は鱗粉で幻惑効果をもたらす凶悪なBランクの魔物なのだが、変態の際は無防備になる。成虫になる前の繭を見つけて、回収を行っていたそうだ。

繭の回収は、ゴブリンの騎兵に依頼する。ソウエイが場所を知っているそうなので、同行してもらえば安心である。

そのうち、幼虫の状態で捕獲して、町で飼育する施設を設けたい。蚕の養殖なんて詳しくないから、試行錯誤になるだろうけど。


服の手直しを終えて、シュナとシオンが出てきた。

ガルムと、暇そうにしていたドルドを呼び、シュナを紹介する。

「まあ！　わたくしが、リムル様のお役に立てるのですね！」

俺が説明し協力を要請すると、シュナは満面の笑みで嬉しそうに喜んでいた。どうやら、俺の役に立てるのが嬉しいらしい。

シュナは、着物等の高級衣類や繊維系衣類の作製を。

　ガルムは、絹製品で戦闘系の衣装を。

　ドルドは、出来た織物や着物の染色を。

　それぞれに役割を定めて、打ち合わせを行った。これで、着心地の良い衣類も生産出来そうである。

　ふと思いつき、『粘鋼糸』も使えないかと渡しておいた。俺の特性である『熱変動無効』効果があるので、大抵の炎熱攻撃は防いでくれそうだし。少なくとも、服が燃えにくくなると思う。

「ありがとう御座います、リムル様！　きっと素晴らしい服を用意してご覧にいれましょう」

　シュナが非常にやる気を出してくれた。

　頼むぞ！　とシュナ達に声をかけると、「お任せ下さい、リムル様！」と、顔を真っ赤にして答えてくれる。可愛らしい。頼られるのが余程嬉しいのだろう。

　オーガの姫として、裁縫は趣味だったという。その趣味を仕事として生かせるとあって、大張り切りだった。

　ドワーフの兄弟も、可愛い姫と製作出来るというので喜んでいる。

　頼むから、手は出すなよ……。

　その子、見た目とは裏腹におそろしく強いぞ。

　多分お尻でも撫でた日には、この二人は翌日の朝日を拝む事の出来ない身体にされてしまうだろう。

　この二人、ちょっとエロい所があるので心配だ。

　まあ、性欲の無くなった俺だからこそ出来る心配である。

　性欲があったら、人の事より自分の身を心配せねばならぬ所であった。

　何しろ、滅茶苦茶可愛いのだ。

　まさに鬼姫。

　口説くのも、命がけという事なのだろう。

　悪戯心で、いくつかイラストを描いてみた。

　紙など無いので、木片に木炭で書いている。

　相変わらず思った通りに動く身体のお陰で、イメージ通りに仕上がった。

　元の世界のスーツのようなデザインである。

男物と女物をそれぞれ数点、ベニマル達のイメージに合わせて描いてみたのだ。

美男美女だし、こういうのも似合いそうである。

特にシオン。

凛として姿勢の良いシオンなら、男物のスーツも似合いそうだ。

「面白そうですね。ぜひとも、わたくしに縫わせて下さい」

シオンの服は、これに決まったようだ。

俺の普段着として、いわゆる甚平《じんべい》っぽい服もお願いしておいた。

ジャージが欲しい所だが、チャックの部分は難しいかもしれない。一応『思念伝達』で素材や着心地の詳細なイメージを伝えておいたので、そのうちに作ってくれるかもと期待しておく。

そうしていくつかの注文を出し、俺達はシュナを残してその場をあとにしたのである。

●

ジュラの大森林の中央に位置する湖、シス。

このシス湖の周辺に広がる湿地帯。

そこは、リザードマンの支配する領域である。

湖周辺に無数に存在する洞窟。それは天然の迷路と化しており、踏み入る者を惑わせる。

その迷路の奥深くに、リザードマンの根城である地下大洞窟が存在した。

そうした地形の利に守られて、リザードマンは湖の支配者として君臨していたのである。

だが、その日リザードマンにもたらされた凶報が、彼等の今後を左右する重大な事変の幕開けとなったのだ。

オークの軍勢がシス湖に向けて進軍を開始したという報告を受けても、首領は慌てる事なく告げる。

「戦の準備をせよ！　豚如き、蹴散らしてくれるわ!!」

そう気勢を上げた。

首領には絶大な自信があった。しかし、その自信に胡坐をかく事はない。

戦の準備を命じると同時に、オークの軍勢の正確な情報収集も命じる。

先ずは敵の数を知らなければならない。

凶暴な肉食のリザードマンは、単体でもC^+ランク。戦士長クラスはB^-相当であるし、中にはBランクに相当する個体もいるのである。

リザードマンの戦士団、その数一万。

部族の半数が戦士として参加しての数字ではあるが、その戦力は非常に高い。

通常、一般的な小国の騎士が完全武装した状態の強さが、C^+ランクに相当するといわれている。各国の人口比率において軍隊が占める割合は多くても五%以下であり、戦時下でもない限り一%程度に留めるのが普通であった。

リザードマン特有の連携を見せ一団となり戦う一万もの大軍は、人口百万に満たない小国の国家戦力を軽く凌駕するのである。

まして、自分達に有利な土地での戦い。

負けるハズがない、そう首領は確信する。

しかし、腑に落ちない点もあった。

オークとは元来、弱者には強く出るが強者には歯向かわない種族なのだ。

リザードマンは決して弱者ではない。むしろ、強者に位置する種族である。

ゴブリン程度ならば話もわかるが、何故リザードマンを恐れない？

そうした疑問が小さな不安の種となり、首領の心に突き刺さる。

豪胆な性格ではあるが、慎重さも兼ね備えている。そうした、豪気と用心深さを併せ持つからこそ、首領はリザードマンの群れを統率する事が出来るのだ。

そんな首領の不安は、最悪の形を成して的中した。


〝オークの軍勢、その総数、二十万!!〟

首領とその側近である部族長達の集う地下の大空洞に、偵察部隊の報告が衝撃を伴いもたらされた。

リザードマンの戦士が息も絶え絶えに報告した内容に、その場が凍りつく。

「馬鹿な、有り得んだろうが!!」

戦士長の一人が、そう叫ぶ。

首領も同じ心境であり、周りに誰もいなければ自身も同じ台詞《せりふ》を叫んでいたであろう。しかし、首領は動揺を見せられない。動じずに、リザードマンの全部族を率いていく責務があるのだ。

有り得ないと否定したくても、それは許されない。事実ならそれを認め、対策を立てる必要があるのだから。

「事実なのか?」

「この命にかけて、真実であります!」

首領の問いに、戦士が応じた。

「下がって休むが良い」

鷹揚に頷き、昼夜問わずに走り続けたのだろうその戦士を労うように、首領は休息を命じた。

戦士は普段と変わらぬ首領を見て安心したのか、少し気を緩ませたのだろう。そのままその場で気絶してしまう。その姿は報告が本当であると、何よりも証明していた。

(二十万だと? 馬鹿げている……)

同僚の戦士達に支えられつつ退出する姿を尻目に、首領は認識の見直しを余儀なくされた。

確かにオークとは、性欲の強い繁殖能力旺盛な種族ではある。しかし、二十万もの軍勢を用意出来るとは思えない。

(その馬鹿げた数の胃袋を、どうやって満足させる事が出来るというのだ)

それだけの数の軍勢となると、食糧を調達するのも一苦労となる。まして、それを運搬するにも労力が必要となり、纏まりのない下等な魔物であるオーク如きに可能だとは到底思えないのだ。

「勝手気ままで我侭なオーク共を、どうやって一つに纏め上げたというのだ?」

側近の一人がそう呟いた。

そう。それが謎なのだ、と首領は思う。

少なくとも統率力に優れた者が、オーク共を絶対的に支配でもしない限り、二十万という数を纏め上げる事などは不可能であった。しかし、どんなに力ある個体でも、せいぜい千程度の数を纏め上げるのが限界のはずである。

オークはDランク程度の魔物であり、人間に比べると知能で劣る。目先の事しか考えられない種族なのだ。協力するという事の出来ない、愚かな種族なのである。

首領でさえ、総数二万の全部族を纏め上げるのが精一杯であった。協調性の高いリザードマンを率いてさえである。二十万というのは規格外過ぎるのだ。

「余程優秀な個体が多数発生し、連携しているとでもいうのか？」

首領は、意図せぬままにそう呟いていた。

「有り得ませんぞ……。指揮を執れる程の個体となると、特殊個体《ユニークモンスター》でしょう。それが複数同時発生などと聞いた事も御座いません……」

「左様。首領と同様のユニークモンスターが、オーク如きに複数生まれるなど……考えられませんな」

その言葉を聞いた側近達が、小さく頭を振りつつユニークモンスターの複数発生を否定する。

首領はそれに頷きつつ、思う。

（確かにげせぬ。だが、否定しても仕方なし。報告が正しいと仮定するなら、オーク共の行動を可能とする要因はなんだ？）

仮に首領のようなユニークモンスターが複数存在したとして、その者共が志を同じくして協力し合うだろうか？　前代未聞とも言える大規模な統率を可能にするには、そうした優秀なユニークモンスター達を争わせずに纏め上げる存在が必要となる。

そんなカリスマを持つ統率個体《ユニークリーダー》となると、下等なオークと侮る事は出来ない。むしろ、かつてない脅威だと考えるべきであった。

（いや、そうした者が生まれたのだと考えて行動すべきなのだろうな。はてさて、果たしてオークにそんな者が——）

まさか……!?

首領はその考えに思い至り、愕然とする。

自分でその考えを否定したい、そう思って。

それだけの数を支配する存在。それは、数百年に一度生まれるという、伝説の……。

「まさか、豚頭帝《オークロード》が生まれたというのか……!?」

首領の呟きは小さなものだった。

しかし不思議と良く通る声で、喧騒に包まれかけていた会議場へ浸透する。

その言葉の意味を正確に理解した者達が沈黙した事により、しだいに地下の大空洞は静寂に包まれていった。

「オークロード……」

「いや、しかし……」

「だが、万が一そうであるなら――」

首領の側近達、リザードマンの各部族の代表を務める部族長達であるからこそ、その可能性を頭から否定は出来ない。

伝説にあるオークロードならば、二十万もの大軍を率いる事も可能であると思われたからだ。

考えれば考える程その存在以外の理由がないように思える。

「もしも、もしもオークロードが誕生したのだとすれば、オーク共の大軍を纏め上げる事が出来た理由の説明はつきますな……」

「しかし、その目的は？」

「そんな事はどうでもよろしい！　問題は勝てるかどうか、ですぞ!!」

場は再び騒然となり、側近達が激しく意見を戦わせ始める。

(勝てるかどうか、か……)

平原で戦うならば、数の少ないリザードマンに分が悪いだろう。しかし、湿地帯は自分達の庭である。罠を仕掛け慎重に行動すれば、勝機は十分にある。

――いや、あったと言うべきか。

相手が単なるオークの群れだったならば、戦いようはいくらでもあった。だがもしも、本当にオークロードが生まれたのだとすれば、勝利は厳しいだろう。

数の上で圧倒的に負けている以上、敵軍を各個撃破しつつ士気の高さで相手を圧倒する必要があった。地の利に秀でているからこそ、それは可能だと考えていた首領だったが、オークロードが相手ではその作戦は通用しない。

なぜならば、オークロードは味方の恐怖の感情すらも喰らう、正真正銘の化け物なのだから。

オークロードを前に普通に戦えば、負ける事は必定である。

勝利する為には、正面から打ち破れるだけの戦力が必要なのだ。そうするには、兵の絶対数が足りていなかった。

首領は考える。

どうすればこの窮地を脱する事が出来るのか。

オークロードの出現という考えが杞憂であれば、それはその方が良い。だが、決戦が始まる前に打てる手は全て打つべきだと首領は考えた。

援軍を頼むべきだろう。

首領はそう決断を下し、配下の一人を呼び寄せた。

その者の〝名〟は、ガビル。

この騒乱に、新たな火種を持ち込む事になる人物である。

思慮深きリザードマンの首領にも、そこまで見通す事は出来なかったのだ。

●

ゴブリンの族長達は、お互いに青ざめた顔を突き合わせ、集会を開いていた。

以前より、集った数が減っている。

それもそのはず、逃げたのだ。

――ジュラの大森林を激震させる未曾有の危機を前にして……。

そもそもの始まりは、牙狼族の襲来であった。

あの時、名持ち《ネームド》の戦士が所属する村を、多くのゴブリン達が見捨てたのが事の始まりだったのだ。

見捨てられたはずの同胞は、見事に牙狼族を撃ち破り勝利して見せた。

かの村に救世主が現れたのだ。

その思いもしない強力な力を秘めた存在は、同胞達を庇護したらしい。

危機を乗り切った上に今では牙狼族をも従えて、復興を成し遂げようとしていた。

当時の集会にて彼等を見捨てず共に戦うべきだと主張した村々は、今はかの村の傘下に加わっている。

卑小なゴブリンは、群れて助け合わねば生きる事も出来ない。だからと言って、同胞を見捨てたゴブリン達は、今更仲間に加えてくれと申し出るなど、そんな恥知らずな真似は出来ないだろう。

いや、本心ではそうしたい。現に、そう主張する者がいたのも事実である。

だが今更傘下に入ったとしても、奴隷のような扱いを受ける事になるだろう。そう考えると、決断出来ないというのが実情だったのだ。

幸いにもかの村の救世主は、周辺の村々を併呑する意思はないようであった。

であるならば、このまま大人しく暮らしていれば、今までと同様に暮らしていけるはずだったのだ。

しかし、現実は甘くない。

ある日突然、全身鋼鎧《フルプレートメイル》を身に纏ったオークの騎兵が数匹村へやって来た。

「我は豚頭騎士団《オークナイツ》の騎士なり！　今日この時をもって、この地を偉大なるオークロード様の統括地と定める。お前等ムシケラにも生きるチャンスを与えてやろう。数日のうちに集められるだけの食糧を用意し、我等の本陣を目指すのだ。さすれば、奴隷としてその命だけは助けてやろうぞ。ただし、逆らうなら容赦せん。我等は敵対する者の降伏など許さんからな。良く考えて行動する事だ。グハハハハハ！」

そのように一方的に宣言すると、オークの騎士達は高笑いを残して悠々と去って行った。

怒りは湧かなかった。その圧倒的な力を目にしたからだ。

そのオークの騎士一匹で、村を皆殺しに出来る事を確信した為に。

そんな者が数匹もいたのでは、端から勝負になどなりはしないのだ。

本来オークとは、Dランク相当の魔物である。ゴブリンより強いとはいえ、一匹でそこまで圧倒的な強さを持つなど異常なのだ。

尋常ではない何かが、ジュラの大森林にて起きている——皆がそう確信したのだった。

そしてそれはその村だけの話ではなく、周辺一帯の村々全てにもたらされた先触れだったようだ。

各村でも同じ状況にあるという報告が族長達の集会でなされた時、彼等の絶望はより深くなった。

皆がその時、どこにも逃げ場がないと悟ったのだ。

オークの狙いは、ゴブリン達に兵糧を用意させる事だろう。徴用する手間を省く為に、ゴブリン達に運ばせようとしているのだ。そうでなければゴブリンの村々は蹂躙されて、既に焼き払われていたに違いない。

命は助けるとオークは言ったが、村の食糧を全て差し出すならば結果は同じ。

殺されるか、飢えて死ぬか。確実な死か、運が良ければ生き残れる可能性に賭けるかの違い。

しかし、全ゴブリンで歯向かっても全滅する未来しかないだろう。

戦えるゴブリンの総数は一万にも満たないのだ。

族長会に加わっていない未開の地の同胞など、連絡の取りようもない。

どうしようもなかった。


そんな時、風雲急を告げる報告がもたらされた。

リザードマンの使者が村を訪れたというのだ。

これは、希望ではないのか？　藁にも縋《すが》る思いで、族長達はリザードマンの使者、戦士長ガビルと名乗る男を出迎える。

〝名持ち《ネームド》〟の戦士長の到来に、族長達は沸き返った。

この窮地を救い、ゴブリン達を助ける救世主に思えたのだ。

救世主は言った。

「この俺に、忠誠を誓え。そうすれば、お前達の未来は明るいぞ！」

その言葉を信じよう、族長達は判断を下す。

縋る者なき、弱者ゆえの過ち。

リザードマンの配下になるよりは、同胞の配下が良いと主張する者もいた。しかし、多勢に無勢で、結局はガビルの配下に加わる事となったのだ。

この判断が、このあとのゴブリン達の運命を決定付ける事を知らずに……。

●

リザードマンの戦士長ガビルは、直属の配下百名を引き連れて湿地帯を出た。首領より特命を受けたからである。

だがガビルは、面白くなかった。

自身は、〝名持ちの魔物《ネームドモンスター》〟であり、名も無き首領に顎で使われるのが我慢ならないのだ。

それがたとえ、自分の実の父親なのだとしても……。

自分は選ばれた存在である——それがガビルの誇りであり、自信の根源。

そう、ガビルは選ばれたのだ。

とある魔族と湿地帯で遭遇し、〝名前〟を授かったのだから。

「お前は見所がある。いずれは、俺の片腕になれそうだな。また会いに来るとしよう！」

そう言って、ガビルという名を付けてくれたのだ。

ガビルは今でも鮮明に思い出せる。

その魔族、ゲルミュッドの事を。

ガビルはゲルミュッドを、自分に名前を授けてくれた真の主だと考えていたのだから。

（たとえ親父殿といえども、我輩が名もなき魔物にいつまでも命令されるいわれはないのである！　ゲルミュッド様の為にも、我輩が全てのリザードマンを支配する必要があるのだ！）

ガビルは考える。このままでも良いのか？　良いハズがない、と。

その想いは、厳格な父にして偉大なるリザードマンの首領に認められたいという願望の裏返しなのだが、ガビルはその事に気付かない。

肥大化したガビルの自我《プライド》が、彼の支配欲を刺激するのだ。

(さて、どうしたものか……)

首領より受けた密命は、ゴブリンの村々を巡りその協力を取り付ける事。

多少脅す程度は許可されているが、くれぐれも反感を買わないようにと厳命されていた。

ぬるい、ガビルは思う。下等なゴブリンなど力で支配すれば良い、と。

自らの力を過信し、全てが思い通りになると思っているのだ。

(そうである！　下等なオーク如きに恐れをなすような軟弱な首領など、必要ないではないか。この我輩が、リザードマンを支配するチャンスである!!)

ガビルはこの機会に、一気に同族を支配する事を思いつく。

だが、精強な上に強い連帯感を持つリザードマンを寝返らせるのは容易ではない。首領の支配は末端までも行き届いており、離反者は少ないと予想出来た。

ではどうするか？

この機会を利用し、自分で動かせる兵を用意すれば良いとガビルは考えた。

下等なゴブリン共でも、肉壁としては役に立つだろう。かき集めれば、雑魚とはいえかなりの数になる。数は力であり、一万も揃うとそれなりに使い道があるだろうから。

「リザードマン最強の戦士である我輩の力を以ってすれば、オーク共など取るに足りぬわ。そしてこの機会に、親父殿にも引退してもらうとしようぞ！」

「では、ガビル様。ついに、ガビル様の時代が？」

「む？　ふははははは。その通りよ！」

「おお!!　我等一同、いつまでもガビル様に付いて参りますぞ!!」

配下の者達の言葉を聞き、ガビルは満足そうに頷いた。

ガビルの脳裏には、リザードマンの偉大なる指導者として、自身が新たなる首領になる未来が描かれていた。その時こそ、ガビルが父に認められる日なのだと夢想しながら。

その為には、今は慎重に行動しなければならない。慎重に、そして油断なく機会を窺い、その時を待つ。

先ずは、戦力の増強。

ガビルは、ゴブリンの村々を目指した。

そして次々と、ゴブリン共を配下に加えていく。

先にオークと接触していたらしいゴブリン達は、ガビルを救世主と持て囃《はや》した。

それがますますガビルを増長させる結果となり、事態は思わぬ方向へと動き始める。

（やはり、我輩こそが英雄なのだ！）

ガビルはそう確信し、その行動は次第に大胆さを増していく。

ガビルの肥大化した野心、それが生み出す渇きを満たす為に……。

●

数日が経過した。

新たに仲間になったベニマル達が、ちゃんと皆と仲良くやっていけるのだろうかという心配もあったのだが、どうやら杞憂であったらしい。

ホブゴブリンにとってオーガは、元々系列上においても上位存在である。受け入れる土壌があったのだ。オーガは弱者を襲わない種族だったので、ゴブリンからすれば崇拝の対象になっていたというのも大きな理由である。

クロベエは刀の製作。

シュナは衣類の裁縫。

ソウエイは地獄蛾《ヘルモス》の繭の回収。

それぞれが役割を持ち、皆にとけ込んでいた。

ベニマルとハクロウは修行と称して、俺が教えた地下空間に行っているらしい。進化した能力を確かめるのも、立派な仕事といえるだろう。

それを教えてくれたシオンは、俺と一緒に建設中の町を見て回っていた。

より正確に言うと、シオンの豊満な胸に抱かれて町を見て回っている最中なのだ。

シオンは俺の秘書を名乗り出た。俺に断る理由はないので、こうしてランガの代わりに足代わりとなってもらっていたのである。

人化出来るけど、やっぱりスライム形態は楽でいいのだ。

決して胸の感触が気持ちいいとか、そういう不純な動機ではないのである。


建設中の町と言ったが、実際に村というレベルではなくなっている。今後の事も考えて、かなり広範囲を開発中なのだ。

とはいえ、まだまだ排水関係や地下施設を建設中なので、上層部が出来るのは当分先だろう。ミルドが張り切ってくれているので、素晴らしい町が完成しそうで楽しみである。

町の中には、仮とはいえ建物が密集する区画があった。

工業区画である。


集められた素材を保管する倉庫に隣接するように、武器や防具の工房と衣服関係の製作工房である丸太小屋が立ち並んでいた。

クロベエの方は篭りっきりになり、カイジンと馬鹿笑いしながら、何やら製作中である。邪魔したら悪い感じなので、完成して出てくるのを待つしかなさそうだ。

なので、シュナがいる建物へと向かった。

「まあ、リムル様！」

俺を見るなり、シュナが満面の笑みを浮かべる。

そして素早くシオンから俺を奪うように抱き上げて、優しく撫でながら工房内での仕事ぶりを説明してくれた。

楽しく仕事をしてくれているようで、何よりである。

しばらくシュナと雑談し、不都合はない事を確認する。

問題はないらしい。ソウエイが素材を持って戻り次第、絹の製作に移れそうだという。

麻や木綿は、既に製作に着手したそうだ。

仕事の早さに驚くばかりだった。

「これも、リムル様のお陰なのですよ？」

そう言って、シュナは嬉しそうに種明かしをしてくれた。

なんとシュナは、俺の解析能力を特化させた、ユニークスキル『解析者』を獲得していたのだ。俺のユニークスキル『大賢者』の『思考加速、解析鑑定、詠唱破棄、森羅万象』を受け継いでいるようだ。ただし、鑑定能力だけはずば抜けており、俺のように『捕食』せずとも『魔力感知』だけで解析可能なのだと。

便利な能力を獲得したものである。

この能力により、様々な試みを短期間で終える事が可能だったのだそうだ。

ただし、ユニークスキルを獲得したせいか、魔素量《エネルギー》は大幅に減少していた。どうやら、B^{+}ランク程度に戻ってしまったようである。それでも進化前に比べると強くなっているので、問題ないそうだけど。

「リムル様。シュナ様にはお仕事が御座います。邪魔したら悪いですし、そろそろ参りましょう」

シュナとの会話が一段落した時、シオンが口を開いた。俺の秘書らしく、予定を決めてくれているらしい。

「あら？　ちゃんとリムル様のお世話をしているのですね？」

「当然です！　リムル様のお世話は私が行いますので、ご心配には及びません」

シオンがそう言って、シュナと俺を引き離した。

「うふふ。わたくしが、リムル様のお世話をしても良いのですよ？」

「いいえ、シュナ様。それには及びません。私がキッチリとお世話致します！」

シュナとシオンの間に火花が飛び散るような、幻視が見えた気がする。

きっと錯覚だろう。

というか、世話なんてしてもらう必要はない。

一人暮らしが長かったので、自分の事は大抵なんでもこなせるのだ。

という事で、コッソリ脱出しよう。

と、思ったのだが……。

「リムル様！　リムル様は、わたくしとシオン、どちらがお傍に仕えた方が良いと思われますか？」

逃がしてくれなかった。

「そ、そうだね。シュナは、絹織りという仕事があるだろ？　手の空いた時にでも、頼もうかな？」

一体、何を頼むのか？　俺にもわからない。

「わかりました！　わたくしは頼られているのですね!!」

シュナは一人で納得し、嬉しそうに笑顔を向けてくれる。

うん、そうだね。そういう事にしておこう。

「その通りだ。頼むぞ！」

俺の言葉にニッコリと頷く。可愛い。

「お任せを！　わたくしはリムル様の巫女として、いつまでもお仕え致しますゆえ」

「巫女？」

「はい。リムル様を敬い奉る、〝巫女姫《かんなぎ》〟とお認め下さったではありませんか」

え!?　俺がいつ認めたというのか!?　だが、それを言い出すのは危険な予感がする。

「そ、そうだったな。今後も俺の〝巫女姫《かんなぎ》〟として頑張ってくれよ？」

「はい！　お任せ下さい」

シュナに花が綻ぶような笑顔が戻った。

可愛いは、正義。シュナの可愛さに、全てが許せる気になる。

「それでは、リムル様の事、お任せ下さい！」

そんな空気を壊すかの如く、シオンが俺とシュナの間に割り込み話を遮るように俺を抱き上げた。

「——宜しくお願いしますね」

「ええ、承りました！」

ひきつった笑顔のシュナに、なぜか勝ち誇った顔のシオンが答える。

話は纏まったようだ。

一瞬、辺りの温度が下がった気がしたが、気のせいだろう。

世の中には、気のせいという一言で済ます方が良い事も多いのだ。

次は、ベニマル達の様子を見に行く。

新たな能力を得たら確認は基本だし、彼等がどんな能力を得たのか聞いておきたい。

地下空間につくと、ベニマルとハクロウが剣で打ち合っていた。

ベニマルの持つ木刀が、何故か白い光を纏っている。ベニマルがハクロウに向けて木刀を振ると、白い斬撃が飛びだした。しかしそれは、ハクロウの身体をすり抜けて後ろの岩を断つ。直後、ハクロウがベニマルの背後に出現し、首筋に木刀を当てた。

勝負あったようだ。

……え、えーっと……元、オーガだよね？　そう言いたくなるような、洗練された動きだった。

というか、なんなんだよ白い光って……。

なんで木刀の斬撃で岩が斬れるわけ？　それじゃ、木刀を使う意味がないんじゃないかな……。

「これはこれはリムル様。ここは静かで良い場所ですな」

「これは、リムル様。恥ずかしいところを見られてしまったな」

俺に気付き、ハクロウとベニマルが挨拶してきた。

「ああ、修行してるって聞いてね。様子を見に来たんだが、調子はどうだ？」

「身体の方は落ち着いたみたいですよ。ハクロウは若返って、往年の強さを取り戻してますし」

「ホッホッホ。ベニマル様の言う通り、ワシの衰えた身体まで力が溢れておりまする」

「せっかく俺の方が強くなったのに、また振り出しですよ。力では俺が勝っていると思うんだがな……」

ベニマルが苦虫を噛み潰したような顔で、そうぼやいた。確かに、魔素《エネルギー》の大きさではベニマルが上回っているように見える。

「若――いや、ベニマル様は力に頼り過ぎておるのです。ワシのように剣の声に耳を傾け、剣と一体にならねば……。それまでは、まだまだ負けるわけにはゆきませんな」

確かに進化前の段階で、俺の背後を取る程の達人だった。

その上俺の『魔力感知』を掻い潜った上に、『多重結界』と『身体装甲』にて守られた右腕を切断されたのは記憶に新しい。

考えたくないけど、進化した今ならば俺より強くなっていそうである。

「そういえば、俺の右腕を斬り飛ばされたんだったな。正直言うと、あれは焦ったよ」

「ははははは、何を仰られる。一瞬で再生されてしまい、焦ったのはこちらでしたぞ」

いや、まあ……うん。そうなんだけど、戦いながら『超速再生』を獲得出来たからなんだよね。まあ、秘密にしておいた方が良さそうだ。

「あの気配を断つのは見事だったけど、どうやったんだ？」

「あれは、〈気闘法〉という武術ですじゃ。妖気《オーラ》を用いる戦闘術でして、魔法とは異なる技術体系なのです」

ハクロウの説明によると、〈気闘法〉という独自の技術《アーツ》なのだとか。

体内の魔素を練って、闘気となすらしい。身体強化系の技術《アーツ》なのだそうだ。何もせずとも漏れ出るのが妖気《オーラ》ならば、戦闘に利用するのが闘気らしいけど……。

これに関しては、上位の魔物ならば何もせずとも強力な妖気《オーラ》を放てるらしいので、どちらが上とは言えないらしい。

瞬間的に移動する〝瞬動法〟や、相手の認識を遮る〝隠形法〟など、様々な術があるという。

武器や拳を強化する〝気操法〟が、初歩の術式なのだそうだ。

白い光はこれだった。そのまま撃ち出す事も可能らしい。

魔法と似て非なるもの、それが技術《アーツ》。詠唱などは存在せず、実践よりである。

あとから習得するものを総称して、技術《アーツ》と呼ぶようだ。知恵さえあれば、魔物にも習得出来るのも当然なのだろう……。

シュナも〈幻覚魔法〉を使っていたようだし、上位の魔物は魔法や技術《アーツ》を使える前提で考えた方が良さそうだ。味方なら大歓迎だが、敵ならば非常にうんざりする話である。

魔法や技術《アーツ》を駆使する上位の魔物、冒険者がそんなのに遭遇したら……。

今までも、何人もの不幸な冒険者がいた事であろう。

俺はそんな冒険者達に向けて、合掌した。

しかし、〈気闘法〉とは興味深い。特に『魔力感知』にも反応しなくなる〝隠形法〟などは、ぜひとも習得したいものだ。人化のお陰で視力を得ていたけど、目がなかったら反応出来ない所だったのだから。

絶音、絶臭、絶温、絶気という段階ごとに存在を隠せるようになるとの事。

絶気までできて初めて、魔素を乱さずに行動可能となるらしい。

ぜひとも習得したいものである。

「ハクロウ様は、我等の指南役でした。そして、家臣団最強の剣士でもあります」

シオンが説明してくれたが、納得である。

「じゃあ、ハクロウ。俺も〈気闘法〉を覚えたいし、ホブゴブリン達も鍛えてやりたい。俺達の〝指南役《しなんやく》〟となってくれるか？」

「ホッホッホ。この年寄りを扱《こ》き使うつもりですかな？　嬉しいですぞ。リムル様の為とあらば、老骨に鞭打ってでも働かせてもらいましょう!!」

ハクロウが跪き、俺の要請を引き受けてくれた。

すると――

「リムル様、ここに国を作ると言っていましたよね？　リムル様を王とし、リグルド殿が宰相を任されていると聞きました。俺には政治は出来ませんが、軍事は得意とするところ。ぜひとも俺にも、お役目を与えて頂きたい」

ベニマルが言い出した。

「それはいいけど……お前、里長はいいのか？」

「今更ですね。俺は、貴方の下についた。我等の忠誠を貴方に捧げたのだ。貴方に忠義を捧げる家臣となったからには、俺の一族郎党全て、貴方の配下です」

どうしよう。本気なのは十分に伝わってきた。

確かに数日前、俺の家臣になりたいと言われて了承したけど、ここまでの覚悟とは……。

覚悟が足りなかったのは、俺の方だったようだ。

「わかった。お前の力を俺の為に役立ててくれ」

俺はベニマルの決意に応えなければならない。そう思い、覚悟を決める。

ベニマル達を、俺と共に歩ませる覚悟を。

「抜け駆けはずるいのです！　リムル様、そういう事ならば私も何か御役目が欲しいのです！」

うお、ビックリした。

俺を抱きかかえていたシオンが、拗ねたようにそんな事を言い出したのだ。

仕方ないヤツだ。仲間外れにされたとでも思ったのだろう。ベニマルはともかく、シオンにも適当な役職を与えないとな。

俺はシオンの腕から飛び跳ねて、地面に降り立った。

同時に、人へと変化《へんげ》する。変身が完了すると同時に『胃袋』から着替えを取り出し装着済みだ。実は密かに練習しておいたのである。

ベニマルとシオンは俺の変化に驚いたようだが、何も言わずにその場に跪いた。

「それでは、ベニマルは〝侍大将《さむらいだいしょう》〟を任ずる。俺達の国の軍事を任せるから、これからも頼むぞ」

「御意！　戦に関しては俺に任せて下さい」

「シオン、お前には俺の護衛役として〝武士《もののふ》〟を任ずる。といっても、内容は俺の秘書みたいなものだから、頑張るように」

「ありがとう御座います！　リムル様のお役に立てるよう、日々精進して参ります‼」

ベニマル、シオン、そしてハクロウ。

三人は俺に職業《クラス》を与えられ、感無量という感じになってしまった。

余程嬉しかったようだ。クロベエも喜んでいたようだったし、もっと早くに任命してあげれば良かったな。

シュナとソウエイにも何か任命してやろう。

そう思った瞬間、突然ベニマルの隣に人影が出現した。

ソウエイだった。

ベニマルの影から湧き出てきたように見えたが、ソウエイが進化により獲得したエクストラスキル『影移動』の効果だったようだ。

どうなっているんだ、『影移動』。影を通って最短距離を移動出来るようになる能力、というのは知っていたけど……。

俺も黒嵐星狼《テンペストスターウルフ》の持つ能力の一つとして一応使えるのだが、実際に試した事は一度もなかった。思った以上に、便利そうな能力である。

有用な能力が多過ぎて、まだまだ実験が追いつかないのだ。これは早急に使えるようにしないとな。

ソウエイはいつの間にか『影移動』を使いこなしているようだ。

まさしく、情報収集に持って来いの能力である。

ソウエイは俺に視線を向けるなり跪き、「報告が御座います！」と言ってきた。

「お、おう」

「実は、無事に繭を回収し帰還する途中、リザードマンの一行を目撃しました。湿地帯から離れたこんな場所までリザードマンが出向くのは異常ですので、取り急ぎご報告を、と」

涼しい顔でソウエイは俺に報告する。息一つ乱していないが、全力でやって来たのだろう。

俺の『熱源感知』が、若干上昇したソウエイの体温を感知していたのだ。

「リザードマンだと？　解せんな……」

ベニマルも納得いかぬ表情になり、何やら思案を始めた。

オークだけでなく、リザードマンもか……。

どうやら、本格的に何かが起きているようだ。

「ソウエイ。お前に、諜報活動を主たる目的とする役目を与える。今日より俺の為に、〝隠密《おんみつ》〟として情報収集を行うように」

「願ってもない事です。この俺の一族は、忍だったと聞いております。リムル様の〝隠密《おんみつ》〟として、全力で任務を遂行致します」

静かに、しかし決意を秘めて。

ソウエイは俺の目を見て宣言したのだった。

こうして、ベニマル達はすんなりと皆と馴染んだ。

そして、俺の忠実な部下となったのである。

鬼人族《キジン》あるいは、鬼人《オニ》と呼ばれる上位種族へと進化した彼等だったが、先祖返りに近く超常能力が覚醒したようだ。

進化した当初、Aランクの壁を抜けた辺りといった感じだったが、今は能力を取得し落ち着いたのか、各々のランクが変動していた。それでも、突き抜けて強くなっているのは間違いないだろう。

特に各々に職業《クラス》を与えた事が契機となり、各人の資質に応じて魔素量《エネルギー》が定着したのである。ホブゴブリン達に職業《クラス》を与えた時にも生じた変化が起きたのだ。

結局、戦闘に於いては身体能力よりも、特殊能力の優劣が重要である場合が多い。

俺がイフリートに勝てたのも、能力の優劣で勝っていたからなのだし。

彼等がどんな特殊能力を身につけるのか、興味深いところである。


シュナには強引に認めさせられたような気がするが、それも良いだろう。元々巫女だったらしいので、違和感はない。シュナが満足しているので、決定である。

こうして——

ベニマルは〝侍大将《さむらいだいしょう》〟。

シュナは〝巫女姫《かんなぎ》〟。

ハクロウは〝指南役《しなんやく》〟。

ソウエイは〝隠密《おんみつ》〟。

シオンは〝武士《もののふ》〟。

クロベエは〝刀鍛冶《かたなかじ》〟。

と、それぞれが俺の為の職業《クラス》についたのだった。

●

ガビルは、順調にゴブリンの村々からの協力を取り付けていた。

自らの力を誇示するまでもなく、ゴブリン共は己に従っていく。

所詮は弱小部族。逆らう素振りを見せれば、躊躇《ためら》う事なく暴力で従えるつもりである。

首領の言葉など、既にガビルの頭にない。

各村の戦士をかき集め、倉庫からありったけの食糧を持参させる。

そうして、己の為の軍隊を組織していった。

その数、七千四。

くたびれた革鎧や、壊れかけの石槍等で武装している。

戦力としては心許ないが、今はこれでいい。

戦う意思の無い者は、既に逃亡してしまっていた。

「族長ども！　この辺りに、他に村はないのか？」

その問いに、族長達が顔を見合わせた。

一人がおずおずと答える。

「いえ……、村といいますか、一つの集落があるはずで御座います」

「集落だと？」

歯切れが悪いその言い方が、癇に障った。

（どういう事だ？　たかが集落がなんだと言うのだ？）

問い詰めると、おかしな事を言い始めた。

牙狼を駆る、ゴブリンの集団がいるらしい。

意味がわからない。

牙狼族はかなり強い魔物で、集団で活動する。平原の支配者とも言われ、リザードマンでさえ、平原では一歩及ばない戦闘力を有するのだ。

そんな種族が下等なゴブリンに従うなど、有り得る話ではなかった。

更にふざけた事を言い出した。

そのゴブリン共を従えるのが、スライムだというのである。

馬鹿にしている。ガビルはそう思った。

スライムなど最下等の魔物ではないか！　そんなゴミにゴブリンならいざ知らず、牙狼族が従うなどあってはならない。

確認する必要があった。

何か、カラクリがあるのかもしれない。上手く行くと、牙狼族を支配下に収める事が出来るかもしれない。

そうなれば、平原をもガビルの庭と出来るだろう。

ガビルは己の欲望の命じるままに、行動を開始する。

聞いていた場所に、村は無かった。

その事に腹が立ったが、ぐっと我慢する。牙狼族を手に入れる為に、多少の我慢は必要であろう。

ガビルは、首領の支配下から解き放たれた事で、自らの欲望を抑える事をしなくなっていた。

それでも、目的の為に我慢する。

今の彼には、首領の存在など自分の軍団を持つ為の障害としか感じていない。

ここで牙狼族を支配下に出来れば、他のリザードマンもガビルを新たな首領と認めるハズである。

強力な平原の支配者と湿地帯の王者が手を組めば、下等な豚共がいくら群れていたとしても恐れる事はないのだ！

ガビルは、そう信じて疑わない。

豚共を平定し、自らがジュラの大森林の支配者となる。

（そうなれば、我輩はゲルミュッド様の配下として、十分な活躍が出来るというもの）

その時を夢想すれば、多少の我慢も苦にならない。

軍の本隊はシス湖方面へ移動させ、既に待機させている。

食糧に余裕がある訳ではないので、さっさと行動を起こす必要があった。時間はかけられないのだ。

移動の痕跡を発見したという部下の報告に、号令を下した。

自身を含め、十名の精鋭。

移動用の走行断蜴《ホバーリザード》を走らせ、目的地を目指す。

なんの警戒もせず、目的の場所に近付く。

牙狼族は脅威だが、ゴブリンに従っているのだ。群れの落ちこぼれだろう。

（我輩自らが鍛えて、その本来の強さを取り戻してやろうぞ！）

そんな事を考えていた。

ガビルは想像しようともしない。その先に、何がいるのかを……。

彼の頭は、敬愛するゲルミュッドの役に立つという夢想で一杯だったのだから……。

第三章

使者と会議

Regarding Reincarnated to Slime

ベニマル達が正式に俺の家臣となってから数日が過ぎた。

本人達が言っていたように、リグルド達人鬼族《ホブゴブリン》とも仲良くやっているようである。

シュナはソウエイの持ち帰った素材から、絹糸を作り出す事に成功している。それを用いて絹織物を作製し、女性達の人気者となっていた。

子鬼族《ゴブリン》時代からの麻の服と比べれば、異次元レベルでモノが違うのだから当然だ。

リリナ率いる女性達——ハルナさんを筆頭としてシュナに師事し、織物の技術を学んでいるようだ。そんな訳で、シュナは服飾関係の工房の主となっていたのである。

防具工房のガルムとも仲良くやっているようで、着心地などもお互いに意見を言い合って、より良いモノを作ろうとしてくれていた。

もうすぐ俺達用の正装と普段着が出来るそうなので楽しみである。

同様に、クロベエも武器工房の主となっていた。

カイジンとお互いの技術を教え合い、クロベエが全てを吸収したのだ。

カイジンもそろそろ力が落ちてきていた事もあり、自分は生産関係の取り纏めに専念するそうだ。とはいえ、カイジンの知識は侮りがたい。作る事はクロベエに任せたものの、自分は本来の趣味である研究に打ち込みたいというのが本音だろう。

その証拠に、今でもホブゴブリン達の騎乗武器を設計し、クロベエと何やら楽しげに相談したりしているのだ。今後も二人で一人という感じでやっていってもらいたいものだ。

ソウエイはホブゴブリン数名を従え、町周辺の警戒網を構築してくれている。

何者かが接近すると警報が鳴るように、仕掛けを張り巡らせたりしているのだ。

それと同時に情報収集も行ってくれている。逐次俺へと情報が伝達されていた。それを可能とするのが、エクストラスキル『分身体』である。

ソウエイは『分身体』を、同時に六体作成出来る。しかも、『思念伝達』により相互に連携も取れるのだ。移動制限もなかったようで、各地に分身を飛ばし情報収集を行わせているのである。

俺はソウエイを〝隠密《おんみつ》〟に任命したが、あまりにも嵌《は》まり過ぎだった。

ちなみにこの『分身体』、身体的には、本体と同等の戦闘能力がある。違いは体力が極小で、妖術を用いる程の魔素量《エネルギー》がない事だろう。

だが、能力《スキル》は別らしくエクストラスキル『影移動』と『粘鋼糸』なんかは使用出来るそうだ。

まさに万能。

ソウエイに宿った能力は、俺の能力を引き継いだもののようだけど、完璧に使いこなしているみたいだ。性能は同じなので、使い手によってこれだけ差が出るという事か……。

いや、俺が駄目なのではなく、ソウエイが天才なのだろう。

実はソウエイに頼む前も、斥候《せっこう》は放っていたのだ。

情報収集は基本だし、豚頭族《オーク》や蜥蜴人族《リザードマン》が怪しい動きをしているのならば、ここは安全だと油断している訳にはいかないからだ。しかし、素人であるホブゴブリン達では、遠目で集団の動きを把握するのが関の山だったのだ。

近付き過ぎると発見されて捕まる危険が大きいし、逃げきれたとしても相手を警戒させてしまう事になる。もどかしいが、無理せぬように言い聞かせていたのである。

だが、ソウエイに頼んだのは正解だった。所詮『分身体』だから、仮に発見されても消せば済む話である。

更に『思念伝達』が使えるのが大きい。携帯電話もないような世界なのに、情報が伝わる速度は以前よりも速いくらいだ。

面白いものである。

「俺が偵察に出ましょうか、リムル様？」

そう言ったソウエイの、沈着冷静な様子が思い出された。

「頼めるか？」

と、俺が問うのと同時に。

「はっ、お任せを」

その場からソウエイの姿が掻き消えた。

お手本のように見事な『影移動』の仕方であった。

ソウエイは落ち着いた雰囲気のある男で、無茶はしない感じである。こういう偵察には適任であり、彼を〝隠密《おんみつ》〟に任命したのは正解だった。

ベニマルは、リグルド達と一緒に町の警備体制について打ち合わせを行っている。


軍事部門を新たに設立し、そこをベニマルに任せたのだ。とは言え、未だ所属する者はハクロウしかいない部門なんだけどね。

リグル達警備部隊の者は、食糧調達や資源採取といった任務も兼任している。なので、軍部として簡単に徴用する訳にはいかないのだ。

一度再編し、志願者を募る必要がありそうだった。

そうした事をリグルドと相談していたようである。

「見込みのある者達を選んで戦闘に特化させた組織を作りたいのですが、構わないですか？」

「ああ任せる。編成が決まったら報告してくれ」

ベニマルが俺に許可を求めてきたので、承認した。

全部任せるよと言いたいけど、流石にそれは無責任過ぎるだろう。何事も、決定だけは俺の仕事なのだ。

今はまだ魔物の集う町だが、段々と国家組織の体をなしてきた感じがする。

それもこれも、ベニマル達の協力あっての事だ。

今後とも頼りにしたいものである。

そして、ハクロウ。

今俺の目の前に立ち、木刀を構えている初老の鬼。

間違いなく、ハクロウは剣の達人だった。

半端なく強い。

爺さんなのに、気迫が違った。

俺も人間の姿になれる事だし、剣術を学ぼうと思ったのがそもそもの間違いだった。

あわよくば技術《アーツ》を獲得出来るかとか思ったのだが、非常に甘い考えだったようだ。

中学時代に授業で剣道を習ったきりだし、木刀を持つのも初めてなのだ。簡単に出来る訳がなかったのである。

俺には『知覚速度千倍』がある。受けるくらい余裕だろう！　という俺の読みは、ハクロウには通じなかった。

というか、ハクロウも『思考加速』を獲得していたらしく、俺の優位性など最初からなかったのだ。

その結果、目の前の鬼に散々痛めつけられるという苦行に晒される事になってしまったのだ……。

能力《スキル》は結構簡単に獲得出来ていたので、舐めていた。技術《アーツ》は能力《スキル》と違い、努力と修練の果てに得るものである。それを簡単に獲得しようなどと、そんなおいしい話がある訳なかったのだ。

魔法も技術《アーツ》の一種のように思えるが、本当に別物であるようだ。

水氷大魔槍《アイシクルランス》は吸収して解析するだけで獲得出来たというのに……。

愚痴っても仕方ないな。

技術《アーツ》も解析さえ出来れば習得可能かもしれないが、中々に難しいと思う。近道はなく、一歩一歩堅実に修練するしかなさそうだと諦めよう。

おっと、今は考察している場合ではない。

『擬態』による大人の姿では反応が遅れる。なので、全力で対応すべく子供の姿に変化《へんげ》して木刀を構えた。

『魔力感知』を発動し、全方位に意識を向ける。『熱源感知』に『超嗅覚』も発動している。

あとは音だが……。

《問。『超音波』を改良し、エクストラスキル『音波感知』へと進化させますか?

YES／NO》

流石は『大賢者』だ。俺の望みに応えてくれる。

俺は迷いなくYESと念じた。これで、魔素の動き、熱、匂い、音、全ての情報を得る事が出来る。俺の感知範囲から逃れる事は、何者にも出来ないだろう。

俺は自信を持ってハクロウに対峙し、ハクロウも無造作に木刀を構えた。

そして、刹那。ハクロウが霞み、俺の全ての感知から消失する。

次に訪れるのは、脳天からの衝撃。

見事なまでに一本、綺麗に決められたのだ。

痛くも無いし、ダメージも無い。ハクロウも力は込めていないので、当然だ。

しかし、それにしても……。

速さではなく、技術。完全にレベルの差である。

「今のは?」

「ホッホッホ。今の技は、隠形法の極意〝朧《おぼろ》〟と言いますじゃ。魔素を透過させる程、自分の存在を希薄にする技です。リムル様ならば、いずれは習得できましょうぞ」

嬉しそうにハクロウが解説してくれた。聞いただけでは、無理そうである。

少なくとも、ハクロウは習得するのに百年以上必要としたそうだし、俺に出来るとは思えない。

「そうだな。いずれは、習得したいものだな」

適当に返事をしたら、ハクロウはそれに頷いてくれた。

ちょっと心が痛むが、仕方なかろう。能力《スキル》と違い、技術《アーツ》の習得は並大抵の苦労では出来そうもないのだから。

能力は多分、俺の方が上なのだ。だがハクロウにはまるで歯が立たなかった。

自惚《うぬぼ》れていたつもりはないが、手も足も出ない。

そりゃあ、炎化爆獄陣《フレアサークル》とか使ったら勝てるかもしれないけど、そういう事ではないのである。

これが、剣士か。

名もなき大鬼族《オーガ》として生まれ、世に出る事なくひっそりと剣の腕を磨き続けた老人。

家臣団最強というのも頷ける。

流石はハクロウ、納得の強さだった。

まだ本気を出しているとも思えないし、若返って更にヤバくなってしまったようだ。

世が世なら、〝剣聖〟として名を馳せていたかもしれないな。

俺は内心、そう思ったのだった。

「さて、それではもう一度――」

ハクロウが好々爺のような穏やかな笑顔で、俺に修行の続きを促したその時――

大音声で鐘の音が鳴り響いた。

ソウエイの仕掛けた警報に、何かが反応したようだ。

良かった。本当に良かった。

正直ハクロウには勝てそうもないし、もうそろそろ終わりにしたいと思っていたのだ。

俺達は修行を終えて、リグルドの元へと向かったのだった。

＊

リグルドは俺を見るなり駆け寄って来た。

「大変です、リムル様。リザードマンの使者が訪れました！」

焦りながらそう伝えてきた。

というかリグルドって、いつも焦ってるイメージだな。見かけたら、しょっちゅう走っている印象がある。

それはともかく……リザードマン？

どうやらいつか来ると思っていた厄介事が、ついにやって来たようだ。

先に来たのはオークではなく、リザードマンだったか。

まあ、どちらにしても対応は変わらない。相手の話を聞くだけである。

俺達は使者を出迎える為に、町の入り口へと移動した。

使者はまだ来ていなかった。

先触れとして一人来ただけで、また戻って行ったらしい。わざわざ「村の者総出で出迎えよ！」とご大層な命令をして去ったのだとか。

何様だよと言いたくなる話だが、走行蜥蜴《ホバーリザード》という大きなトカゲに騎乗する程の戦士だったとの事で、リグルド達にすれば驚きはなかったようだ。

リザードマンの中でも騎士級の者で構成された一部隊ならば、ゴブリンの村を殲滅《せんめつ》するなど容易い事なのだと。村の者が総出で出迎えるのも当然なのだそうだ。

そんな騎士が先触れに来るくらいだから、やって来る使者は大物だろうとの事。

丁寧な対応を心掛けねばなるまい。

町の入り口に集合したのは、俺とリグルド、ベニマル、ハクロウの四人である。

対応について、慎重な行動を取るようにと皆に念を押す。

「くれぐれも丁寧に対応するように」

「心得ました」

俺の言葉にリグルドが応じ皆が頷いた。

「あれ？　シオンはどうしました？」

丁寧という言葉を聞き、ベニマルが思い出したように聞いてきた。

「ああ、シオンは朝から俺の部屋の掃除をしてくれているはずだが――」

「な、なんですと⁉」

ベニマルに返事をすると、なぜかハクロウが驚いている。

「なんだよ？　そんなに驚く事なのか？」

「い、いや……。なんでもないですじゃ……」

「そう、だな。シオンも成長した事だし、多分大丈夫だな……」

なぜか歯切れの悪い二人。

なんだか不安になってきた。

そして、その不安は的中する。

町の入り口で待つ俺達に、シオンがお茶を用意して持ってきてくれたのだ。

俺の秘書として頑張っているようだ。そう思い、シオンに労いの言葉をかけようとした。

——が、そのお茶をひと目見るなり絶句する。

お茶、なのだろうか……？

ワカメのような、怪しい草が湯呑みからはみ出している。決して飲物ではない。

どういう事だ……、説明しろ!? そういう思いを込めリグルドをチラリッと見やると、スッっと目を逸らされた。

なんてヤツだ。

ベニマルは必死で目を瞑り、コチラを向こうともしない。

ハクロウに至っては気配を断ち、空気と化している。

コイツ等……知っていやがったな!?

そんな俺の逡巡を他所に、褒めて欲しそうにこちらを窺うシオン。

待て、これでどうやって褒めるんだ？

本能が危険を訴えてくるが、覚悟を決めるしかないのか……。

なんで今、人間の姿なんだ!? スライム状態だったら、どうにでも誤魔化せたのに。

ユニークスキル『捕食者』で隔離すれば、最悪でもなんとかなったものを……。

悔やんでも後の祭りだ。

俺は覚悟を決めて、湯呑みに手を伸ばそうとした。

その時——

「あ、お茶っすか！ 自分、丁度喉が渇いてたっす！」

そう言って、見回りから帰って来たゴブタが湯呑みを手に取り、飲み干したのだ。

グゥーーーーーッド!!

でかした！ 心からの喝采を彼に!!

俺の目の前で、シオンが般若の形相に変わったのだが、ゴブタはそれに気付かない。いや、気付ける状態にはないのだ。

ゴフッ！ と、口から泡を吹いてゴブタが倒れた。

ビクンビクンと、危険な痙攣《けいれん》を繰り返している。

危なかった。ひょっとすると、ああなっていたのは俺だったかもしれない。

あれ？ みたいな顔をして、小首を傾げるシオン。

綺麗な顔で可愛い仕草のギャップに萌えるが、俺は騙されない。

コイツには、食物関係は今後一切禁止にしよう。

「ああ、シオン。今後お前が人に出す食物や飲物を作るのは、ベニマルの許可を得てからにするように！」

釘を刺しておく。

ベニマルが、クワっと目を見開きコチラを見た。

知らん。監督はお前だ任せたぞ、そう目で語りかける。

ガックリと項垂れるシオンとベニマル。

実害が出てからでは遅いのだ。

――いや、既にゴブタという実害が出ているんだったな。だがまあ、彼は大丈夫だろう。今回は俺の身代わりになってくれたのだと、感謝しておくとしよう。

今後少しでも犠牲になる者が少なくなるように、ベニマルには頑張ってもらいたいものである。

＊

警報が鳴り響いてから、一時間程経った頃。

リザードマンの使者達は、地響きを立ててやって来た。

俺はスライム形態に戻り、シオンに抱きかかえられている。

何かあった時に備えてです！　と主張されたけど、普通にしている方が安全な気がして仕方ない。

まあ、シオンが俺の護衛としての任務を張り切っているようだし、水を差すのは止めておいた。

お茶で失敗したのを取り戻そうとしているのだろうし。

ところで、掃除は大丈夫だったのだろうか？　いや、今は気にしないでおこう。俺は脳裏をよぎった不安を振り払い、やって来た使者達に注意を向けた。

十人程の集団の中に、何やら偉そうな態度で走行蜥蜴《ホバーリザード》から降りてくるリザードマンがいる。

あれがリーダーか？

「出迎えご苦労！　お前等にも、我輩の配下に加わるチャンスをやろう。光栄に思うが良いぞ!!」

開口一番、寝呆けた事を言い出した。

話し合いも何もなく、一方的に宣言され唖然となる。

ちょっと言葉が出ない。

何を言い出すんだ、この馬鹿は。戸惑ったのは俺だけではないようで、ベニマル達も反応に困った様子だ。

「畏れながら、配下になれと突然仰られましても――」

「ふん。貴様等も聞いておるだろう？　オークの豚共が、ここにも攻めて来ようとしておる。貧弱なお前等雑魚共を救えるのは、この我輩だけだぞ⁉」

代表してリグルドが返事をしたが、それを遮るように言い放つリザードマン。

コイツの中では、俺達が配下に加わるのが決定されているらしい。

確かにオークが攻めて来るのなら、リザードマンの庇護下に入るのも選択の一つではある。

ソウエイの調査結果待ちだが、オークの脅威が無くなるまでは、共闘するのもアリなのだ。

しかし……。

「そうそう、ここに牙狼族を飼い慣らした者がいるそうだな。そいつは、幹部に引き立ててやる。連れてこい！」

うーん、えっと……。

協同して戦うのは確かにアリだ。

だがしかし、一緒に戦う仲間が馬鹿というのはいかがなものか？

〝真に恐れるべきは有能な敵ではなく無能な味方である〟とは、ナポレオンの言葉だったか？　俺も同感で、無能な味方は邪魔にしかならないと思うのだ。

特に戦場という特殊な環境で、尚且つその無能が上司だったら……。

考えるだけでもゾッとする話である。

チラリ、とリグルドを見た。口を開けて、ポカーンとしている。

ベニマルは頭を掻きつつ、コイツを殺してもいいか？　みたいな感じでこっちを見てくる。

勿論、駄目に決まっているけど。

反応に困るな。さっきのシオンの時の比ではなく、反応に困る。

ハクロウは腕を組み、目を閉じていた。

静かだが、寝ているんじゃないだろうな？

そして俺を抱き上げているシオンは、怒りの余り腕に力を込め始め――

ちょ！　俺の身体がひしゃげてる。

慌てて暴れると、俺を思い出したようで力を緩めた。

冷や汗を流しつつ謝ってくるが、怒りの沸点が低いのは考え物である。

スライム形態でシオンに抱かれると気持ちいいのだが、危険だった。

実はシオン、エクストラスキル『剛力』と『身体強化』を獲得しているのだ。

ただでさえ強力な鬼人《きじん》の力を、二重スキルにより強化されているのである。

出来る女という外見に油断していた。

どうやら、力の制御が出来ていない感じである。絞め殺されたらシャレにならないので、今後は注意が必要だろう。

しかし、困った。


まさか、使者が馬鹿とは思っていなかった。

「えっと……牙狼族を飼い慣らしたというか、仲間にしたのは俺なんですけど……」

ともかく話を進めようと思い、偉そうな男に話しかける。

「はあ？　下等なスライムが？　冗談を言うな、証拠を見せてみろ。そうしたら信用してやる」

どこまでも上から目線で命令してくるヤツだ。

ちょっとイライラしてきたぞ。

話し合いの場で相手の話を聞かずに一方的に喋るなんて、コイツはこっちを見下し過ぎだろ。

仕事先でも大手の社員や役人にたまにいたけど、ここまであからさまな馬鹿は滅多にいなかった。

そういう馬鹿には、俺の自己ルールでまともに相手をしなくても良い事になっている。

そもそもの話、馬鹿を味方にしても良い事はない。

俺は、使者への対応を変える事にした。

「ランガ」

「ハッ、ここに」

俺の影からランガが出現する。

最近は、俺の影に潜むのがランガの習性になっているのだ。

これも一種の『影移動』の応用と言えるだろう。

「おう。ソイツがお前に話があるそうだ。聞いて差し上げろ」

話を聞くだけでイライラするので、ランガに丸投げした。

決して面倒になったのではない。

ランガなら、俺よりも効果的に相手してくれると思っただけである。

俺がスライムだから雑魚だと決め付けて話を聞かないなど、出会った頃のリグルド以下のヤツだ。俺が相手をする気が失せるのも、仕方ない話であった。

というか、俺の妖気《オーラ》に気付けない時点で、大した事ないヤツなのではなかろうか？

隠していてもバレるのに、気付かないヤツには見せつけても気付かれない。

不思議なものである。


俺の意を受けて、ランガがリザードマン達へと視線を向けた。

リザードマンの使者の周囲を守る、鉄の胸当てを装備した屈強そうな戦士達が、ランガのひと睨みで萎縮する。

それも当然だろう。

今のランガは、小型化していない本性丸出しの巨体なのだ。

「主より、お前の相手をする命を受けた。聞いてやるから、話すがいい」

リザードマン達を『威圧』しながら、使者に相対した。

まともに『威圧』を受けて、身体が硬直する戦士達。

だが、一人だけ硬直を免れた者がいる。

ちょっと狼狽《うろた》えはしたものの、なんとか威厳を取り繕う使者。

思ったよりも根性はあるのかもしれない。

俺は少しだけ、使者を見直した。

「お、おお。貴殿が、牙狼族の族長殿かな？　我輩は、リザードマンの戦士長ガビルと申す！　御見知りおき下され。今申した通り我輩は〝名持ち《ネームド》〟である。そこのスライムより、我輩と手を組まぬか？」

いけしゃあしゃあと、宣《のたま》いやがった。

ぶん殴りたい、と思ったものの、ここは我慢だ。

ここは大物っぽく、コイツを許す方がいい。

俺は大人だ。落ち着こう。そして、俺以上に落ち着いて欲しいのがシオンだ。

待て、それ以上力を入れると俺のスリムな体型が歪んでしまう。

俺がモゾモゾ動くと、慌ててペコペコ謝ってきた。

怒りを抑えるのが苦手なようだが、本当に気をつけて欲しい。

しかしこの使者、トカゲの分際で偉そうに……。

ガビルという名を持つようだが、だからなんなのだという話である。

ランガさん、やっておしまいなさい！　俺は心の中で応援した。

「トカゲ風情が──我が主を愚弄するとは──」

歯軋りし目を紅く光らせて、ランガは静かに怒っている様子。

ランガさん……、やり過ぎないでね……？

しかしトカゲのヤツ、大丈夫だろうか？　使者じゃなければ、コイツがボコボコにされても自業自得と笑って済ませるのだが……。

「どうやら貴殿は騙されておるようだ。良かろう。我輩の力で、貴殿を操る者を倒してみせようではないか。誰が相手するのだ？　なんなら、全員でも構わぬぞ⁉」

オイオイ……何を言っているんだ、このトカゲは？　冗談きついわ。このトカゲ、マジでＴＰＯを弁《わきま》えて欲しい。

お前、この中で最弱だぞ。

──おっと、流石にそれは言い過ぎか。リグルドよりは強そうだな。

リグルドもなんのかんの言ってＢランク相当の強さだ。ホブゴブリン達の王であり、ホブゴブリン最強の戦士になっている。ホブゴブリンの平均がC^{+}ランク相当である事を考慮するなら、かなりの進化だと言えるだろう。カイジンが作製した武具の補助もあって、Ｂランクでも上位だと思う。

とはいえ、武術も剣術も学んでいないだけに、流石に本職の戦士には及ばないだろう。

技術《アーツ》の有る無しでは戦闘力が大きく違うと、最近学習したばかりだしな。

それにこのトカゲ――ガビルは、言動が偉そうではあるものの、身ごなしはそれなりに熟練した戦士のものであった。

自分で言うだけあって、腕にはそれなりの自信があるのだろう。

俺達は、目を見合わせた。

さて、ランガは誰を相手させるつもりなのか……。

「あれ？　何やってるっすか？」

空気を読めない事ではピカイチのゴブタが、ここでも本領を発揮して復活したようだ。

「お前、無事だったのか？」

「それが聞いて欲しいっす！　川を泳いでいたら、優しげな声が『毒耐性』を獲得したとか言ってたんすよ！　そしたら楽になって、目が覚めたっす」

気楽そうに話すゴブタ。

その川は、泳ぎきっては駄目な川だと思うけど……。

言わないであげるのも優しさだろう。

「そうか、『毒耐性』か。俺も持ってないスキルなのに、凄いな……」

「そうっすか？　へへッ、嬉しいっす！」

そんな嬉しそうなゴブタだったが、空気を読まなかった時点で運命は決まっていた。

「ククク、良かろう。では、我も認める程の男を倒せたら、話を聞いてやろう」

そう言って、ランガが指名したのはゴブタである。

やっぱりね。ゴブタは「ちょ！　何なんすか⁉」と言って目を白黒させていたが、最早決定事項である。

良かった。誰が相手するかで揉めるところだった。

皆、自分の手でボコボコにしてやるという感じで、目つきが危険な事になっていたのだ。

なんというか、その目を見て俺は逆に冷静になれた。

先に誰かが怒り出すと、周りは冷めるものなのである。

　というか、ランガも酷い事を思いつく。ランガの目を見るとわかるが、あれはゴブタを生贄にしようとしている目だ。

　使者を痛めつけるのは体面が悪いが、相手が先に手を出したと言い張れば、なんとかなると考えたのだろう。ずる賢いヤツである。一体誰に似たのやら……。

「良いのですか？　貴殿が相手してくれても良いのですぞ？　まあ実力がないとバレるよりも、部下に任せる方がいいかもしれませんな」

　ガビルがしたり顔で、俺に向けて言い放った。

　完全に嫌味である。俺がランガ達を騙していると信じきっているようだ。

　殴りたい。コイツを全力でぶん殴ってやりたい。

　せっかく冷静になれたのに、また怒りが再燃してきた。

「ゴブタ、遠慮はいらん。やれ！　負けたらシオンの料理をたらふくご馳走してやるぞ!!」

「ちょっと待って欲しいっす！　なんだか既に決定みたいなので、それは諦めたっすけど……せめて、勝った時には何か褒美が欲しいっすよ！　それと、シオンさんの料理だけは勘弁して欲しいっす……」

「何やら非常に不愉快な会話です……」

　シオンがむくれているがスルーする。

　むむ？　そうだな。確かに何か褒美は必要だな。

　シオンの料理の恐ろしさを味わった今なら、全力で戦うだろうと思ったけど……。どうせ勝てないだろうから無駄だと思うが、褒美も考えてやるとするか。

「わかった。じゃあクロベエに頼んで、お前に武器を作ってもらってやる」

「マジっすか！」

「おいおいゴブタ君。俺が嘘をついた事があったかね？」

「いや、嘘をついた事はないっすけど……なんだかしょっちゅう騙されてる気がするんすけど……」

「それは気のせいだ」

「気のせいっすか？　そうだったんすね！」

　うむ。ゴブタが相手だと、話が早くて助かる。

俺達のやり取りが終わるのを見計らい、ランガが俺に合図してきた。

俺は頷いて応える。

「我に力を貸せと言うならば、貴様の力を見せてみろ。では、始めろ！」

ランガはガビルに向かって、言い放つ。

その一声で、戦闘が開始された。


身構えるゴブタに対し、ガビルは悠然と槍を手に持っただけ。

ゴブタの武器も騎乗用の槍なので、長物同士の戦いとなるのか。

ゴブタに勝機はなさそうである。

何しろ、ゴブタの得意な得物はナイフ系なのだから。

「フン。ゴブリンよりはマシとはいえ、ホブゴブリンも大差ないのである！　偉大なるドラゴンの末裔たる我等リザードマンから比べれば――」

開始の合図のあとにもかかわらず、偉そうに講釈を垂れようとするガビル。

ゴブタを格下と見て、完全に舐めきっているのだ。

しかし、そのゴブタはというと――

「来ないんすか？　じゃあ、こっちから行くっすよ！」

ガビルの講釈を無視し、その手に持つ槍をガビルに投げつけた。

俺の予想に反し、ゴブタは本気で勝ちを狙いに行くようだ。

「うぬ、小癪な！」

ガビルは慌てる事なく、向かい来る槍を叩き落とす。

しかし、それはゴブタの狙い通りだったようだ。

一瞬とは言え、ガビルの意識は槍に向けられた。その隙をつき、ゴブタはスッと影に潜ったのである。

なん……だと……!?

俺は我が目を疑いそうになった。ゴブタが『影移動』を使いこなして見せたからだ。

当然、対峙しているガビルもゴブタを見失ってしまったようで……。

「何処《どこ》へ隠れた!?」

と叫びつつ、慌てて周囲を見回している。

だが、その時には既に勝負はついていたようだ。

ゴブタがガビルの後ろに伸びた影から飛び出して、そのまま横回転しつつ後ろ回し蹴りを放ったのである。

ガビルには何が起きたのか理解出来なかったであろう。

背後からの、完全な意識外からの不意打ち。それをまともに首筋に受けて、一瞬で意識を刈り取られてしまったのだから。

鎧と兜の隙間を狙うように、ゴブタの蹴りが見事に決まっていたのだ。

頑強な肉体を持つリザードマンといえども、神経の集中する延髄部分に衝撃を受けてはたまったものではない。自前の鱗で守られているから死んではいないだろうけど、回復するには時間がかかりそうである。

という事はつまり――

予想外にも、ゴブタの勝利であった。

「勝負アリ。勝者ゴブタ!!」

ランガの宣言に、ベニマル達が喝采の声を上げる。

褒められているゴブタも嬉しそうだ。

しかし……。

まさかゴブタが、リザードマンの戦士長ガビルを圧倒するとは思わなかった。

ガビルはB+ランク相当には強そうだったのに、瞬殺するとは。

いやはや、ゴブタの成長ぶりには驚かされる。

さぞかし皆も驚いている事だろう。

「流石はゴブタ。我が見込んだだけの事はある」

満足そうに頷くランガ。

「ようやった！　ホブゴブリンの力をよくぞ見せつけた！」

大喜びのリグルド。

「見直したぞ。私に対する先程の失礼な発言は、聞かなかった事にしてあげるわ」

笑みを浮かべて褒めるシオン。

「中々見事だった。俺達と戦った時より強くなっているようだな」

とは、ベニマルの台詞《せりふ》である。

「ふむ、やりますな。あの小僧、鍛え甲斐のありそうな才能を持っているようですじゃ」

ハクロウが眼光鋭くゴブタを見ている。

ハクロウに見込まれるとはゴブタのヤツ、やりおる。

可哀そうだがゴブタ君、どうやら修行の鬼に目を付けられてしまったようだ。俺への矛先を軽くする為にも、ぜひとも一緒に修行してもらおう。

というか——

え、あれ？　皆もしかして、ゴブタが勝つって思ってたの？　そう思って見回すと、誰もがゴブタの勝利を信じていたような感じであった。

どうやら、ゴブタの勝利を信じていなかったのは俺だけみたいだ。

ランガの思惑を深読みし過ぎていたようである。

「さ、流石だな、ゴブタ。見事だったぞ！　約束通り、クロベエに武器を頼んでやる」

俺もゴブタを信じていた事にしよう。

空気を読める男である俺は、その場の雰囲気にあわせてゴブタを褒めたのだった。


そして、敗者であるガビルとその取り巻き達はというと……。

ガビルに外傷はなく、本人は気絶しただけである。

ガビルの配下は、応援しようと声を出しかけた所で固まっていた。

何が起きたか、まったく理解出来ていない。

「おい、勝負はついたぞ。そいつの配下になるのは断る。オークと戦うのに協力しろという話なら検討しておくが、今日のところはソイツを連れて帰れ」

俺の言葉を聞き、ようやく動き始めるリザードマン達。

こうして、人騒がせな使者達は帰って行ったのだった。

＊

さて、馬鹿が帰ったのはいいが今後の方針を立てねばなるまい。

皆を集めて、会議を行う事にする。

この町で一番大きな寝泊まり用の建物に隣接した、打ち合わせ用の仮設小屋があった。そこに集合して今後の方針を話し合うのだ。

俺はここにいない者を呼び集めるよう、リグルドへ命令した。

「即座に召集致します」

リグルドは頷き、ゴブタを使って伝令を走らせる。

俺もソウエイに『思念伝達』を通し、帰還するように命令した。

呼び集めたのは主要な者達だ。

ホブゴブリンのリグルドとリグル。

ルグルド、レグルド、ログルド、そしてリリナ。

ドワーフのカイジン。

鬼人のベニマル、シュナ、ハクロウ、シオン、ソウエイ。

そして、俺。

俺を除いて、総勢十二人。

各生産部門の責任者を除く、この町の運営に携わる者であった。

建設・製作部門は、代表してカイジンが取り纏めていた。

管理部門は、リリナが担当している。

政治部門は、リグルドを頂点に、ルグルド、レグルド、ログルドが司法、立法、行政を取り纏める。この部門については、まだまだ整備が追いついていないので、今後の課題が山盛りだ。

軍事部門は、ベニマルとハクロウ。

諜報部門が、ソウエイ。

警備部門が、リグル。

今のところ、軍事と諜報が増えて六つの部門が決定していた。

まだまだ組織としては脆弱《ぜいじゃく》だが、不都合は起きていない。活動と言っても名ばかりだし、おいおい充実させていけばいいのだ。今のところ、皆が飢えずに暮らしていけているのだから。

狩猟関係まで警備部門が行っているのが、問題と言えば問題なのかもしれないけれども。

考えてみれば、リグルのヤツは良くやってくれている。彼のような者が、縁の下の力持ちと言うのだろう。

軍事部門を任せたベニマルにしても、誰を兵とするかで悩んでいるようだ。

リグルと相談し、警備部隊の中でも腕利きをリストアップしている段階である。

まだ任命したばかりだし、こればかりは仕方ない。

だが、オークやリザードマンの動きが活発になっている以上、悠長な事は言っていられない。

ベニマルへの負担は大きいが、皆の為に頑張ってもらうとしよう。

リリナは機転が利いた。そして、非常に働き者である。

管理部門と銘を打ってはいるものの、やっているのは実質、農業だ。

野生の芋種を採ってきて、栽培に成功している。

収穫のサイクルが早く栄養価が高いので、食糧事情の改善に貢献していた。

他にも魔獣の家畜化や魚の養殖など、幅広く食糧の確保に取り組んでいるのだ。

出来た製品、採取した素材、集めてきた資材、その全ての管理も行っていた。

農業・林業・水産業・畜産業全てを賄っているといえる。

規模が小さいので可能だが、将来的には臨機応変に変動させる必要があるだろう。

今後、人間と取引出来るようになったら、色々な野菜類の苗も仕入れたいと思う。そうなったら、リリナだけでは対応は難しいかもしれないので、それこそ責任者を増やす必要がありそうだ。

今でもシュナに織物を教わるなど、ゴブリナ達は精力的に頑張っているし、ハルナさんのような人材もいる。心配しなくても、なんとかなると思うのだ。

建設・製作部門は、カイジンに任せっきりになっている。

本人は、鍛冶職専門だが、クロベエという協力者が出来た事で、総監督のような立場になった。

実力的には、得意分野がはっきりと分かれた様子。工房は、クロベエに一任したそうだ。

彼曰く、「今は色々纏める方が忙しいから、落ち着いたら製作に打ち込みたい」との事。

そうなれば、研究三昧になりそうで怖いけど。

クロベエも、今頼んでいる武器を作り終えたら、一緒に研究に打ち込みそうだし。

開き直って、俺も一緒に研究するのもいいかもしれない。その為にも、早く落ち着いて欲しいものである。

＊

偵察に出ていたソウエイが戻って来た。

これで全員揃ったので、会議を始めようと思う。

「それでは、会議を始める。先ずは報告を聞こう」

全員が席についたのを見計らい、俺が口を開いた。

それを合図に、ソウエイが報告を始める。

内容は大きく分けて三つ。

一、ゴブリンの各村の様子
二、湿地帯の状況
三、オークの進軍状況
ソウエイは六体の『分身体』を駆使し、情報収集を行っていた。

各地に二体ずつ放ち、情報を収集させたそうだ。

現在も数体がその場に残り、調査を続行中との事。

一同は、黙って話を聞く。

先ずはゴブリンの村々だが、リザードマンの戦士長ガビルの傘下に加わったそうだ。

さっき来たリザードマンだな。あんな馬鹿に仕えるなんて、もの好きな奴等である。

傘下に加わらなかったゴブリン共は、恐慌状態になって各地に逃亡したそうだ。

人間の国方面に逃げた者も多数いるそうだが、そいつ等はおそらく討伐対象になるだろうとの事。

森で集落を作って暮らす分には人間も手を出してこないが、自分達の領域に入ってくるなら牙を剥く。誰しも自分達の住処《すみか》を守ろうとするものだし、それは当然の事だろう。

人間の戦力はわからないけれども、ゴブリン程度なら瞬く間に討伐されると思う。

となると隠れ住むしかないのだが、彼等の未来は明るくなさそうだ。

ガビルの話もついでに聞けた。

どうやらゴブリン共を傘下に収め、総数七千匹程の軍を組織したらしい。

山岳地帯麓の平野部に集結し、野営しているそうだ。かなりの数である。

俺達に提示したように、オークからの庇護をエサに交渉を纏めたのだろう。

一応、頭は使えるらしい。しかし、ゴブリンの溜め込んでいた食糧を全て持ち出したらしく、仮にオークに勝ったとしてもその後飢えて死ぬ者が出るだろう。

その辺は何も考えていない。

それについては話を受けた族長も同罪だが、オークに殺されるよりはマシといった判断なのかもしれない。

……いや、オークとの戦争で口減らしをして、残った者を生かす考えなのだろうか？　だとすれば、弱小な種族なりの精一杯の生き残りを賭けた方針なのだろう。

俺達も、人事ではない。

この町はまだ完成してはいない。だが、ここを簡単に放棄するのも面白くない。

ここまでオーク軍の侵攻を許せば、この辺り一帯も森が荒らされ食糧の調達もままならなくなる。

今の生活を守る為には、湿地帯周辺にてオークを撃退する必要があるのだ。


湿地帯の様子を聞く。

こちらはリザードマンの首領が各部族の戦士を取り纏め、一万体近くの軍を組織しているとの事。

湖の魚を捕獲し、食糧は豊富に用意している様子だったそうだ。

自然の迷路に立て篭り、オークを各個撃破する構えである。

それ程警戒する必要のある相手なのか？

強種族であるリザードマンが、全部族一丸となり警戒する相手。その上、弱種族のゴブリン共まで戦に駆り出し備えるほどの……。

最後に、オークの進軍状況を聞くとしよう。

「オークの軍勢、その数――およそ、二十万――」

一瞬言いよどんだあと、ソウエイははっきりとその数字を口にした。

「はあ？　二十万⁉」

思わず声が出た。

確か、オーガの里を襲撃したのは数千程度だったハズ……。

「俺達の里を襲撃した部隊は、ほんの一部だったという事か？」

「そうだ。調べて見て判明した。奴等の総数は二十万はいると考えられる。南からアメルド大河に沿って、比較的広い侵攻ルートを通り本隊が移動中だ。道幅と部隊の長さから推測しただけだが、最低でも十五万を下回る事はない。森の各地へ侵攻している部隊も確認しているし、敵の数を過小に評価するのは危険だと進言する」

ソウエイは迷いなく言いきった。

広い道を埋め尽くすオークの軍勢が、数キロに渡り延々と侵攻していたという。

「オークの目的地はわかるか？」

「はっ！　オークの軍勢はシス湖の周辺に広がる湿地帯を抜け、リザードマンの支配領域を突き抜けるつもりのようです。しかし――」

「しかし？」

「しかしその先にあるのは、人間共の住まう領域。オーク共が何処を目指しているのかは不明ですが、このまま突き進むのならば、いずれは人間の国家群との衝突は避けられないものかと――」

まさか、何を考えているんだ？　いや、待てよ……。森の支配権を得るだけならば、リザードマンを滅ぼした段階で動きを止める？

そもそも、オーク共の目的は何なんだ？

「ソウエイ、お前の考えではどうだ？　オークの目的はリザードマンを潰す事か？　それとも、その先の人間国家にまで侵攻を続けるつもりだと思うか？」

「流石に、今の段階では判断が付きません……」

それもそうか。

というか、地形が良くわからん。

「先ずはオーク共の目的を知りたいな。ソウエイ、地図みたいなモノって何かあるのか？」

「地図、とはなんですか？」

「え？」

………

……

…

なんと驚きな事に、地図が何かほとんどの者が知らなかった。

流石にカイジンは知っていた。知ってはいたが、流通はないそうだ。

この世界では未だに、地図が軍事機密扱いなのだそうだ。

仕方がないので大きな木の板をテーブルの上に並べて、そこに大雑把な位置関係を書き込んでいく。

魔物同士には『念話』があるし、ある程度の情報共有が可能だった。その弊害として、記録媒体の発展を妨げる現状があるのかもしれない。

ハクロウも祖父から聞いたと、オーガの里周辺の地形図を木板に書き込む。

紙が無いのが辛い。

ともかく木の板を持ってこさせて、そこにこの町周辺の地形から書き込んでいった。

今度は逆に、『思念伝達』でリンクしたお陰で、相手のイメージを直接読み取れて作業が捗る。これは確かに便利だ。便利だからこそ記録媒体に頼らずに情報のやり取りをしている訳で、これは改善とは呼べないのかもしれない。どうしようもないジレンマである。何しろ、魔物だけで暮らす分には問題なかったのだろうから。

だが、知識の継承は人が魔物よりも優れている部分なのは間違いない。何よりも、発展への原動力となるのだ。今は不便さも感じるだろうが、慣れて欲しいものである。

俺は皆の思念から読み取った情報を『大賢者』に編集させる。そして、一体化した地形として丁寧に木の板へと書き込み、それなりに見られる地図を作成した。

縮尺その他は参考程度にしかならないが、なんとか使用には耐えられそうである。

会議の本題に入る前に、地図の作成で思わぬ時間を消費してしまった。


本題に入るとする。

「このように地形をわかりやすく表記したモノが、地図だ。この地図を見ながら、説明を聞いてくれ」

木の板の寄せ集めに書き込んだ地図を、皆で取り囲んだ。

それと『思念伝達』で皆をリンクして、イメージの共有も図る。

「いいか、今からこの地図を見ながら、リザードマンやオークの動きを予想する。オークが何を考えているのかを予想するのが目的だ。それがわかれば、俺達も動きやすくなるだろうしな」

俺の言葉に頷く一同。

ソウエイに、オーク軍の位置に木片を置かせる。小さく加工して、表面には将棋の駒のようにオーク本隊と書いてある。

オークの侵攻ルート。

ジュラの大森林は中央から三方に向けて、大軍が通れそうなルートが存在する。

そのいずれもが、カナート大山脈から連なるアメルド大河に沿ったルートだった。

アメルド大河はジュラの大森林中央部付近にて二つに分離し、大きな支流がシス湖へと流れ込んでいる。大河の本筋は南北を結び、大陸を縦断している。そして緩やかなカーブを描き、東の海へと至るのだ。

この大河を挟んだ先にも森は広がっているが、厳密に言えば、向こう側は人間国家である東の帝国領となるらしい。そしてジュラの大森林を抜けた先、アメルド大河の育んだ肥沃な大地こそが、魔王達が支配する魔王領と呼ばれるのだとか。

そう、魔王は一人ではなく、複数存在するらしい。

確かシズさんも、レオンの事を魔王の一人だと言っていた。なんだかおかしいなとは思っていたのだが、ようやく疑問が解けた。という事は、リグルドの息子に名前を付けたという魔人が仕える魔王とレオンは、まったく関係がない可能性もあるのか……。

いや、今はそんな事は関係ないな。

問題は、オークの侵攻ルートとその目的地である。

ソウエイからの報告によれば、オークは魔王領にあるという生息地を出てから、一旦アメルド大河へと出張っている。これは大軍が行動するルートがそこしかないからだが、同時に別働隊を森へと侵攻させ、オーガの里を滅ぼしたように周辺の強力な魔物を殲滅していっているようだ。

その目的は食糧の確保だと思うが、どうにも不自然な感じだな。

「どう思う?」

オーク別働隊と書かれた駒を動かしつつ、オーガと書かれた駒を地図から除外して、俺は皆に意見を聞いてみた。

「どう、とは?」

「いや、なんで別働隊を分けたんだ? 森をそのまま突き進ませると、何が不都合になるんだ?」

俺の疑問に答えたのはハクロウだった。

「大軍が移動するには、大森林の木々が邪魔になりますからな」

それは考えた。だが、それならば——

「なぜヤツ等は、俺達の里を滅ぼしたんだ? 本隊の移動と関係ないのなら、放置しておけば良かったのではないのか?」

「ふむ……そう言われれば、変ですな……」

そう、わざわざ森の上位種族であったオーガに戦いを挑む必要など、オークにはなかったように見えるのだ。確かに里の食糧は奪えるだろうが、それを目的とするには損失が大きいように見える。数千とは言え本隊に比べれば小数の部隊で、オーガの里を襲うなどと……。

実際に、オーガの里を襲撃したオークには、大量の死者が出たそうだし。

オーガの里を襲った目的は、果たして食糧だけだったのか？

「俺達を傭兵として雇う交渉すらなかったぞ？　あれは最初から、俺達を皆殺しにするつもりだったとしか思えない」

「確かにそうです。わたくしのエクストラスキル『害意感知』でも、最初から敵意しか感じませんでした」

ベニマルの言葉に、シュナが頷いた。

という事は、オークの狙いはオーガを滅ぼす事だった、という事になる。

そしてそれだけではなく……。

「本隊の侵攻ルートと別働隊の動きから予想すると、合流地点は湿地帯となりますな」

ハクロウが眼光鋭く地図を眺めつつ、その考えを呟いた。

皆が一斉に地図を見る。

オーク本隊と書かれた駒と、オーク別働隊と書かれた駒。その二つを同時に動かし、その交わる地点が指し示すのは——

リザードマンの支配領域である、湿地帯。

湿地帯周辺ならば、オークの本隊が戦に備えて展開出来るだけの広さはあった。

足場の悪さというオークにとっての地形の不利を無視すれば、だが。

「このまま進むなら、間違いなくリザードマンとぶつかるよな？　じゃあ、ヤツ等の狙いはリザードマンを滅ぼしてジュラの大森林の頂点に立つ事か？」

「そう問われると、どうにもそうは思えませんな……。確かに、解せません」

「前に言ったように、魔王と手を組んだとか？」

「支援を受けているのは間違いないが、それが魔王かどうかは確定しておりませぬ。迂闊な事は言わぬが良いでしょうぞ」

「しかし、仮に何がしかの勢力と組んだのだとしても、森の有力種族を滅ぼす目的はなんだ？」

俺の疑問を皮切りに、皆が意見を言い合った。しかし結局の所、一番重要なオークの目的がわからずに皆の言葉は尻切れとなっていく。

その時――

「それに……。オーク達は、どうやって二十万もの大軍の食糧を賄っているのでしょう？」

シュナがポツリと呟いた言葉に、皆の動きがピタリと止まった。

「どうって、だから森で食糧を集めさせて……」

ベニマルが答えようとするが、直ぐに自分の言葉のおかしさに気がついたようだ。

そう、それはあまりにも不自然なのである。

「ソウエイ、オークの別働隊には補給部隊はいたのか？」

「……いいえ、見かけておりません。本隊の後方には食糧を運搬する部隊が組織されているようでしたが……しかし、数が足りません。その数は二万程度で、とても二十万もの軍勢を満足させる事は出来ないかと思われます」

大河に沿って移動するなら、水は補給出来るだろう。しかし、食糧の補給は出来ないと考えるべきである。


だとすれば、準備していたであろう食糧は減る一方。

別働隊にも、本隊にも、その補給を行う者が必要となるハズなのに……。

オークには「必要なものを」「必要な時に」「必要な量を」「必要な場所に」という兵站《へいたん》の概念などはなさそうだが、流石に飢えてまで戦おうとはしないだろう。

それに別働隊への補給も行っていないのならば、別働隊が食糧を集めて本隊へと届けるなど有り得ない話となる。何しろ、彼等は自分の食い扶持を確保するだけで精一杯だろうから。

別働隊とはいえ、その規模は数千もいるのだ。その者達が飢えないだけの食糧を確保するだけでも、至難の業となるだろう。

ソウエイは何かを言いかけ、そこで言いよどんだ。

「どうした、何か言いたい事があるのか？」

俺が話すように促すと、ポツポツと語り出す。

「これは自分の憶測なのですが……飢えたり戦死したりした仲間の死体を……食べているのではないかと思われるのです……。なぜならば……戦場跡なども調査したのですが……、死体が一つも……」

とんでもない事を言い出した。

ソウエイの発言に、ベニマルが噛み付く。

「なんだと!?　まさか、我等の里も？」

「……ああ。何も、残っていなかった……」

ソウエイは言い辛そうに、だがキッパリと断言した。

「そんな!?」

「なんと……」

言葉を無くす鬼人達。

うぇ……、オークってそんな種族だったのか……。

俺もその場面を想像してしまい、気分が悪くなる。

「いくらなんでも……」

「アイツ等は確かになんでも食うが、流石にそれは無いだろう？」

リグルドやカイジンのそうした質問に、冷静に応じるソウエイ。

「いや、あくまでも憶測です。しかし、奴等の通ったあとには死体は無かった。俺達の里にも綺麗さっぱり、何も残っていなかった。これは紛れもない事実です。

そして一つ、思い当たる能力があるのですが——」

思いつめた表情で、ソウエイが言葉を区切る。

「まさか……!?　豚頭帝《オークロード》……、か？」

しかしソウエイの言葉を待たず、ベニマルが続きを口にした。

「そうだ。確認していないが、オークロードが出現した可能性がある。少なくとも、高位の豚頭騎士団《オークナイツ》の存在は確認した。俺達の里を襲撃したのも、そいつ等だろう——」

「確かにな。あの強さならば豚頭騎士《オークナイト》、いや——豚頭将軍《オークジェネラル》だったとしても不思議はない——」

「だとすれば、全ての謎は解けますな……」

鬼人達はオークロードを知っているのか、皆が深刻な顔になっていた。だが、俺やカイジンにリグルドを含むホブゴブリン達は、なんの事だかさっぱりわからないでいる。

「おいおい、そのオークロードとは一体なんなんだ？　俺達にもわかるように説明してくれや」

とうとう痺れを切らしたカイジンが、ベニマルに向けて質問した。

「そうだな。皆にわかるように、説明を頼む」

俺もその言葉に乗っかり、カイジンに続いて説明を求めた。

そして判明したのは、オークロードの恐るべき性質であった。


話を纏めると、オークロードとは強力な支配系の能力を持つ特殊個体《ユニークモンスター》らしい。

数百年に一度、突発的に発生する個体。世に混乱をもたらす、最悪の魔物と呼ばれている。

そして必ず、とあるスキルを保有して生まれているそうだ。

そのスキルとは、ユニークスキル『飢餓者《ウエルモノ》』という。

このスキル、蝗《いなご》のように周囲のモノを喰い尽くす性質を味方にも授ける、恐るべき能力なのだそうだ。果てなき飢餓感《きがかん》に苛《さいな》まれるという呪いのような影響もあるが、利点は大きい。周囲の有機物をなんでも喰い尽くし、自分のエネルギーへと変換して取り込めるらしいのだ。飢えたとしても——いや飢えているからこそ、より絶大な効果を発揮するのだ。

この能力の真に恐るべき点は、喰った魔物の性質まで も自分のものと出来る事である。

取り込める性質には、魔物の力や身体的特性、果てはスキルにまで及ぶという……。

確実に獲得出来る訳ではないようだが、それでも数を喰いさえすれば、確実性は高くなる。

つまり——

「オークの狙いは、オーガやリザードマンといった森の上位種族を滅ぼす事ではなく……その力を奪う事だというのか!?」

俺の叫びに、沈黙で答える鬼人達。

その沈黙はまさに、彼等もそういう結論に達した事を示していた。

＊

会議室が沈黙に包まれた。

重苦しい空気になってしまったが、まだオークロードが発生したと決まった訳ではない。

それに、仮にオークロードだとしても、手がない訳ではないそうだ。

何度か災厄として発生している魔物だけに、その対処法も確立しているのだという。

「で、その対処法ってのはどうするんだ?」

俺の質問に、気まずそうに顔を見合わせる鬼人達。

そんな彼等を興味深そうに見る、カイジンやリグルド達。

質問に答えたのは、シュナだった。

「お恥ずかしい話ですが、過去に出現したオークロードは全て、人間に討伐されています。ユニークスキル『飢餓者《ウエルモノ》』は強力な能力ではありますが、それはあくまでも倒した者の特性を奪う事による自身の強化が主たる要因なのです。魔物ならば、様々な固有スキルを有していたり、魔素を還元する事でオークロードの力となったりするのですが、人間からは奪えるものがありません。人間の得意とするアーツはスキルと違い、個々人の努力と才能により獲得するものだからです。ですので、人間の国家が動けばオークロードの討伐も可能ではあるのです……」

なるほど、エサを与えなければ成長しないという理屈か。言いよどんだのは、魔物が人間の戦力を頼みとする事をよしとしなかったからだろう。

奪える能力の特定も出来ており、対策もないではない。発生から時間が経たなければ、そこまでの脅威にはならないというし……。

そこまで危険視する相手でもないのか? しかし今回は、既に騎士団を組織するまでに成長している。しかも、二十万もの大軍を擁す程の……。

それに加え、武具を用意したであろう謎の勢力、か。

やはり、楽観的に考えるのは不味い気がする。

下手に智恵を付けてしまうと、〝魔王〟に成長する可能性まであるそうだし。

なんとも厄介な魔物である。

そんな面倒なヤツ、さっさと討伐されてしまえばいいのに。

愚痴っても仕方ない。

それこそ勇者様の出番だと思うのだが、何処にいるかもわからないしな。

「ともかくは、オークロードの存在を確認してからだな。本当に生まれているのなら、冒険者のカバル達へ伝言を届けに走らせた方が良さそうだ」

「御意！」

俺の決定に頷くリグルド。

冒険者には、所属する組合――ギルドというものがあると言っていた。カバルに伝言したら取り次いでもらえるだろう。

ギルドへの依頼に対し反対なりなんらかの意見が出るかとも思ったのだが、思い過ごしだったようだ。

この前から冒険者のカバル達とも親しげにしていたし、忌避感はないのだろう。

ギルドへの依頼だが、〝魔鋼塊〟を売ればある程度の金は出来る。金さえあれば、魔物だからと拒否されたりはしないだろう。もしくは、ドワーフ兄弟にでも交渉してもらえばいい。

何より、このままでは人間にとっても脅威なのだ。上手く交渉すれば大丈夫だろう。

それにしても……。

オークロードに対し人間が対抗策となるのなら、先に伝言を届けて準備してもらう方が良さそうだ。

少なくとも、リザードマンが敗北したならば、次は人間国家群がオークロードの目標となる可能性はある訳だし。

人間がエサになるならないなど関係なく、二十万ものオークの軍勢の侵攻は、それだけで国家存亡に関わる大災害になり得るだろうしな。

ともかく、先ずは情報収集を優先させるべきである。

俺達はオークロードの存在も念頭に置いて、会議を続ける事にしたのだが――

突然、ソウエイが表情を鋭くして硬直した。

「どうした、何かあったのか？」

俺の問いに、ソウエイが答える。

「実は、『分身体』の一体に接触してきた者がおりまして……。どうしてもリムル様に取り次いでもらいたいとの事。いかが致しましょう……？」

「接触？　しかも、俺を名指しだと？　誰だ一体……」

俺の知り合いなんて、数えるくらいしかいない。今話していたカバル達だろうか？　しかし彼等は、町からここまで来るのに数週間かかるとか言っていた。だとすれば往復するとひと月以上かかる訳で、どう考えてもカバル達ではない。

「名指しという訳ではなく、主に取り次いで欲しい、と。そして相手は……、樹妖精《ドライアド》なのです」

ソウエイの言葉に、全員が驚きの声を上げた。

有名な魔物だったらしい。

「馬鹿な！　ドライアド様が姿を見せたのは、数十年前の話ではないか！」

「ここ最近、そのお姿を見る事さえなかったというのに、どうしたと言うのだ!?」

ホブゴブリンにとっては、雲の上の存在だったようだ。元オーガであるソウエイの反応から見ても、余程の上位存在なのだろう。

考えて見れば『分身体』とはいえ、隠れ潜むのを得意とするソウエイを発見し接触している時点で、相手の方が数段格上であるという証明である。

そう考えれば、ドライアドという魔物を下手に怒らせるのは得策ではなさそうだ。

「わかった、会おう。ここに案内してくれ」

俺の考えは正しかったようだ。

応諾してからそれ程待つ事もなく、一人の人物が案内され仮設小屋へと入って来た。

ソウエイの『分身体』の『影移動』に遅れる事なく、完璧に追随してきたようだった。

美しい緑色の髪をした美女である。

北欧系とでも言うのか、白い肌に彫りの深い目鼻立ち。ふっくらとした薄蒼色の唇に、青い瞳が良く似合う。人間で言うところの、二十歳前くらいの見た目であった。

ただし、その姿は薄っすらと透けており、肉体を持っていないとひと目でわかる。

そう、ドライアドとはその名の通り、妖精の末裔。精神生命体に近い存在だったのだ。

あとで聞いたのだが、森の上位種族である樹人族《トレント》の守護者なのだとか。魔物の区分としては、Aランクの中でも上位になるそうだ。

炎の巨人《イフリート》と同格の存在だと考えると、リグルドを筆頭としたホブゴブリン達が畏れ敬うのも当然といえた。

果たして、彼女の目的はなんなのか？


会議室内が静まり返る。

長寿命たる彼女達は、滅多に聖域たる住処から出てこないのだ。

ジュラの大森林の管理者とも目されているらしく、その姿を目にする機会に恵まれる者は少ないのだという。不届きな者、森に対し害意を持つ者に対し、天罰を下す存在なのだとか。

元オーガであるベニマル達の反応も、リグルド達と似たり寄ったりである。という事はやはり、この緑髪の美女の力は相当なものであるようだ。

ドライアドは皆を見回し、俺のところでピタリと視線を止める。


「初めまして〝魔物を統べる者〟及び、その従者たる皆様。わたくし、ドライアドのトレイニーと申します。どうぞお見知りおき下さい」

蕾が花開くような笑顔で、俺達に挨拶してきた。

それだけで、警戒し過ぎたか？　などと思ってしまう俺。

言葉通りに妖精のような美女なのだから、俺がそう思ってしまうのも仕方ないのだ。

「ああ、初めまして。俺の名はリムル。〝魔物を統べる者〟とかそんな大層な者ではないので、普通に接してくれ」

というか、そんな小っ恥ずかしい二つ名が広まるのは勘弁して欲しい。

俺がそんな事を思っている間に、皆の自己紹介も終わったようだ。

「で、俺に会いたいとの事らしいが、用件は何かな？」

恥ずかしさを誤魔化すように、用件を問う。

「はい。本日参りましたのは、皆様もご承知の通りこの森で起きている異変についてで御座います。私は森の管理者の一人として、今回の件を見過ごす訳にはいかぬと考え、こうして皆様の前に姿を現しました。ぜひとも、私も会議に参加させて頂きたく存じます」

　もう一度皆を見回すように挨拶し、再び俺に視線を向ける。

　トレイニーとは彼女の名前らしい。つまり彼女は、名持ちの魔物《ネームドモンスター》であるという事か。確かに、上位存在である。

「なぜこの町へ来た？　他にもゴブリンよりも有力な種族はいるだろう？」

　ベニマルが問う。

「今やこの周辺における最大勢力は、この町です。残りの勢力はリザードマンのガビルと名乗る者に同調し、この一帯には残っておりません。トレントは、自ら移動の出来ない種族です。ですので他種族との交流はそれ程ありません。もしも外敵に襲われた場合や自然災害が起きた場合など、自分達ではどうしようもないのです。私達ドライアドならば、精神体のみ放出して多少の外出は可能なのですが、数が少なくて……。今回の元凶がトレントの集落を狙った場合、数の少ないドライアドだけでは対抗出来ませんの。そこで、ぜひとも皆様の御力をお借りしたいのです」

　朗《ほが》らかな笑顔でそう述べた。

　見た目に比べ、落ち着いた物言いである。

　流石に長命種らしく、精神年齢は高いのだろう。

　問題は、彼女の言葉が信じられるかどうかだ。

　イフリートに匹敵するような存在が、少なくとも何名かは集落に残っているそうだし、だとすれば大抵の脅威には対抗出来るだろうに……。

　考えられるのは、俺達を囮にしたいという思惑があるとか？　それとも、他に何かの目的があるのだろうか……？

「今回の元凶と仰いましたが、貴女は森で今何が起きているのか、ご存知なのですかな？」

　ハクロウが切り込んで尋ねた。

「はい。オークロードが大軍を擁して侵攻中ですわね」

　トレイニーと名乗るドライアドは、躊躇《ためら》いもせずに即答する。

森の管理者があっさりと認めた事に、会議室の一同は声を失ったように黙り込んだ。

「それは、オークロードの存在を確認していると受け取っても良いのか？」

ようやくという感じに、ベニマルが問う。

「ええ。ですから、オークロードにトレントの集落を狙われたら、対抗手段が御座いませんの。何しろ、トレント達は移動が出来ませんので。魔法で応戦しようにも、死を恐れぬオークには〈幻覚魔法〉は通用しにくいですし。死体をも焼き尽くす炎系の魔法は、トレントにとっては諸刃の刃。扱える者もおりませんしね。対軍用の強力な魔法は、自分達をも滅ぼしますから。それに——」

そこでトレイニーさんは言葉を切り、俺達を見回した。そしてやはり俺へと視線を固定させて話を続ける。

「それに、今回のオークロードの動きの裏に、上位魔人の暗躍を確認しております。私達ドライアドは、それに備えなければなりません。いずれの魔王の手の者かまでは判明しておりませんが、この森での好き勝手な振る舞いを許す訳には参りませんので」

目に灯る輝きを増して言う。

流石は森の最上位者とされる存在だ。言葉だけではなく、その全身から覇気が迸《ほとばし》るかのようであった。

「俺達の力を借りたいというけど、具体的には何をさせるつもりだ？」

「オークロードの討伐を依頼します」

迷いなく答えるトレイニーさん。

これには俺も唖然となった。

「おいおい、聞けばかなりの化け物みたいじゃないか。そんなヤバそうなヤツを、なんで俺が相手する必要があるんだよ？」

俺の問いに小首を傾げて不思議そうにするトレイニーさん。

「でも、元オーガの皆様は、オークと戦うつもりなのですよね？　そして貴方様は、それに協力するおつもりなのでは？　卑小なるゴブリン達をお救いになった優しい貴方様なら、我等ドライアド及びトレントをもお救い下さると、私はそう信じたのです」

純真な笑顔でそう言った。

トレイニーさんがどうやっているのかは不明だが、凄まじい情報収集能力を有しているようだ。この森で起きた出来事を、かなりの精度で把握しているようである。

そして信じているらしい。他者に手を差し伸べるのが、純粋な善意であると。

俺が思惑や打算があってした事も、彼女の目には好意からの行動に見えたのだろう。

他者と交わる事が無かったから、疑う事もないのか？　それとも、人の醜さを知らないのか……。

俺達が、いや——俺が裏切るとは考えないのか？

彼女の笑顔からは、裏の思惑は読み取れない。

しかし、視線を合わせてみて直感した。この人は嘘を言うような人ではない、と。

ならば俺は、自分の直感を信じて行動しようと思う。

この人が言うのなら、オークロードは生まれたのだろう。そして、それを裏で操る上位魔人がいるのだ。

俺に何が出来るのかはわからないが、この人が俺を頼るのならば、それに応えてやろうじゃないか。

俺が覚悟を決めたその時。

「当然です！　我等の主であるリムル様ならば、オークロード如き敵ではありません!!」

なぜか勝手に、フフン！　とドヤ顔をしたシオンが言い放った。

なんとか出来る事と出来ない事があるだろうよ。なんて事を言い出すんだこの娘……。

というか、相手するのは俺で決定かよ!?

俺は慌てたが、既に手遅れ。

「まあ！　やはり、そうですよね。それではオークロードの件、宜しくお願い致します！」

シオンとトレイニーさんの笑顔で、話は纏まってしまったのだった。

＊

シオンのせいで、俺がオークロードを倒す事が半ば無理やり決まってしまった訳だが、会議は終わった訳ではない。

引き続き、トレイニーさんを含めて続行である。

地図上の湿地帯部分に、リザードマンと書かれた駒も配置する。

その後方には、ゴブリンと書かれた駒。

リザードマンの駒の前方には、オーク別働隊とオーク本隊が挟撃する形で配置されていた。

こうして地図上に軍を配置してみると、オーク軍の異常さが際立つが……。

それよりも、だ。

「これって、さっきの馬鹿がリザードマンの本拠地を強襲したら、一気に落とせる布陣だよな？」

そう。ガビルとかいう、リザードマンの使者。

ヤツがオークとリザードマンが戦端を開いた際、その隙に乗じてリザードマンの本拠地を襲ったら、防備の手薄な本陣はあっという間に落とされる。

そういう絶妙な場所に、ゴブリン部隊が配置してあったのだ。

「この位置で間違いないのか、ソウエイ？」

「はい。ゴブリン達は山岳地帯の麓の平野部に野営しております。そのまま部隊を展開させるなら、配置はこの位置で間違い御座いません」

ソウエイは自信ありげに頷いた。

ならば間違いないのだろうけど、なんでさっさと合流させずに待機しているんだ？

だが、ガビルが味方のリザードマンを襲う理由が無い。妙な位置に軍を留めているせいで、変に勘ぐってしまったようだ。

俺がそう結論を出し、話を進めようとしたのだが。

「俺の考え過ぎかな。スマン、素人考えだし――」

「ふむ。いや、確かに妙ですな……」

ハクロウが遮る。

その目は爛々と輝いていて、異様な雰囲気だった。

「リザードマンの本隊が正面に展開したあとならば、背後から本陣を狙うのは容易。オークが背後に回る時間的余裕がないのは明白ですし、仮にその愚を冒したとしても、隊列の延びた横っ腹を切り裂けば済む話。この場に部隊を温存させておく理由はありませんな」

「だけどここで本陣を落としたとしても、そのあとにオークに蹂躙されるだけだろうし、意味はないだろ？」

やはり考え過ぎだろう。

そう思ったのだが、ベニマルやハクロウは違う考えのようだ。

「あいつ自惚れてそうだったし、自分が首領に取って代わろうとでも考えていそうだな」

「有り得ますな。その位置に留める理由、他には考えられませぬ」

と、軍事部門の二人が意見を言う。

確かに自信家で自惚れていそうだったけど、そこまで馬鹿か？

「しかしそういう可能性があるなら、やはりガビルと組むのは止めた方がいいな」

そういう結論に至った。

反対意見はないようだが、トレイニーさんが質問してきた。

「ガビルが裏切ると予想されているのですか？」

「ああ、この布陣を見ていれば、その可能性がありそうだってね。手を組めと申し入れがあったんだけど、ガビルと組むのは止めた方が良さそうだ」

「……なるほど。ひょっとすると、何者かに唆《そその》かされている可能性もありますね。こちらでも調べてみます」

トレイニーさんがガビルの調査を行ってくれるらしい。ガビルの事は任せるとして、では俺達はどうするべきか？

「リザードマンとの同盟は結びたいですな。我等だけでは数が少ない。むざむざ見捨てる事もありますまい」

ハクロウの意見に、皆が頷く。

「だが俺達と同盟といったところで、こちらの数が少な過ぎる。舐められて利用されるだけにならないか？」

俺も反対はしないが、気になった事を問うてみた。

ホブゴブリン達はそれは問題だと憤慨したが、鬼人達は豪快に笑い出した。

「リムル様、心配し過ぎですぞ！　我等は各々が一軍に匹敵しますゆえ、侮られる事はありませぬ！」

代表して、ハクロウが答えた。

サバ読み過ぎだろ。一人で一軍に匹敵する訳がない。

そんな自惚れた事を言っていると、ガビルを笑えなくなってしまうぞ。

俺はそう思ったのだが、鬼人達は本気の様子。

「リムル様、自分が交渉に向かいます。リザードマンの首領に直接話をつけてもよろしいですか？」

ソウエイが聞いてきた。

静かに俺の答えを待つソウエイを見ると、揺るぎない自信が窺えた。

何この自信？　まあ、任せてみるか。

地図で確認した事により、オークとリザードマンの激突が予想される。それにより、この町まで被害が及ぶのは、もう少し先になりそうだ。

行動方針も見えてきて、皆の不安も少しは晴れたようだ。

時間的にも心理的にも余裕が出来た事で、落ち着いて行動出来るだろう。

「よし、作戦は二段階に分ける。俺を含む先発隊がリザードマンと合流し、オーク共を叩く。この戦で勝利を目指すが、これが難しいと判断した場合、作戦は第二段階へと移行する。この町を捨て、トレントの集落に合流し防衛に力を注ぐように。この場合は、人間の協力を得る必要があるだろう。冒険者カバルと連絡を取り、人間とも協力の上オークロードの抹殺を狙う。どちらにせよ、人間にとっても脅威なのは間違いないし、なんとかするしかないだろうしな。ただし！　この二段階作戦は、リザードマンとの同盟を前提として成立するものである。ソウエイ、お前の働き次第だ。頼むぞ」

「ははっ!!」

力強く頷くソウエイ。

あとはソウエイを信じ、任せるだけだ。

「よし！　では、リザードマンの首領に話をつけてこい。くれぐれも同等の関係は保てよ！」

そう言って、ソウエイを送り出す。

「お任せを」

そう答えると、スッっと影に沈むように、ソウエイは消えた。

動きの速いヤツだ。早速、向かったらしい。

「ソウエイが失敗したら、そのまま作戦は第二段階に移る。皆もそういう心づもりで、準備を整えるように！」

俺がそう言うと、会議室に残った者が一斉に頷いた。

その言葉を最後に、会議を締めくくった。

「本日は私の我侭を聞き入れて頂き、ありがとう御座いました。今後とも良き関係でいられますよう、宜しくお願い致します」

トレイニーさんがそう言って、俺に向けて深々と頭を下げてきた。

俺は慌てて、「こちらこそ」と返事する。

俺の慌てぶりが面白かったのか、小さく笑みを浮かべるトレイニーさん。

「それでは、またお会い致しましょう。〝魔物を統べる者〟──いいえ、リムル様」

トレイニーさんはそう言葉を残し、帰還魔法にて戻って行った。

これで方針は決まった。

同盟が上手く結べれば良いが、駄目なら駄目で臨機応変に対応すればいい。

「ところで、リムル様。カバル殿への連絡はどう致しますか？」

「そうだな……。直接連絡するのは、人間の協力を仰ぐ事が決定した作戦の第二段階に移行してからでいいだろう。しかし、国が軍を動かすにも事前に準備は必要だろうし、それとなくオークロード誕生の情報だけ流すように出来ないか？」

「なるほど、了解であります。コボルトの商人に頼み、それとなく話を流しましょう」

「頼んだ」

今は人間側へは情報を流すに留めておく。どちらにしても、オークロードが発生したという裏付けがなければ、協力を仰ぐ事も出来ないだろうし。

リグルドは俺の命じた手配をすべく、足早に会議室から飛び出して行ってしまう。

ゴブリンキングとなった今でも、相変わらず慌ただしいヤツであった。

俺の決定で事態は動き始めた。

その事に、俺自身が不安を感じている。

だけど、難しく考えても仕方ない。

それよりも、今は出来る事をするべきなのだ。

こうして俺達は、次の局面へ向けて準備を開始するのだった。


しかし、オークロードか。

なんとも厄介そうな相手である。

スキルを奪うとか反則だろう。

と、俺は自分の事を棚に上げて、オークロードを罵倒する。

だが、トレイニーさんの期待に応える為にも、オークロードは俺が相手をするしかない。

勝てるかどうか不安だが、約束したからには全力で叩き潰すのみ。

こんな所で躓いていては、シズさんとの約束を果たすなんて到底不可能だろうしな。

俺はこの先の事を思い、少し憂鬱な気分になったのだった。

●

地を踏み鳴らし、木を切り倒し、オークの軍勢は森を進む。


蹂躙せよ！　蹂躙せよ！　蹂躙せよ！　蹂躙せよ！

声高に叫びながら、目を黄色く濁らせてオークの軍勢は森を進む。

彼等に正常な思考は存在しない。

目に映る動くものは、全てエサである。

彼等は常に空腹であり、彼等の思考は、空腹を満たしたいというその一点に集約される。


バタリ。


また一人仲間が倒れた。

彼等は歓喜する。エサが出来た、と。

本来であれば、仲間であったその個体。

今の彼等には、単なるエサでしかないその物体。

まだ息があるようだったが、彼等にとっては新鮮だという証明に他ならない。

隣を歩いていたという幸運に恵まれた者達が、すかさずエサの解体を行った。

肝はその集団のリーダーに届けられ、その他の部位は奪った者勝ちである。


グチャグチャグチャグチャ。


周囲をおぞましい音が埋め尽くす。

彼等は、常に飢えている。

そして飢えれば飢える程、その戦闘能力が高まっていくのだ。

それが、ユニークスキル『飢餓者《ウエルモノ》』の隠された能力。

飢えて死んだ仲間を喰えば喰うほど、自らが飢えれば飢える程、その戦闘能力は高まりを見せる。

彼等、二十万ものオークの軍勢。

それは、オークロードの支配下に置かれた地獄の飢餓に苛まれた餓鬼の群れ。

彼等に救いはない。

ただただ、自らの飢えを満たす為に行動する。しかし、飢えが満たされる事はなく……。

それは、無限地獄。


彼等の前に、オーガの里があった。

彼等はDランクの魔物である。

本来であれば、Bランクのオーガに対し恐怖する事はあれども、敵意を向ける事など有り得ない。

それなのに……。


蹂躙せよ！　蹂躙せよ！　蹂躙せよ！　蹂躙せよ！


彼等の歩は止まらない。

むしろ、エサを求めて加速する。

オーガが暴れている。その強力な力で。

仲間が何体も切り殺され、斧で叩き殺されて……。

しかし――
彼等にとっては、それは新鮮なエサが量産されている事を意味するのみ。
彼等は歓喜する。
自らの飢餓感が、少しでも満たされる事を願って。
一体のオーガが倒れた。
すかさず、オークが数匹群がりそのオーガを解体する。
血を浴びて、肉を貪り。
ああ……、それでも満たされる事はなく。
だが見よ。
オークの身体は変化する。オーガの力を宿して。
オーガ達は、格下であるオークの群れに飲み込まれ、断末魔の叫びを上げ始めた。
圧倒的なハズの、自らの無力さを嘆きながら……。
徐々にオークの中から、突出した力を持つ者共が生じ始める。
喰った仲間の力を我が物に！
喰った獲物の力を我が物に!!
そして、更に食べるのだ。
彼等は死を恐れない。いや、恐怖という感情をも喰われたのだ。
いつしか、彼等の力は巡り巡って王へと届けられる。
彼等の王。
食物連鎖の頂点、オークロードのもとへと。
彼等は進軍を続ける。
次の獲物は、彼等の直ぐ目の前にいるのだから。

●

リザードマンの首領は、報告を聞き青ざめる。
おそれていた事が現実となったのだ。
もたらされた報告によると、強力なオーガ達の里が一日も持たずに壊滅したとの事。
オークの群れに飲み込まれたそうだ。

もはや、疑いようもなかった。
オークロードが出現したのだ。

数だけを比べるならば、二十万とは言えDランクのオーク達である。C^+ランクの自分達リザードマンが一万いれば、湿地帯という地形の利も合わさり互角以上に戦う事も可能である。しかし、おそれていた通りオークロードが出現したのならば、最早Dランクではないだろう。

オーガを飲み込んだ時点で、その力が末端までも行き渡ったと考えるべきである。

流石にオーガと同等まで強化される事はないだろうが、少なくともD^+程度にはなっていると見るべきだ。

オークの中でも騎士級の者ならば、最低でもCランク。下手をすれば、自分達リザードマンと同等のC^+ランク相当の強さになっている可能性すらあった。

数の有利さでリザードマンの同胞が疲弊した所を攻められるだけでも厳しいのに、一兵卒当たりの戦力に差が無くなったとしたら、勝ち目はない。

オークロードの存在があるならば、糧食が無くなるのを期待して籠城したとしても意味はない。

援軍に当てがあるなら籠城も有効だが、出口を封鎖されたら飢えて死ぬのはリザードマン側である。

打って出るしかなかった。

首領は、苦渋の決断を強いられる。

ゴブリンの協力を取り付けに行かせた、ガビルからの報告は未だない。

しかし現状では、時間をかければその分、相手を強化させてしまうおそれがある。

最悪の場合、自ら軍を率いて出陣する必要があると感じ始めた時――

「首領、侵入者です！　鍾乳洞入り口にて、首領に会わせろと――」

叫びが聞こえ、慌てて駆け寄る兵士の姿が見えた。

「狼狽えるな」

首領は脇に控える親衛隊が槍を構えようとするのを、一喝して止めさせる。

かつて感じた事もない程の、強力な妖気《オーラ》を放つ存在の接近を感知したのだ。首領はその隠す気のない妖気《オーラ》から、下手に事を荒立てない方が良いと悟る。

戦えば大きな被害が出るだろうし、相手の妖気《オーラ》からは敵意は感じられなかったのだ。

「一人でやって来た勇気に免じ、会ってやろうではないか。連れて参れ」

余裕がある態度を見せつけつつ、首領はそう命令した。

「しかし、危険では？」

「この妖気《オーラ》、魔人に相違あるまい。ならば、追い返すには相応の被害を覚悟せねばならん。今のところは大人しくしておるのだ、わざわざこちらから敵対する必要はあるまいて」

親衛隊長が首領に問うが、一笑に付す。

「それでは、広間周辺を精鋭で固めますか？」

「うむ。ただし、儂が命令を下すまでは決して動くなと厳命せよ」

「ハハッ！」

首領は親衛隊長に頷き、やって来る招かれざる客を待つ。

ここは天然の迷路であり、隠れ潜む場所は数多ある。自分達の庭の中ならば、たとえ相手が魔人であったとしても戦いようはあった。

しかし、あくまでも最悪の場合に備えただけの事。出来る事なら穏便に話し合いで終わってくれれば良いと、首領は考えている。

(下手に手を出せば、リザードマンの精鋭百体でかかったとしても敗北するやもしれん)

近付きつつある妖気《オーラ》を前に、首領はふとそう思った。この妖気《オーラ》の持ち主は、それを可能とするだけの存在であると直感したのだ。

待つ事しばし。

部下に案内されて一人の魔物が現れた。

浅黒い肌に青黒い髪。青い瞳の冷徹な気配をした魔物。

身長は平均的なリザードマンと同程度である。魔物としては大柄とはいえないが、その者の持つ雰囲気は泰然としていて隙がない。

圧倒的な力を感じさせる、そんな魔物だった。

その魔物を連行するように、周囲をリザードマンの戦士数体が固めていた。

そして、広間を囲むように精鋭百体の待機が完了している。首領の命令で、一斉に飛びかかれるように身構えて……。

（これは……。下手をすれば、皆殺しにされるだけかもしれんな……）

首領はその魔物を見て、諦めと共にそう感じた。それ程までに、目の前の魔物から漂う妖気《オーラ》が桁外れだったのだ。

「失礼。今取り込んでおりまして、おもてなしも出来ませぬ。このような所に一体、何用で御座いますかな？」

その首領の言葉に気色ばんだのは、まだ若いリザードマンの戦士達。

このような得体の知れぬ怪しい魔物に謙る必要などない、そう思ったのであろう。


首領はその感情を好ましく思ったが、今は不味いとも感じている。この魔物の機嫌を損ねると、皆殺しにされるおそれがあるのだ。

若いリザードマンの戦士達には、圧倒的に経験が足りない。相手の力量を把握する能力に欠けているのである。

首領のように長く生き、そうした危機意識を発達させていないがゆえに、目の前の魔物の実力を把握出来ていないのだ。

だが、そんな首領の考えなどお構いなく、その魔物は口を開いた。

「俺の〝名〟は、ソウエイ。俺は単なる使者なので、気遣いは無用だ」

首領の予想に反して、その魔物は荒ぶる事なく涼やかに名乗りを上げた。

気色ばむリザードマンなど眼中にないとでもいうかの如く、首領を真っ直ぐに見つめている。

ソウエイ、この魔物はそう名乗った。つまりは、圧倒的な強さを持つ名持ちの魔物《ネームドモンスター》だったのだ。

そして、そんな魔物を使役する存在がいる。その事に、首領は背筋に冷たい汗が流れるような錯覚に囚われた。

「用件を言おう。この度、我が主がお前達との同盟を望んでいる。俺はその取り纏めを仰せつかった。喜ぶがいい。我が主は、お前達がオーク共に滅ぼされるのを見捨てるのが忍びないと仰せだった。それゆえの、同盟の申し込みである」

どのような用件を突きつけられるのかと内心で身構えていた首領の意に反し、ソウエイの口から出たのは同盟の提案である。

上から目線で一方的な言いざまではあったが、その内容は聞くべき点があった。

首領は考える。ソウエイと名乗る魔物、その主の目的について。

少なくともその存在は、オーク共とは敵対しているのだろう、と。

「その提案に返答する前に質問があるのだが、良いか？」

「聞こう」

簡潔な返事ではあったが、相手には首領と交渉する意志があると確認出来た。その事に安堵し、首領は質問を投げかける。

「では問おう。同盟と言うからには、そなたの主殿は我等がオーク共と雌雄を決する事に、協力の意志があると考えて構わないか？」

「先に述べた通りだ。お前達を見捨てるのを良しとしない。可能なら、共に戦いたいと仰せである」

「重ねて問う。そなたの主殿は、此度《こたび》のオークの動きの原因をどう考えている？」

首領の問いに、ソウエイは一瞬沈黙し、口元に不敵な笑みを浮かべて答える。

「その質問は、オークロードの出現の有無についてかな？　では、一つ確かな情報をくれてやる。我が主であるリムル様は、森の管理者であるドライアドより要請を受けて、オークロードの討伐を確約されておられる。この意味を踏まえ、同盟の提案を受けるか否か、良く検討する事だ」

その返答には、首領の望む以上の情報が含まれていた。森の管理者であるドライアドが関係しているという話に、その場にいた者達に動揺が走る。

そしてたった今、オークロードの存在が確たるものとして、目の前の男に肯定されたのだ。

この魔物を従える存在。

そのような存在ならば、あるいは本当にオークロードを倒せるのではないか？

ドライアドという森の最上位存在の名前まで出すのなら、この話は本当の事だと考えても良さそうだ。何しろ下手に嘘をついて、森の管理者を怒らせる馬鹿はいないのだから。

大森林の樹木を通し、ドライアドは全ての事象を見通すという。そんな存在の名前を騙《かた》るような愚か者は、ジュラの大森林には存在しなかった。

それに、同盟と言うからには一方的な隷属ではないという事。

対等な関係として、扱ってくれるだろう。

この話、受けるしかない。首領はそう判断した。

その時――

「首領！　そんなヤツの話を聞く必要はないぞ！」

「その通り。何処の馬の骨ともわからんヤツに、誇り高きリザードマンが媚びる事はない！」

「そうだとも。もうすぐガビル様も戻られる。我等だけで、豚共の相手は十分だ！」

「うむ。どうせそいつの主とやらも、豚共を恐れて我等に泣きついて来たのだろう？　素直に助けてくれと言えば良いものを、可愛げのない！」

などと勝手な事を言いながら、数体の者達が広間に入って来た。

ゴブリンの協力を取り付けに行かせている、ガビル配下の居残った者達である。

血気盛んな者達では交渉には向かないだろうと、連れて行かせなかったのだが……裏目に出てしまったようだ。

首領は、舌打ちしたい気分になる。

いくら相手の実力がわからないからと言って、自らの尺度で同盟の申し出を勝手に断ろうとするとは……。

確かに、相手に非礼な部分があるのは事実。しかし相手は使者であり、なんの権限もない者達が無礼を働いても良い理由にはならない。

しかも、相手の非礼についても大きな問題とは言えなかった。ドライアドさえも協力を要請したという、強力な魔物からの使者である。格として考えれば、一大勢力であるリザードマンから見ても同格かそれ以上。

弱肉強食の魔物の世界において、力こそが正義なのだ。

であるならば、格上の者が自ら出向いて来た事により無礼な態度は相殺されているといえた。

しかも相手は一介の使者とはいえ、圧倒的な力を持つ魔人なのだ。下手に機嫌を損ねれば、怒りを買い敵対認定されてしまう事も考えられた。

オーク共との決戦を前にこれ程の魔人と一戦交えるのは、あまりにも愚策である。

怒らせてしまったのではないか？

そう思い、ソウエイと名乗った魔物を見やる。

彼は目を逸らす事なく、首領を見つめたままだった。

騒ぐ者達を相手にする気など毛頭ない様子。

首領は安堵した。

一部の大局が見えない者のせいで、この話が流れる事があってはならない。

「静まれ！」

一喝し、騒ぐ者達を黙らせた。

親衛隊に目で合図を送る。

「どうするかは儂が決める。お前達に口を挟む権限はない。一晩牢に入り、反省するが良い!!」

ガビル配下の若者達を捕らえさせ、牢に入れるべく連行させた。

「首領、考え直してくれ！」

「このような事、ガビル様が許さんぞ!!」

そんな風に騒いでいたが、今はそれどころではない。

首領はソウエイに向き直り、頭を下げる。

「同族が失礼した。この同盟の話、受けようと思う。しかし今は取り込んでおり、この場を動けぬ。本来なら何処か場所を決めて、そちらの主殿にお会いしたいところなのだが、その余裕がないのだ。そちらから出向いて頂く形になるが、問題ないだろうか?」

内心の不安を押し隠し、問いかけた。

明らかに格上の者に対し、出向けと言ったのだ。使者が怒っても不思議ではない。

しかし、使者はそんな首領の不安に頓着する事はなかった。

「謝罪を受け入れよう。快い返事を貰えて、我が主も喜ばれると思う。こちらこそ、宜しく頼む。それでは我等も準備を整え、こちらに合流する事としよう。その時こそ、我が主リムル様に目通りしてもらうとしよう。その際は、よしなに」

首領の返事を、当然の事のように受け取る。

首領が断るなどと、微塵も思っていないといった態度であった。

あるいは——断っていたらその瞬間に、リザードマンの命運は尽きていたのでは？　ふと、そんな考えが首領の脳裏を過ぎる。

（有り得ぬ話ではないかも知れんな。今日この日、この同盟の話がなかったのならば、リザードマンの命運は尽きていたかも知れん……）

ソウエイと名乗る魔物は、オークロードが出現したと断言している。

それはつまり、首領の想定している最悪の事態が進行中であったという事。その最悪の事態に対抗する光明が見えた事に、首領は心の中で安堵するのだった。

「合流は七日後になるだろう。それまでに決して先走って戦を仕掛ける事のないように。それと背後にも十分に気を配る事だ」

「うむ、承知した。それでは、そなたの主殿にお会い出来るのを楽しみにさせてもらおう」

首領に頷き返すと、その魔物はその場から消え失せた。

音もなく、影に飲まれるように。

七日——

その程度ならばなんとでもなる。

オーク共を強化させぬよう籠城し、援軍を待てば良い。

どの程度の援軍かわからぬが、少なくともソウエイという名の魔物一体でも十分な助けとなるだろう。その主とやらがオークロードの相手をしてくれるのなら、リザードマンはそれを全面的に支援すれば良いのだ。

ほんの僅かな可能性にかけ討ち死に覚悟で決戦を挑むよりも、援軍を待ち戦力を温存する方が希望がある。

首領は覚悟を決めると、皆に宣言する。

「籠城だ！　援軍が来るまで、戦力を温存するのだ!!」

「「ハハッ!!」」

こうして、リザードマン達は来るべき決戦に向けて、深く静かに天然の迷路にて潜伏する。

●

ガビルは、目を覚ました。

何が起こったのか、思い出すのにしばしの時を要する。

そして、憤慨しつつ飛び起きた。

「お目覚めになりましたか!?」

ガビルの目覚めに気付き、配下のリザードマンが声をかけてきた。

「心配をかけてしまったな。どうやら我輩は嵌められたらしい……」

「嵌められた、ですと？」

「うむ。小癪な奴等よ。巧妙な手を使いおって……」

「と申されますと？」

「何、簡単な事よ。我輩を倒した者こそ、あの村の主に相違あるまい」

「なんと!?」

「なるほど、確かに……」

「そう考えれば、辻褄が合いますな」

ガビルの配下は、口々に納得の声を上げる。

「ヤツは主のフリを配下にさせて、我輩を騙したのだ。そして抜けた下っ端の演技をしつつ、主自らが我輩と戦ったのだよ！」

「汚い!!　ガビル様の油断を誘う、なんとも汚い手口ですな」

「牙狼族ともあろうものが、そのような小者に協力しておるとは……。平原の覇者だなんだと言われておるが、所詮は獣ですな」

「臆病者らしい、卑怯な手口。武人たるガビル様が相手する程の者ではなかったという事ですな」

「まったくである。我輩が正々堂々と相手をしようとしたのが、そもそもの間違いであったわ！」

「な、なるほど……左様でしたか。そうでもなければ、ガビル様に敗北など有り得ますまい」

「そうであったのか！　おのれ、牙狼の畜生にホブゴブリン共めが！　ゴブリンから偶然進化出来たからと調子に乗りおって。我等リザードマンに並んだつもりなら、その思い上がった頭を冷やしてやろうぞ!!」

そうした反応に、ガビルも頷く。

そう考えなければ、ガビルが負ける理由がないと思っている。

（しかし牙狼族は誇り高い種族だと思っていたが、まさかあのように小汚い真似をする者に与《くみ》するとは思わなんだわい）

ガビルは、牙狼族に失望した。

「あのように卑怯な手を使うような者共なぞ、仲間に引き入れる価値などないわ！」

だからこそ、憤慨した気持ちをそのまま口にする。

「そう考えるなら、却って良かったかもしれませんな」

「左様ですとも」

「しかり、しかり」

ガビルの配下達も、ガビルの言葉に簡単に同調した。

そして、高笑いするガビル達。

既にガビルが敗北した事は、なかった事になっているのだ。

「ところで……私が思うに、ガビル様がいつまでも戦士長であるのもおかしな話だと思うのですよ……」

「何？」

ガビルが不快気に、今の台詞を口にした者を睨む。

「いえ、決して戦士長として不足という訳ではなく逆であります！　いつまでもガビル様が、あの老いぼれた首領の下にいるのが勿体無いと思いまして……」

慌てたように弁明する配下の言葉に、ガビルは興味を引かれる。

「続けろ」

ガビルの許しに、安堵したように続きを話す配下の一人。

「はい。そろそろあの御老体には隠居して頂いて、ガビル様が新たなリザードマンの首領になって頂ければ、と。さすれば、オーク共に舐められる事もなかったのではと愚考します」

その言葉に、他の配下の者達も同調し始めた。

「その通りである！　ガビル様の強さを見せつけ頭の固い者共を一掃し、リザードマンの新たなる時代を築いて頂ければ、これに勝る喜びは御座いません」

「まったくですな。そろそろ新しい風が吹いても良い頃合ですぞ！」

血気盛んにガビルの配下は口々に叫んだ。

ガビルは頷く。

ついにこの時が来たか、というのがガビルの正直な感想であった。

「お前達もそう考えていたか。実は我輩も、そろそろ動く時が来たのでは、と考えておったのだ。共に戦ってくれるか？」

ガビルは周囲の者を見回す。そして、熱い視線を受けている事に満足した。

彼等は一様に目をぎらつかせ、リザードマンの新たな時代に思いを馳せる。

彼等が絶大な権力を握り、中枢にて同胞を指導する立場になると疑う事なく……。

そして、一人が口にする。

「我等の代表として、立って頂けますか？」

その言葉が契機となった。

ガビルは鷹揚に頷き、力強く宣言する。

「時代が来てしまったか……。良かろう、共に立とうではないか!!」

ガビルの宣言を受けて、辺りにリザードマン達の歓声が木霊した。

こうして、愚か者は舞台に上った。

騒乱の幕が開く。

第四章

狂いゆく歯車

Regarding Reincarnated to Slime

蜥蜴人族《リザードマン》の首領は、戦況を聞き一つ頷いた。

ソウエイとの会合から四日経過している。

約束の日まであと三日だが、現在は大きな損害もなく無事に明日を迎える事が出来そうである。

豚頭族《オーク》の攻撃は苛烈を極めた。

物量に任せ、通路という通路がオークで溢れている。いかに天然の迷路とはいえ、大量のオーク兵で埋め尽くされては意味がない。

特定の通路に罠を仕掛け、少しづつオークの数を減らすのが精一杯であった。

だが、一人の死者も出してはいない。犠牲者を出さぬよう、防御に徹しているのが功を奏していたのだ。

これも迷路を熟知しているお陰であり、リザードマンの士気は高まる一方だった。

迷路は多岐にわたっており、脱出通路も緊急連絡通路も未だ健在。オークの矢面に立つ部隊は交代し休息を取りつつ、一度にぶつかる数を最小で済ませるように調整出来ている。

首領の類希なる指導力の賜物であった。

だが、首領は自惚《うぬぼ》れたりしない。

援軍が来ると皆に希望があるからこそ、なんとか統制が取れていると把握していたのだ。

実際にオークと戦った者は、その戦闘力に驚愕したという。

普通のオークとは比較にならぬ程、桁違いの強さだったのだ。

それが豚頭帝《オークロード》の能力《スキル》によるものなのは明白であり、決戦を挑んでいたならばリザードマンは今頃大敗を喫していた事は間違いなかった。

徹底して防御しているからこそ、犠牲が出ていないだけなのだ。

今のところ、リザードマン精鋭部隊の防衛網は突破されていない。しかし、物量の前には油断出来なかった。これ以上相手の能力を高める事は、避けねばならない。

誰しもが首領の正しさを認めるしかない状況であった。

戦士達は、怪我を負うと直ぐに交代するように厳命されていた。もしも負傷し戦死する事があれば、その死体を喰ってオーク共がますます強化される事に繋がりかねないからである。

慎重に、そして確実に。防衛線を死守せねばならないと、皆が理解していた。

それも、あと三日。

援軍と合流出来たならば、反撃に転じられる。

今度は逆に地形を利用し、オーク共を各個撃破出来るだろう。

少なくとも、要所の防衛に割く人員も攻撃にまわす事が出来るようになる。そうすれば終わりなき戦いにも思えるこの状況も、少しずつ改善されるだろうと信じて。

そうした希望的観測を思い浮かべ、首領はホンの少しだけ安堵した。

そんな時である。

首領のもとに、ガビルが帰還したという報告がもたらされたのは……。

●

ガビルは、憤慨した。

(何なのだ!? 誇りあるリザードマンが、臆病にも巣穴に潜り込み豚共から隠れるなどと……)

怒りに我を忘れそうになる。

(しかし、もう大丈夫である。我輩が戻ってきたのだ。これで本来のリザードマンらしく、誇りある戦が出来るだろう)

そう思いつつ、ガビルは急ぎ首領のもとへと赴いた。

「ご苦労だったな、ガビルよ。子鬼族《ゴブリン》からの協力は上手く取り付ける事が出来たのか？」

「は！　七千匹程度ですが、協力を取り付け待機させております」

「そうか。これで、なんとかなると良いのだが」

「では、早速出陣ですな⁉」

首領への報告を済ませ、勢い込んで尋ねるガビル。

ガビルが戻ったからには、豚共の好きにさせる事はない。首領もガビルの帰還を待っていたのだろう、そう思って。

それなのに、首領の返答はガビルの思いもしないものだった。

「む？　いや、出陣はまだだ。お前がいない間に、同盟の申し出があったのだよ。その同盟軍が三日後到着予定でな。その者達との合流を待ち、同盟締結と同時に作戦会議を行う。その後、一気に全面攻勢に出る予定なのだ」

寝耳に水。ガビルが思いもしなかった事を、首領が言い出した。

（なんだと？　首領は、我輩を待っていたのではないというのか⁉）

その不満が、ガビルを不快にさせた。

豚共如きに何処《どこ》の誰ともわからぬ援軍を頼りにするなど、ガビルの許容出来る話ではなかったのだ。

「首領、我輩が出たら豚共なんざ一捻りです。出陣の許可をくれ！」

憤慨し、出陣の許可を求めた。

だが、首領の返答は冷たいものである。

「ならん。全ては三日後だ。お前も疲れているだろう、今日は休むがいい」

首領はガビルの申し出を、まったく取り合わなかった。

ガビルの頭は怒りで真っ白になる。

ガビルを差し置き援軍に重きを置くなど、とても許せるものではないのだ。

「首領――いや、親父！　いい加減にしろよ。どうやらアンタは、老いぼれてしまって現実が見えてないようだな」

「なんだと？」

「ガビル殿、どういうつもりだ⁉」

首領は訝しげにガビルを見やり、傍に控えていた親衛隊長がガビルに向けて問い質す。

ガビルはそんな二人を、哀れむような目で眺める。

心は不思議と落ち着いていた。

今までは父親だと思い、首領を立ててガビルが我慢してきたのだ。

確かに尊敬出来る面が多いのは事実だし、首領の指導力は素直に賞賛出来る。

ガビルは自分の父親である首領を、決して嫌っている訳ではないのだ。

むしろ逆であり、偉大なる父親に認められたいという欲求が、ガビルを駆り立てていた。

——自分を認めないのは許せない。ならば、このガビルが上に立ち力を証明して見せよう。そうすれば、父親たる首領も自分を認めるしかないのだから。

言葉にすれば、そういう事なのだろう。

しかしガビルは、プライドの高さゆえに自分の本心を認められなかった。


ガビルは一人頷くと、配下に合図を送る。

「親父、アンタの時代は終わったんだ。今日からは我輩が、リザードマンの新たなる首領である！」

広間に響く大音声で、高らかに宣言した。

その宣言を合図に、ゴブリン達がワラワラと広間に入ってくる。

そして、首領とその親衛隊に向けて石槍を構えた。

ガビル配下の精鋭リザードマン達も、通路を塞ぐ形で油断なく立っている。

「ガビル、なんのつもりだ⁉」

状況が掴めないのか、首領が上ずった声を上げている。

それはとても珍しい事だった。

そしてその事が、ガビルの優越感に火を灯した。

「親父、今までご苦労だった。あとの事は我輩に任せて、ゆっくりと隠居生活を送るといいぞ」

ガビルは配下に命じ、親衛隊と首領の武装を解除させる。

「答えろガビル！　これはどういう事だと聞いておる」

「親父、天然の迷路を利用しオークと戦うのは良い策かもしれん。だがそれでは、数多ある通路に戦士を分散させ過ぎて、戦力の集中による迎撃が出来ぬではないか。このままではジリ貧である」

「馬鹿な事を……。それは三日後の会議のあと、攻勢に移ると――」

「ぬるいのだ!! リザードマンは強者である。その本来の強さは、湿地帯でこそ発揮される。ぬかるんだ土壌こそ、我等の機動力を最大限に生かしつつ敵の動きを鈍らせる天然の武器。湿地帯の王者たる我等が、こそこそと隠れ潜むなどあってはならんのだ!!」

そう言い切ると、首領の武器――リザードマンの首領としての象徴でもある〝槍〟を手に取る。

その槍、魔法武器《マジックウェポン》：水渦槍《ボルテクス・スピア》を。

それはリザードマン最強の戦士が持つ魔槍であり、まさしく自分が持つに相応しい武器とガビルは思う。

ガビルは、槍から凄まじい力が流れ込んでくるのを感じた。それはまさに、槍がガビルを主と認めた証明に他ならない。

ガビルは首領と親衛隊長を見やり、槍を掲げて見せた。

「槍は我輩を認めたのである。リザードマンに同盟など不要! 我輩がそれを証明してくれるわ」

「待て、ガビル。勝手な事は許さん! せめて、同盟軍の到着まで待つのだ!!」

「あとの事は任せておくが良い。戦が終わるまでは窮屈な思いをさせるが、我慢してくれよ?」

ガビルは首領の叫びを聞き流し、そう声をかけた。

「ガビル殿――いや、兄上!! 我等を裏切るのですか!?」

「妹よ、公私混同は良くないぞ? それに、裏切るのではない。見せてやろうと言っておるのだ……リザードマンの新しい時代を、な」

「馬鹿な!? 貴方が優れているのは皆認めている。なぜ今なのです? それは本当に、兄上の本心なのですか!?」

親衛隊長――実の妹の言葉は、ガビルの癇に障った。

「我輩の本心に決まっておろうが!! 目障りだ、拘束して連れていけ」

そして配下に命じる。

妹が喚《わめ》く声が聞こえるが、最早ガビルの心には届かない。

当然殺したりするつもりなどない。ただ、邪魔をされたくなかったのだ。

首領でも手こずった相手を、ガビルが撃ち破る。

それは新たな英雄として、ガビルがリザードマンの頂点に立つに相応しいイベントだった。

(そうすれば親父殿も我輩を認めて、誇らしいと褒めてくれるだろうさ)

ガビルの心は高揚していた。

首領のシンパに関しては、配下達がゴブリンを連れて制圧に向かっている。前方のオークに意識が向いていたので、背後の警戒は手薄だった。もっとも、非常通路を通り味方が襲ってくるなど、考えてもいなかっただろう。

間もなく掌握の報告が届く。

ガビルは泰然と、首領が座っていた椅子に腰掛けた。

それを見計らったかのように——

「その椅子の座り心地はどないでっか？」

ガビルに声をかける者がいた。

「おお、ラプラス殿か。此度《こたび》の協力、かたじけない。お陰で、思ったよりも簡単に事が運んだわ」

「そりゃあ良かったでんな。ワイもお役に立てたようで嬉しいですわ」

人を馬鹿にしたような、左右非対称の笑顔を模した仮面を付けた男。

その服装も悪目立ちしている。ど派手で色鮮やかな道化服だったのだ。

そんなふざけた格好をしているが、ガビルは気にしない。

なぜならば、ラプラスと名乗ったその男は、ガビルが敬愛するゲルミュッドが雇った者だからだ。

「ワイはラプラスいう者です。〝中庸道化連〟いうなんでも屋の副会長を任されてるんでっけど、今回ゲルミュッド様に雇われたんですわ。ガビルはんのお役に立て、ちゅうてな」

ゴブリンを引き連れ帰還する途上であったガビルの

前に現れ、飄々とそう声をかけてきたのである。

そして地下牢に閉じ込められていたというガビルの配下を助け出し、リザードマンの動向をガビルに逐一報告してくれた。

そして、ガビルの為に水渦槍《ボルテクス・スピア》の封印を解いたりクーデターに手を貸してくれたのも、この男である。

当初の計画では、リザードマンの本隊が湿地帯に打って出た隙に、首領をはじめとした首脳部を抑えるという計画であった。しかし、同胞達は防衛に徹して動く気配がない。計算違いにガビルが苛立ち始めた頃、ラプラスが協力を申し出てくれたのだ。

ガビルの配下やゴブリンの部隊を、首領のもとまで秘密裏に運んでくれたのである。

まるで魔法のように、その存在を感知出来ないようにして、脱出通路からの侵入を手引きしてくれたのだ。

クーデターの、いわば立役者とも言える人物がラプラスだった。

「嫌やな、ガビルはん。ワイはそんなご大層な者やあらへんで」

笑いながら否定するラプラスだったが、ガビルからすれば共にゲルミュッドに仕える仲間としての意識が大きかった。

「わははは。謙遜されるな、ラプラス殿。我輩がゲルミュッド様の配下となった暁には、共に働く仲間となるのですから。今後とも宜しく頼みますぞ」

ガビルは上機嫌で、ラプラスに話しかけるのだった。

「ガビル様、各部族長の掌握が完了致しました」

そんなガビルに待ち望んでいた報告が届いた。

これでようやく、全軍の指揮権がガビルのものとなったのである。

「おっと、邪魔したら悪いでんな。ほな、ワイはそろそろ次の仕事に向かいますよって」

「おお、引き止めてしまいましたな。それでは我輩も、オーク共を蹴散らしてゲルミュッド様に我が力をお見せするとしましょうぞ」

ラプラスはガビルに嫌味な程に恭しく一礼すると、その場から一瞬にして消え去ったのだった。

「ラプラス殿か、頼もしいお人よ。流石はゲルミュッド様、あのような人物をも味方に付けておられるとは……。さて、我輩も負けてはおられぬな」

ガビルは気を引き締め、立ち上がる。

今こそ、出陣の時であった。

ガビルの頭には、自らの敗北など想像も出来ない。父親である首領の忠告など、まったくその耳に届いていなかった。

元よりガビルのシンパだった者達は、この交代劇を歓声と共に称えている。

若き者達は、元よりガビルを熱狂的に支持していたのだ。

ガビルは各部族の主だった者を呼び集め、大攻勢の準備を命令した。

リザードマンが勇猛であると、調子に乗っている豚共に教えてやる為に。

神経を使う防衛戦に疲れていた彼等は、ガビルの命令に歓声を以って応える。首領が苦心して犠牲を出さぬようにと守らせていた反撃禁止の命令が、ここにきてガビルを後押しする効果を生み出していたのは皮肉である。

確かに、流れはガビルに向いていたのだ。

ガビルは彼等の声に気を良くし、再び首領の椅子にドッカリと腰掛けた。

間もなく自分の時代が訪れると、ガビルは信じて疑わない。

その前にオークを蹴散らす事など、ガビルにとっては些細な問題としか感じていないのだ。

●

なんという事だ……。

首領は、後悔の念に苛《さいな》まれていた。

ソウエイという魔物が最後に告げた、背後にも十分に気を配れというのは、こういう事態を警告していたのだ。

味方の統制は取れていると思っていた。

血気盛んな者達も、首領の命令を良く守り防衛に徹していたというのに……。

まさか、自分の息子に裏切られるとは——首領は絶望に頭を掻き毟《むし》りたくなった。

このままでは不味い。

このままでは、リザードマンは三日どころか明日を待たずに破滅してしまう。

意を決し、親衛隊長を見やる。

自分のもう一人の子、ガビルの妹。

隊長は首領の合図に気付き頷いた。

「行けい！」

そう首領が叫ぶと同時に、親衛隊長は拘束を振りほどき走り出した。

この事態を同盟相手に伝えなければならない。そうしなければ、下手をすれば自分達の巻き添えにしてしまうおそれもあった。それだけは、リザードマンの誇りにかけても阻止しなければならないのだ。

あの使者、ソウエイと名乗った男は妖気《オーラ》を隠していなかった。

だからこそ根城である地下大洞窟から出れば、使者が向かった方角くらいわかるかもしれない。

そんな儚《はかな》い可能性にかけて、親衛隊長を送り出す。

拘束しようとガビルの配下達が動いたが、仲間に手をかける意思はないのか躊躇《ためら》う素振りが見えた。その隙を逃さず、親衛隊長は素早く走り出す。

それを見て、一先ず安堵する首領。

首領自身は、責任を取る為にもこの場に残らなければならない。だからこそ、親衛隊長が無事に目的を達成出来るように祈るのだ。

たった七日。

この七日という約束すら守れなかった、己の不甲斐なさを嘆きながら。

そして——約束を守れなかった事で、自分達が見捨てられる事のないように。

なんらかの価値があるからこその、同盟の提案だったのだろう。この出来事でその価値がないと判断され、見捨てられないようにと切に願った。

(この戦で、ガビル率いる戦士達が滅ぶのは仕方なかろう。自業自得であろうよ。しかしせめて、逃がした女子供だけでも保護してもらえれば……)

同盟締結すらまだなのだ。自分の願いが虫が良すぎる事を、首領は十分に理解していた。

しかし、リザードマンの全部族が滅ぶのだけはなんとしても阻止したいと、どうしても考えてしまうのである。

それは長く全部族を纏め上げた首領としての責任感からの思いであり、彼を責める事は誰にも出来ないだろう。

首領は正確に今後の展開を予測していた。

ガビルは各部族を纏めたら、直ぐにでも打って出ようとするだろう。

そうなると、各通路で戦っている防衛部隊の交代要員すらいなくなる。

交代も出来ず、徐々に強さを増すオークの群れを相手にするなど、防衛部隊が敗北するのも時間の問題となるだろう。

迷路の奥深くにある大広間に集められた、各部族の女子供。彼女達、非戦闘員を守る者がいなくなってしまう……。

こんな事になるとは……。しかし、嘆くだけでは駄目なのだ。

(儂自らが、最後の防衛の要となるしかない。せめて……最後の時間くらい稼いでみせようぞ)

首領はそう決意した。

少しでも時間を稼ぐ事。それが、首領に出来る精一杯なのだから。

●

その日、湿地帯をオークの軍が埋め尽くした。

上空から俯瞰するならば、洞窟の入り口へとオーク達が蟻のように殺到している様子が窺えるだろう。

しかし、その数はオークの軍勢のほんの一部に過ぎない。

森林を抜け、どんどんと湿地帯方面へと侵攻してくるオークの群れ。それとは別に、大河に沿って北上してくる本隊が控えていたのだ。

対峙する者もなく、その群れは湿地帯を埋め尽くし

――洞窟へと雪崩れ込んでいるのである。

しかしその時、その群れの一角からザワめきが生じた。

何者かが、オークの群れの横腹に襲撃を開始したのだ。

これが、湿地帯に於けるオーク軍とリザードマン戦士団との開戦の狼煙《のろし》となった。

湿地帯の王者、それがリザードマンだ。

高い戦闘能力を有し、足場の悪い泥の中であっても、素早い高速移動を可能とする種族。

生い茂る草に隠れ、オークの群れに気取られる事なく、静かに戦闘は開始された。

全ては、ガビルの思惑通り。

父親である元首領達を地下の大広間へ閉じ込め、軍の再編と同時に多岐にわたる連絡通路より地上へと這い出る。

防衛部隊は残したままだった。

彼等が疲弊する前に、ガビルは勝負を終わらせるつもりなのだ。

ガビルは、オークの軍勢の正確な数を把握してはいない。だが、リザードマンとオークの個体戦闘力の比率から考えて、数倍規模の数までは敵ではないと踏んでいた。

多少は敵の数が多かろうとも、戦闘力の差を覆すには至らないだろうと。

念の為に、ある程度の打撃を与えたら離脱し、素速い動きでオーク軍を撹乱させるという戦法を用いている。

そして再び突撃態勢を形成し、オークの群れへと更なる打撃を加えるのだ。

これを速やかに繰り返す事で、着実に軍勢を減らしオーク軍に決定的なダメージを与える。そうすれば、洞窟内に侵入している部隊との連携も途絶し、オーク軍は撤退を余儀なくされるだろうと。

湿地帯での高速移動が可能な、リザードマンならではの戦法であった。

ガビルは、無能ではない。大局を見る目を持たないが、戦士団を率いるその手腕は賞賛されるべきものがあったのだ。

父親である元首領の良いところも、きちんと受け継いでいたのである。

リザードマンは、強者を好む一族である。

だからこそ、力自慢なだけの男に付き従う事などはないのだ。

ガビルを慕う者がいる。その事を鑑みても、ガビルが勇猛なだけの無能者ではない証明であった。

しかし――


大広間の護衛に残した最終防衛部隊は千体。

広間には、女子供の非戦闘員しかいない。いざとなれば女達も戦うだろうが、その戦力は当てにはならない。

だからこそ、大広間へと至る各岐路に総数千体を配置して来たのだ。

そして各防衛ラインからは、徐々に撤退を行い大広間の最終防衛部隊に合流する手筈となっている。

そうした者を除いた、全戦力がガビルの手駒であった。

その数、ゴブリン兵七千匹に加え、リザードマン戦士団八千体。

これが現在のガビルの手駒だった。

迷路の地形を利用する事なく、地上戦で勝てると踏んだガビル。

その決断により、防衛に最少の戦力を残し、残り全ての戦力で打って出たのだ。

初撃は成功した。

見事な不意打ちにより、オークの群れを分断し、多大なる打撃を与えている。

リザードマンの打撃で散り散りになったオーク兵を、ゴブリンの集団が各個撃破していく。

ガビルの指揮を的確に実行する、出来たばかりの軍兵としては上出来の動きであった。

ゴブリン達も、自らの生死がかかっている。その為、必死で皆の動きに合わせて行動しているのだ。

そうした行動が結果的に最良の連携を生み出し、順調な出だしとなっていた。

見ろ！

ガビルは思う。豚共を必要以上に恐れる事などないのだと。

（親父は老いた。だから、必要以上に心配性になっているのだ）

だから自分が安心させてやるのだと。

（ここで我輩の武勇を見せつければ、親父殿も我輩を首領と認めてくれるだろう。その為にも、さっさと豚共を始末せねばな……）

ガビルはこの機会に、父親に自分の武勇を見せつけるつもりなのだ。

ガビルの考えを肯定するかのように、その時歓声が上がった。

また、配下の者達が武勲を上げたようだ。

（ほら見ろ！　オークなど、我等リザードマンの敵ではないではないか！）

ガビルは気を良くし、湿地帯の戦況を睥睨《へいげい》した。


けれども、ガビルの思惑通り進んだのはここまでである。

多数の死者を出し、本来ならオーク軍の士気が下がる場面。

ガビルは知らない。オークロードの恐怖を。

首領は知っていた。オークロードの恐怖を。

その違いが今、結果となってガビルに牙を剥く。

●

グチャグチャグチャグチャ。

死体を踏みしめる、オーク達。

四つん這いになり、這いずるように。

いや、それは間違いだった。

踏みしめているのではなく、喰っているのだ。

それは、身の毛もよだつおぞましき光景。

歴戦の勇士であるリザードマンの戦士団にとっても、その光景は忌避すべきものだった。

禍々しい妖気《オーラ》が、オーク達を包む。

一人の戦士がその光景に怯え、後ずさろうとして躓く。その機会を逃さず、オーク兵が群がるように戦士に襲いかかった。

泥の中に引きずり込まれ、四肢を裂かれ、殺されるリザードマンの戦士。

この戦が始まってから初めての、リザードマン側からの戦死者。

それが皮切りとなった。

末端の兵士が喰った魔物の能力も、巡り巡ってオークロードへと届けられる。

それは、リムルのユニークスキル『捕食者』のように完全に能力《スキル》を再現する力はない。しかし、優位な点があった。その点とは、能力だけに留まらず喰った魔物の身体的特徴までも継承する事が出来る点である。ある程度の割合で相手の能力を吸収し、自らの支配下にある者へと還元《フィードバック》させるのだ。

それが、ユニークスキル『飢餓者《ウェルモノ》』の能力の一つ『食物連鎖』だった。


群れであり、一個の個体でもある。

牙狼族の性質とはまた異なるが群体と化す事も、『飢餓者《ウェルモノ》』の特徴であった。

だからこそ、リザードマンの首領は戦死者を出す事を極端に恐れたのである。

個として、オークを上回るその優位性を失わない為に。

相手の能力を完全に奪えなくても、ちょっとした特徴程度であれば獲得出来る。そしてそれは、全てのオークへと継承されるのだ。

例えば、泥の中でも自在に動けるような水掻きが生える、など。

例えば、身体の急所に鱗が生じて防御力が増す、といった些細な変化。

そうした変化がオークの兵士に生じていた。

だが——そうした些細な変化により、戦局は劇的に変化を起こすのだ。

「恐れるな！　我等、誇り高きリザードマンの力を見せつけてやれ!!」

ガビルの鼓舞に、士気を高めるリザードマンの戦士達。

湿地帯の王者として有利な場所で戦っているのだという安心感も手伝い、オーク軍に再度襲撃を行う。

自分達の動きが、オーク兵の動きよりも素早い事は確認済みである。

ぬかるむ泥に足を取られて、オーク兵はリザードマンの動きについてこられないのだ。

数で負けていても防御の手薄な側面へと回り込み襲撃を行えば、先程のように分断した上で各個撃破するなど容易い事であった。

そのはずだったのだ……。

側面への攻撃を仕掛けようとするリザードマンの動きに合わせるように、オーク軍も陣形を保ちつつ対応する構えを見せた。

先程までより、格段に動きが速くなっている。

（ムッ⁉　オーク共の動きが変わった……？）

ガビルが気付いた時は、既に手遅れであった。

今までにない素早さで左右に展開し、オーク軍はリザードマンの戦士団を包み込んで見せたのである。

一糸乱れぬ動きにて、二万もの兵数が素早くガビル達の後方を封鎖していった。

ガビル達が調子に乗って攻め込み過ぎたのが原因である。

自分達の機動力を過信し、動きの遅いオーク兵からの離脱は容易だと考えた。その結果、オーク軍の懐深くにまで攻め込み過ぎたのである。

現在ガビル達が対峙しているオーク軍の数は、別働隊であった一万に加え先遣部隊のうちの三万を加えた総数四万規模であった。そのうちの半数が後方に回り込んでいる計算になる。

ガビルは一瞬躊躇したものの、正面突破を選択した。ここで反転しようものなら、リザードマンはともかく動きの遅いゴブリンは動きについてこられない。そうなればオーク軍のど真ん中に取り残され、全滅してしまうだろうから。

ガビルはゴブリンを弾除け程度にしか考えてはいなかったが、何もせずに見捨てる程に薄情な訳ではなかったのだ。

「我輩に続くがいい！　このまま一気にオークの包囲を突き破るのである!!」

ガビルは叫び、勢いを殺さずにそのままオーク軍正面へと突撃する。

あるいは、ユニークスキル『飢餓者《ウエルモノ》』の影響下にないオーク達であったならば、ガビルの突撃により撃ち破る事が出来たかもしれない。

しかし、それはあくまで仮定の話。

現実には、リザードマン戦士団の強力な一撃は、正面に構えたオーク軍の防御陣形の前に脆くも砕かれてしまう。

その瞬間にリザードマン戦士団の——つまりは、ガビルの敗北が決まったのだ。

周囲の封鎖も既に完了しようとしていた。

その上、オーク軍には続々と本隊が合流しつつある。

ガビル達は最悪な事に、敵軍のど真ん中に取り残されてしまった。それはさながら、軍隊蟻に飲み込まれた一匹の虫の如く。


このままでは、必死で抵抗したとしてもいずれは力尽き死が訪れるだろう。

ガビルは無能ではない。

一瞬にして、現在の自分達の状況を正しく認識した。

しかし、なぜこうなったのか、それがガビルには理解出来ない。圧倒的に強者であるはずの自分達の攻撃が、突然通用しなくなるなど考えられぬ事態だったのだ。

だがそれでも、ガビルは諦める事なく出来る手立てを全て試みる。

必死に自軍を立て直そうと声を上げ、周囲を鼓舞した。

ゴブリン達は恐慌状態へと陥りかけており、リザードマン達へも不安が伝染しようとしている。なんとしてもそれだけは食い止める必要があった。

戦場で恐慌状態に陥ってしまうと、命令すらまともに伝達されなくなる。そうなれば敗北は必至であり、それは即ち全滅を意味するから。

撤退も考えたが、既に逃げ場がないとガビルは理解していた。

この包囲を撃ち破る事が出来たとしても、逃げ込む先がないのだ。

出撃の際は統制が取れていた為、各集団が秩序正しく洞窟から出てこられた。しかし潰走《かいそう》して逃げ込もうとするには洞窟は手狭過ぎるのだ。

もし撤退の命令を出せば、我先にと逃げ出すゴブリンに洞窟の入り口は塞がれてしまうだろう。

そうなれば、退路を断たれた上に統制の取れない状態の自分達はオークに殺されるのを待つだけとなってしまう。

いや——そもそも、洞窟まで辿り着く事すら困難であった。

あるいは洞窟ではなく森へと逃げたとしても、オークの機動力が上がった今となっては追撃されて各個撃破される未来しかない。

撤退は出来ない。

ガビルにはそれが良く理解出来ていたのだ。

なぜ勇敢だった父が、籠城のような消極的な戦法にこだわったのか。今になって理解出来る。

自分がいかに馬鹿だったのか。しかし、後悔しても遅い。

今、ガビルに出来る事。それは味方を鼓舞し、少しでも不安を和らげる事のみである。

「グワハハハ！　お前達、不安そうな顔をするな！　我輩がついておるのだ。豚共に負けるなど、有り得ぬのだよ!!」

そんな風に自分でも信じていない事を叫び、味方を鼓舞するのだ。

今まさに、ガビル達の命運は尽きようとしていた。

●

ああ……。

首領は、溜息をついた。

首領は後悔していた。

御伽噺としてだけではなく、ガビルにきちんとオークロードの恐怖を話して聞かせなかった事を。

正確にいえば、話していなかった訳ではないのだが、具体的に恐怖の逸話を話さなかった事が悔やまれた。首領自身が過去の話として、重要視してはいなかったからだ。

（全ては儂の責任よ……）

首領は自責の念に囚われる。

詳しいオークロードの知識があれば、もしかしたらガビルも少しは警戒したかもしれなかったのに。

今更だ。首領は溜息とともに、その考えを打ち捨てた。

彼にはまだすべき事があるのだ。

大広間に集められた、同胞達。皆、不安そうにしている。

湿地帯方面に向けて大きな通路が四つあり、退路が一つ後方に伸びていた。

退路側は安全であろう。山岳地帯の麓にある小高い丘と直通の通路なのだ。

森に出るには一旦遠回りとなってしまうが、湿地帯からも離れている。しかも、女子供でも迷う事がないようにと、自分達で用意した脱出路なのだから。

なので、警戒すべきなのは前方の四つの通路。

各岐路にてオークに攻撃を仕掛けていた部隊が、慎重に撤退しつつ集合し始めていた。

四つの通路に割り当てた最終防衛戦力は、現在千五百体程度。まだ集合しきれていない部隊もいるのである。

オーク兵の数は多い。その物量で、直ぐにもこの位置は発見されてしまうだろう。

そうなる前に、せめて残りの戦力を集中したいところなのだが……。

首領はチラリと脱出用の通路を見る。

同胞の全てが集まっている為、大広間と言えども手狭であった。

万が一この集団が一斉に脱出しようとしても、間に合うとは到底思えない。

今のうちに少しずつでも脱出させておくべきだろう。

どちらにせよ、混乱を招く事になる。それでも、少しでも全滅の可能性は減らしておくべきだった。

だが、森へ逃げたとしてもオークに発見されるのは時間の問題であろう、とも思う。

それに、逃げおおせても今後の生活が成り立つとも思えない。

そう考えるからこそ、逃げ出せという命令を下す事が出来ないでいたのだ。

結局のところ、時間を稼ぐしかない。

来るかどうかもわからぬ援軍をひたすら待つ為に。

しかし、そうした首領の儚い希望は打ち砕かれた。

突如通路から戦闘音が響き、汗と鉄の混じったような血の匂いが漂い始めたのだ。

(始まったか……)

大広間に緊張が走る。

首領は即座に広間後方に女子供を避難させ、その前方に戦える者を配置した。

封鎖を抜けられた場合に備えて、対処する為である。

戦士達は槍を構え、当初の予定通りに弧を描くように身構えた。

四つの通路全てを、出口にて封鎖するつもりなのだ。

オークを格下と侮る事をせず、多数で少数を確実に葬る作戦であった。

通路の大きさがそれ程広くない為に、同時に相手どる数が少ない事が救いである。

個体戦力を比して考えるならば、リザードマンの戦力は未だにオーク兵を僅かに上回っていた。

この布陣であれば、多少なりとも有利に戦えると首領は考えたのだ。


当初は首領の思惑通りだった。

オークは通常よりも強力ではあったが、それでも対応出来ていたのだ。

前方の四つの通路に分けた部隊が、それぞれ必死にオーク軍を食い止めていた。

交代しつつ、慎重に対応する。しかし、それも長くは続かなかった。

出口付近には死体が積みあがるものの、オーク共はそれを喰らい次々と侵入を試みる。その姿はあまりにもおぞましく、屈強なるリザードマンの戦士の心にも怯えの色が見え始める。

そして、決定的となる瞬間が訪れた。

オーク兵達が黄色い妖気《オーラ》に包まれたのだ。

(なんだ、一体……？)

そう考えた首領を、更なる悪夢が襲う。

今までは上回っていた個々の戦闘能力が、拮抗し始めたのだ。

オーク兵が劇的に強くなった訳ではないが、リザードマンに対して均衡を崩すには十分であった。

この時点で、リザードマンが持つ優位性が全て失われたのだ。

首領は戦況を観察し、このままでは一日すら保たないであろうと悟った。仮に援軍が来るとしても、それは三日後である。とても守りきれるものではない。

既に防衛戦力からも死者が出始めている。

このまま滅ぶのを待つよりは、女子供を逃がす方が良い。

「聞け、お前達には苦労をかける事になる。だが――リザードマンの種を、ここで絶やす訳にはゆかぬのだ。生き延びよ。お前達が逃げる時間くらい、儂が稼いでみせようぞ!!」

逃げても無駄であろう。苦労するだけして、やはり駄目かもしれない。

そう思いつつも……。

首領は最後の希望に全てを賭ける。

「逃げ延びて、リムルと言う名の魔物を頼るが良い！　行けい!!」

しかし、首領の希望は無残にも否定される。

「グフフフ、この道は塞がせてもらったぞ」

そう言いつつ、数体のオークが安全なはずの退路から出現したのだ。

全身鋼鎧《フルプレートメイル》を着た、豚頭騎士《オークナイト》達が。

そして――

四つの通路の一つから絶叫が聞こえてきた。

その声を背景に出現したのは、全身を血に染めた漆黒の鎧を纏った醜悪なオーク。

異様な姿。

その目に宿るは狂気の炎。

オークナイトを上回る巨躯。

(まさか、オークロードか!?)

首領は驚愕に身を震わせながら、出現した巨躯を凝視した。

だが、首領の予想は外れていた。現実は、より最悪であったのだ。

「貴様等は、偉大なるオークロード様への供物だ。一匹たりとも逃がしはせぬ」

そのオークの言葉に、首領は目の前のオークの正体に気付いた。そう、オークロードどころかその配下の一体に過ぎぬ魔物でさえも、これだけの力を秘めているのだと……。

手に重厚な斧槍《ハルバード》を持つ、豚頭将軍《オークジェネラル》の登場であった。

果てしない絶望を体現したような、邪悪なる姿。

(もはや……これまでか……。だが、ただでは死なぬ!)

首領は絶望に心が折れそうになりつつも、最後の気力で己を奮い立たせせた。

「ふははは！　久々に手ごたえのありそうな相手ではないか。儂の相手に不足なし!!」

首領は自分の死地を悟った。

そして槍を構え、悠然とオークジェネラルの前に立つのだ。

リザードマンを滅びへと導いた最後の首領として、誇りを胸に死ぬ為に……。

●

リザードマンの親衛隊長は、首領の命令を胸に森を駆ける。

しかし、その目的は定かではない。ソウエイと名乗った使者の強大な妖気《オーラ》を感じ取ろうにも、今はまったく感知出来なかったのだ。

だが、彼女の双肩にリザードマンの未来がかかっている以上、立ち止まる訳にはいかなかった。

己の直感を信じ、ただひたすらに森を駆ける親衛隊長。

リザードマンは湿地帯では高い機動力を誇るものの、

森の中ではそうはいかない。

息は切れ動悸は激しく、彼女の疲労はどんどんと蓄積されている。

それでも、彼女は走るのを止めなかった。

同盟を申し出てくれた相手への、最低限の義理を果たす為に。

彼女が走り始めて、かれこれ三時間経過しようとしていた。

拘束を振り切ってから、ひたすら走り続けているのだ。気力で持たせているが、いつ倒れてもおかしくない状態になっていた。

本当のところ、彼女にも理解出来ていた。

この先に、あのソウエイという魔物がいる保証などない。

仮にいたとしても、助けてくれるとも限らない。

このまま逃げてしまった方が良いのではないか？

そんな考えが脳裏をよぎる。

（馬鹿な！　私は同胞を、父を裏切ろうとでもいうつもりか!?）

彼女はその考えを慌てて打ち払い、思考を切り替えた。

兄であるガビルの暴走を止められなかったのは自分である、彼女はそう思っている。

ガビルが首領に認められたがっている事を知っていたのだ。

だが、それを首領に告げる事は出来なかった。

リザードマンの勇士、ガビル。

彼女もまた、ガビルを尊敬していた者の一人なのだから。

自分が差し出がましい真似をしなくても、兄ならば、いずれは立派な首領になれると信じていたのだ。

それなのに……。

今回の事は色々なすれ違いが重なり、歯車がずれただけなのかもしれない。

けれども、彼女はどうしても思ってしまうのだ。

もっと良く兄妹で話し合っていれば、あるいは今回の事態は避けられたのではないか、と。

そうであるならば、自分がその責任を負うべきであった。

逃げ出すなど、とんでもない事である。

止まったら、二度と走れなくなる。

だからこそ、彼女はひたすら走り続けるのだ。


そんな、彼女を見つめる者がいた。

必死に走る彼女には、気付く事など出来ない。

だがその者は余裕を持って木の枝を伝い、音もなく彼女を追跡する。

薄らと笑みを浮かべ、口の端からは涎を垂らしていた。


そして——

彼女の疲労が極限に達し、その動きが止まった時を見計らい……。

彼女——親衛隊長の前方に、音もなく降り立ったのである。

手は猿のように長く、足は肉食獣のそれである。

しかしその胴体と頭は、醜悪なるオークのものであった。


「ぐふふふ、お疲れのようだな。さぞかし肉が引き締まって、美味になっているだろうて」

彼女は目の前に現れた化け物を、痛恨の眼差しで眺めた。

それは、紛れもなく上位のオークであった。しかも、一体ではなく数十体が背後に付き従っている。

生還は絶望的。

「貴様は……」

「ぐふふ、ぐはははは。我はオーク軍の将が一人。光栄に思いつつ、我の胃袋に納まるが良い!!」

「クッ、オークジェネラルだと!?」

背負っていた槍を構える親衛隊長。しかし、その勝敗は誰の目にも明らかだろう。

既に疲労で動きが鈍っている親衛隊長に、オークジェネラル及びその配下を打ち破る力など残ってはいないのだ。

だが、それでも……。

彼女は無駄と知りつつも、誇りを失わぬように無謀なる戦いに身を投じる。

「よっしゃ、よっしゃ！　いい感じになってきたで！」

陽気に声を張り上げつつ、怪しい男がはしゃいでいた。

奇抜な服装と怪しい仮面。

どう見ても変人である。

ガビルと話していた男、ラプラスだった。

ラプラスはお手玉をするように、三つの水晶球を弄んでいた。

一つ一つが人の頭ほどの大きさで、中には何やら映像が映されている。

良く観察したならば、その映像は戦場の様子を映しているものだと気付けるだろう。

それは正解で、その水晶球は視覚共有して映像を映し出す高価な魔法道具《マジックアイテム》だった。今回の依頼を受けた際、依頼主から渡されたものである。

水晶球に登録するには、一度触れてもらう必要がある。そのせいで三つしか視覚共有出来ていないのだが、ラプラスにとっては十分であった。

比較的御しやすかったオークジェネラル三体を水晶球に登録し、彼等の視線を通して戦場の様子を盗み見していたのである。

当然、それは彼の趣味ではない。彼の依頼主から頼まれた、れっきとした仕事であった。

だがラプラスは、楽しまなければ損だといわんばかりに、面白そうに戦場の様子に見入っていた。

彼の意図した通り、状況は依頼に沿って動いているのだ。

「よっしゃ。これで、依頼人も満足してくれはるやろ」

他に誰もいないのに、わざわざ声に出すラプラス。

しかし、今回はいつもと違った。

「楽しそうですね」

と、返事があったのだ。

「誰や!?」

驚き尋ねるラプラスの前に現れたのは、一人の儚げな美女である。

緑の髪が蔓《つる》のように絡み合い、全身を覆っていた。

髪がほつれて、半分透き通ったような全身が姿を見せる。

「わたくしは森の管理者である、樹妖精《ドライアド》のトレイニーといいます。魔族に好き勝手させるつもりはありません。よって、貴方を排除致します」

そう宣言すると同時に、トレイニーは魔法の詠唱を開始した。

慌てるラプラス。

「ちょ!? 待ったりや！ ワイは魔族ちゃうで!?」

「黙りなさい。森を乱したという点では、貴方の罪は明白です」

ラプラスの言葉を無視し、トレイニーは魔法を発動させる。

「待て、待て待て待て！ なんやその魔法!?」

「精霊召喚：風の乙女《シルフィード》。そして、エクストラスキル『同一化』発動!!」

ドライアドであるトレイニーは、自身の精神体《スピリチュアル・ボディー》を魔素で覆って身体を構成している。それはリムルのエクストラスキル『分身体』に似た能力であり、本当の意味での肉体は持っていなかった。本体の宿り木たる霊樹が、いわば本体と言えるのだ。

そんな彼女であったからこそ、精霊との同化が可能となる。

上位精霊シルフィードと『同一化』したトレイニーは、今や上位精霊の力を自在に操る事が可能となっている。そしてそんな彼女が放つのは、シルフィードの最強魔法の一つ――

「さあ、断罪の時です。貴方の罪を悔いて、祈りなさい。大気圧縮断裂《エアリアルブレード》!!」

精霊と同化した事により、トレイニーは無詠唱で魔法を発動させる事が可能となる。

瞬間的に発動した魔法により、ラプラスは逃げる間もなく大気の断層に閉じ込められた。その内部に吹き荒れるのは、全てを切り裂く大気の刃だ。

囚われてしまうと逃げ場のない、恐るべき魔法であった。

だがしかし、切断出来たのはラプラスの腕一本。

えきった。

対抗魔法《アンチマジック》により、ラプラスは致命傷を負う事なく耐えきった。

そして、切断された腕から煙が発生し存在欺瞞《ステルスモード》を自動展開した。これは幻覚魔法：虚偽情報《ディセプション》と潜伏や隠蔽といったアーツも同時に発動させる、ラプラスの自己流技《オリジナル》である。それも信じがたい事に、超感覚を有するドライアドの目をも欺く精度で発動させてみせたのだ。

「無茶苦茶やな、アンタ……。問答無用かいな。まあ目的は達成しとるし、ワイは引き上げさせてもらいまっさ。ほな、サイナラ！」

巧妙にも様々な脱出手段を用意していたらしく、煙が晴れたあとにはラプラスの姿はなかった。

「……まさか、逃げられるとは。ですが、魔族ではない？　では、あの者達は一体……」

そう呟くトレイニー。しかし、答える者は誰もいない。

トレイニーは疑問を一旦保留し、戦場へ目を向けた。

地上に満ちた植物を通し、ドライアドに伝わる情報に意識を浸す。

「状況は思わしくありません……。あの方は、果たしてどこまで信じられるのでしょう……」

その呟きもまた、風に流されて消え行くのみ。

トレイニーの表情が憂いを秘めた。

本来であれば、彼女がオークロードを始末するべきなのだ。

だが、背後で何者かが暗躍している気配があった。その正体を掴むまでは、迂闊に行動する事が出来ないのである。

万が一の可能性ではあるが、彼女がオークロードに取り込まれてしまったならば、この世に新たな魔王を生み出す事になるだろう。そうなってしまえば、彼女の姉妹達では対処出来なくなる。

そうした事態を防ぐ為にも、彼女が表立って行動する事は出来ないのだ。

殺さぬ程度に手加減したせいで、ラプラスという魔人の逃亡を許してしまったのは痛恨のミスであった。

戦場では今まさに、リザードマン達がオークの大軍に飲み込まれようとしている。

何も出来ない事を悔しく思いつつも、トレイニーは冷静に自分の役割を全うするのであった。

それこそが、森の管理者である彼女の使命なのだから……。

●

ガビルは絶望的な戦いを続けていた。

戦局は大きく傾いている。

疲れる事がないのか、絶え間なく攻め続けて来るオーク兵。

それに対し包囲の中から抜け出す事も出来ずに削られていく、ゴブリンとリザードマンの連合軍。

包囲網を突っ切ろうにも、傷つき疲労困憊となったリザードマン達では何人ついてこられるやら……。

そしてその時は、機動力の劣るゴブリン達を見捨てる事になるのは確実であった。

撤退しても先はないのだが、事ここに至っては少しでも生存者を残す事を考えるべきであった。

普通なら勝利が確定した時点で戦闘行為は終わるのだが、オーク共はガビル達を根絶やしにするつもりであるらしい。

降伏勧告も何もなく、ただひたすらに殺し喰らう。

ガビル達をエサとしてしか見ていないのは明白であった。

それは本能的な恐怖を呼び起こす。

蛇に睨まれた蛙の如く、心の弱い末端から恐慌に陥り、陣形は崩れ始めていた。

元より弱者であるゴブリン達は総崩れになり逃げ惑っているが、オーク軍はそれを許さない。

逃げたゴブリンを追い詰め、殺し、喰らっていった。

ゴブリンの部隊として機能しているのは、三千匹にも満たぬ者だけである。

リザードマン戦士団も人事ではなく、二割を超える損害が出ているのだ。

既に組織的に行動する事が困難となりつつあった。

それでもガビルは鼓舞を続ける。その上、この状況にもかかわらず少しずつオーク兵の囲いを突破しようと試みていた。本来の彼の能力を遺憾なく発揮し、巧みな用兵を行っていたのだ。

　未だ全滅せず曲がりなりにも指揮系統が機能しているのは、ガビルの類希なる将としての才能の賜物と言えるだろう。

　だが——

　突如、黒塗りの鎧を纏ったオーク兵の一団が動き出した。

　通常のオーク兵とは異なる統率の取れた集団。

　更に、一人一人が全身鋼鎧《フルプレートメイル》を纏っていた。

　通常のオーク兵と基本的な強さは同等かもしれないが、完全に軍として統制が取れている上、装備の性能が段違いである。

　しかも、それを統率する一匹のオーク。他を圧倒する妖気《オーラ》を纏い、強さが桁違いであると見て取れた。

　オークジェネラル。

　個体でも一軍に相当する戦力を有する、オークの軍勢の将。

　そして率いる兵は、二千体もの豚頭騎士団《オークナイツ》であった。

　五体いるオークジェネラルのうちの一体。

　その階級《ランク》は、A^{-}ランクに相当する。

　オークロードが率いる最高戦力である直轄部隊が動いたのだ。

（終わった……）

　それは、ガビルの目には決定的な戦力であると映った。

（脱出も不可能であるな。こうなった以上、潔く討ち死にする他ないか……）

　ガビルは、せめて武人として死にたいと思った。

「グワハハハハ！　臆病な豚共の将よ、我輩と一騎討ちする勇気はあるか!?」

　意を決し、大音声で問いかける。

　勝てる相手ではない。

　ガビルの鱗鎧《スケイルメイル》は既にボロボロで、全身に疲労が蓄積していた。

　それに対し、相手の全身鋼鎧《フルプレートメイル》は魔法までかかっている逸品である上、妖気《オーラ》の質からしても実力はガビルよりも上に見えた。

この申し出を受けてもらえたら、せめて華々しく武人として死ねる。

上手くいけば相手の将軍一人を道連れに出来るだろう、ガビルはそう思った。

「グググ。よかろう、相手してやる」

オークジェネラルはガビルの交渉に応じた。

ガビルという敵将を討ち取り、敵軍の最後の心の拠り所を粉砕する。そうする事で、今後の蹂躙が楽になるという判断であろう。

ガビルにもオークジェネラルの考えは読み取れたが、今更足掻《あが》いた所で苦痛を先延ばしにするしか出来ないのも明白。首領が信じていたらしい援軍の事など、ガビルの頭からは抜け落ちていた。

ガビルは己の死地として、この場を選んだのである。

周囲はその雰囲気に飲まれ、静寂に包まれていく。外周では戦闘が継続していたが、不思議とその音は聞こえてこない。

ガビルは、自らの集中力がかつてなく高まっているのを感じていた。

「感謝する」

そして静寂の中、二人の決闘は始まった。

魔法武器《マジックウェポン》：水渦槍《ボルテクス・スピア》を構えて、ガビルはオークジェネラルの隙を窺う。

「来い！」

オークジェネラルが吠えた。

その声と同時に、ガビルが動く。

「喰らえぃ！　渦槍水流撃《ボルテクスクラッシュ》!!」

全力で、ガビルが今放てる最高の技を繰り出した。自らの槍術に加え、魔法武器《マジックウェポン》の魔力を上乗せした必殺の一撃。

だったのだが——

「混沌喰《カオスイーター》!!」

オークジェネラルが自分の槍を前方で逆回転させ、ガビルの渦の威力を相殺する。

それだけではなく、回転の速度が上がり妖気《オーラ》を放出し始める。禍々しい黄色い妖気《オーラ》が実体化して、ガビルに襲いかかったのだ。

(我輩を喰おうというのか⁉)

直感で転げるように逃げるガビル。だが、妖気《オーラ》はガビルを追い詰めていく。

「グググガ！　所詮トカゲよ。地を転げ回るのが、お似合いだ」

ガビルを嘲笑するオークジェネラル。

ガビルは諦めない。せめて、せめて一太刀でも、と。土を掴み、オークジェネラルに向けて投げつけた。卑怯と誇《そし》られようと、せめて一太刀浴びせる為に。

だがしかし、その攻撃も黄色い妖気《オーラ》に喰われて虚しく消える。残酷なまでの実力差に、ガビルの攻撃はまるで通用しないのだ。

ガビルに向けて、槍を向けるオークジェネラル。

黄色い妖気《オーラ》を躱《かわ》すのに必死で、ガビルにはその一撃に注意を向ける余裕はない。

歪んだ笑みを浮かべ、オークジェネラルがガビルに槍を突き出した時――

「注意散漫だと危ないっすよ！」

ガビルの耳に、聞き覚えのある声が届いた。

それと同時にガビルは後方から突き飛ばされ、意図せずにオークジェネラルの一撃をギリギリで回避する事に成功する。

(な、何が起きたのであるか⁉)

混乱するガビル。

その時、天が落ちたような轟音が戦場を圧した。

ガビルはオーク軍が何かしたのかと疑ったが、どうやらそうではないと気付く。

絶対的な優位に立っていたオーク軍もまた、大混乱に陥っていたのだから……。

局面は新たな展開を見せ、事態は急激に動き始めたのである。

ROUGH SKETCH

第五章
大激突

Regarding Reincarnated to Slime

ゴブタがガビルを救出した丁度その時、俺は上空より戦場を眺めていた。

眼下に広がる状況は恐るべきものである。豚頭族《オーク》軍からしてみれば、完全に有利に運んでいた戦況が、一瞬でひっくり返ったのだ。それも数人の鬼人《キジン》達の手によって……。

奴等が混乱するのも無理はない。

何しろ、俺だって驚いているのだから。

………

……

…

同盟を取り付けるべくソウエイを蜥蜴人《リザードマン》族のもとへ送り出したあと、俺は出陣する面子を決めた。全員で出陣するのではなく、早さ重視の構成でいきたい。相手の能力も判明していないので、いざという時に直ぐに撤退出来るようにだ。

その上で、戦の準備をするように命令した。

町の建設は順調なのだが、防衛施設などまだ出来てはいない。

建設作業の邪魔になるので、外壁すらなかった。その為、ここを攻められた場合は防衛戦などは無理だろう。移転を考えた方が話が早いのだ。

そうした事を踏まえ、残ったメンバーには直ぐに樹人《トレント》族の集落へと移れるように準備を行わせる。状況次第では、俺達の帰還を待たずに移動してもらう事になるだろう。

「決戦は湿地帯で行う。そこで勝てれば良し。もし俺達が負けたら『思念伝達』で状況を知らせるので、速やかにここを放棄しトレントの集落へ落ち延びるように。同時に人間に応援を依頼し、それに協力しつつオーク軍を迎え撃つ事になるだろう。正直、敵戦力は少なくない。勝つつもりでいくが、負けたからといって怯える必要はない。皆落ち着いて、決められた通りに行動するように！」

会議で決まった内容を、町の魔物達を集めた場所にて演説する事になった。

またしてもお神輿のようなものの上に、鏡餅のような感じに乗せられている。正直、演説するのも恥ずかしいが、この姿はかなりくるものがあった。

オークの事などどうでもいいから二度とこんな演説なんてしたくない、そう思える程に……。

そんな事を考えていたせいか、俺に怯えはまったくなかった。魔物とは敏感なもので、感情の波が伝わりやすいようだ。今回はそれが上手く働き、皆も恐怖感を抱く事なく話を聞き入れてくれた。

恥ずかしい演説をした甲斐があった、そういう事にしておこう。

「肝心の、第一陣に加わる者だが——」

その発表を前にして、魔物達が静かに興奮し始めている。

誰もが参加したがっているように見えるのだが、コイツ等はこんなに武闘派だったのだろうか？

まあいい。俺は気にするのを止めて、さっさと発表する事にした。

「今回の戦は、ベニマルを大将にして狼鬼兵部隊《ゴブリンライダー》百名のみで出陣する。副官として、ハクロウ。シオンは遊撃を任せる。今はいないが、ソウエイも参加だ。あとは、俺の騎獣としてランガだな。以上。何か質問はあるか？」

俺が決定した方針を伝えると、あちこちにざわめきが起きていた。百名という少ない数に不満があるようだ。そしてそれを代表するように、シュナが前に出て口を開いた。

「リムル様、出陣する者が少な過ぎではないですか？それに、わたくしの名前が呼ばれませんでしたけど、どうなっているのでしょう？」

どうなっているのでしょう？　と言われても……。

お姫様のようなシュナを、戦場に連れて行きたくないというのも理由ではある。だがそれ以上に、ちゃんとした理由もあった。

そもそもが、今回の作戦は機動力重視である。

嵐牙狼はランガの意思で多少は増やせるらしいが、それでも百体と少ししかいない。機動力を生かす為にも、歩兵は留守番だ。

当然だが、嵐牙狼に騎乗出来ないシュナを連れていく訳にはいかないのである。

それに、人鬼族《ホブゴブリン》の総数は六百名程でそのうち半数は女性である。リグル率いる警備部隊に所属するのは二百名程だった。残った者のうち、男女合わせた二百名が建設作業に従事し、残りの二百名が力作業に向かない女子供という内訳なのだ。

少ないのは確かだが、これがギリギリのラインだろう。

「ああ、うん。シュナはほら、残った皆を纏めてもらいたいし。トレントや樹妖精《ドライアド》との交渉となると、リグルドだけでは大変だろ？　それに、女子供もシュナがいると安心するしさ」

もっともらしい理由を思いつき、シュナを納得させようと試みた。どうやら一応は成功したようで、「そういう事でしたらお任せ下さい」と言ってくれたので安堵する。女子供がシュナを慕っているのは本当だし、適任だと思うのも確かなのだ。

シュナはシオンと俺を交互に見たりして若干不満そうではあったものの、納得してくれたのなら何も言うまい。あえて地雷を踏む必要はないのだから。

「リムル様、私は何故呼ばれていないのでしょう？」

リグルが挙手して聞いてきたが、それに対する答えは簡単だ。

「リグルは残りの警備部隊を統率し、町周辺の警備強化をしてくれ。最近は森が荒れていただろう？　俺達が戦場に向かったあと、何かあった時にはお前に皆を任せる事になる。そういう事だから、頼むぞ！」

俺の言葉に、リグルだけではなくリグルドも頷いていた。ここ最近、森の奥に生息する強力な魔獣まで姿を見せていたのは本当だったので、こちらは簡単に納得してもらえたようだ。

こうして皆が納得し、それぞれの準備に取り掛かったのだった。

演説が終わり皆が解散した時、ソウエイから連絡があった。

(リムル様、今、よろしいですか?)

『思念伝達』で俺に話しかけてきたのだ。

同盟の約束を取り付けに行かせたが、何かあったのか? まさか……場所がわからないとか?

あれだけ格好よく出発したのに場所がわからないとか言われると、流石に温厚な俺も怒っちゃうけど……。

少し心配になったが、勿論そういう用事ではなかった。俺と違って、ソウエイは出来る子だったようである。

(リザードマンの首領と会えました。同盟の話を受けても良いそうです。ただ、リムル様に出向いて欲しいとの事ですが……)

という、驚くべき内容を報告してきたのだ。

会議が終わってまだ半日も経っていないのに、もう同盟の約束を取り付けるとか……。

仕事が出来る男って、本当に凄い。これでハンサムなのだから、嫌味ですらあるな。

俺は自分の妬む心を宥《なだ》めつつ、返事をする。

(問題ないだろ。どっちみち湿地帯で決戦予定なんだし。というか、もう着いたのか?)

(あ、はい。『影移動』で湿地帯辺りまではスムーズに来られましたので。知っている人物のもとへは、直通で移動可能ですが、首領の位置を特定するのに手間取りました――)

ソウエイの説明によると、『影移動』で湿地帯まで出向き、そこから『分身体』で周囲を探索させたそうだ。ゴブタなんかは、息を止めていられる時間しか『影移動』出来ないようだから、その格の違いが窺えるというものである。

ちなみに、用事は済んだので既にソウエイの本体は帰還中らしい。

リザードマンの首領を相手しているのが『分身体』って、それでいいのだろうか? というか、同時に複数の事が出来るとは、俺以上に器用に能力を使いこなしているようで驚きである。

流石はソウエイであった。

（それで、会談の日取りはいつ頃がよろしいですか？）

俺が褒めても、ソウエイは冷静《クール》だった。シュナやシオンとは違い、頼もしいヤツである。

（そうだな……。準備に時間がかかるだろうし、狼鬼兵部隊《ゴブリンライダー》の移動にも時間がかかるだろうから、七日後くらいかな）

ここから湿地帯まで、結構離れているように思う。

徒歩で進軍するなら、二週間はかかるだろうけど、狼鬼兵部隊《ゴブリンライダー》だけなら五日もかかるまい。準備に二日くらいかかるだろうから、七日みていれば大丈夫だと思う。

ガビルは移動用の魔獣に乗っていたが、嵐牙狼に比べると速度は遅いだろう。

あいつ等が戻るより早く合流してしまうと、俺達も一緒に巻き添えを食う可能性がある。クーデターが確定している訳ではないが、背後を討たれるよりは用心しておく方が良い。様子を窺い、主導権を握るのは俺達であるべきなのだ。

少し遅れるくらいで丁度良い。

そう考え、俺は七日と答えた。

（了解しました。では、そのように）

会談の日取り確認を最後に、ソウエイからの『思念伝達』は終わった。

同盟の確約が欲しいところだが、会ってもいない人物を信用するのは難しい。かと言って、会談にて同盟が成立してから出陣の準備をしていたのでは、オーク軍の動きには対応出来ないだろう。

だから、先に準備だけはしておくのだ。

もし同盟の話が流れた場合、即座に撤退を決めるつもりだ。

共同戦線が張れないのならば、オークがリザードマンを相手にしている隙にトレントの集落へ移転してしまおうと考えている。リザードマンには悪いが、戦争なのだから綺麗事は言っていられない。

俺には皆の主としての責務があるし、冷たいようだが割り切って考えるしかない。

同盟の話を受けても良いとの事だから、心配し過ぎだとは思うのだが……。

ともかく今は、リザードマンとの同盟が上手く成立する事を祈るのみである。

＊

カイジンには取り急ぎ、狼鬼兵部隊《ゴブリンライダー》用の百組の武具を用意してもらっていた。

ベニマルとハクロウ、そしてシオンにも武具が必要だろうが、後回しにした。ソウエイも間もなく帰ってきそうだし、その時に一緒に貰えばよい。

俺達の武器はクロベエが、服と防具はシュナとガルムが用意してくれているので、慌てさせる事もないのだ。

ソウエイを待つ間、狼鬼兵部隊《ゴブリンライダー》の編成を行った。

先ずは隊長を選別しなければならない。


ふと、ゴブタと目が合った。警備部隊の副長だし、適任に思う。

「ゴブタ君。君、暇そうだね？」

「うっ⁉ そういう言い方をされると、良くない事が起きる気がするっすよ……」

「気のせいだよ。君も行くよね？」

俺の笑顔の問いかけに、何か言いかけるゴブタ。

だが、その表情は凍りつき——

「当然っすよ！」

と、慌てたように答えたのだ。

なんだか様子がおかしいが、俺の後ろから感じる不穏な妖気《オーラ》が原因だろう。

うむ……俺のスライムスマイルよりも、俺の後ろに立つシオンの笑顔の方が効果が大きかったようだ。ゴブタの返事に満足そうに頷くシオンを見て、俺はそう思ったのだった。

これで狼鬼兵部隊《ゴブリンライダー》の隊長は、ゴブタに決定である。

それに不満を言う者はいなかった。なんのかんの言って、皆ゴブタの事を認めているのだろう。

リグルもゴブタに決まった途端、頼もしそうに頷いていた。問題はなさそうである。

「ところで、自分の武器はクロベエさんに頼んでくれたっすか？」

あ、忘れてた。

「あ、うん。勿論だとも」

「本当っすか？　なんだか忘れてたように見えたっすよ？」

鋭いな、コイツ。

「はっはっは。心配性だな、ゴブタ君。素晴らしい小刀を用意してもらうから、期待していたまえ」

「本当っすか!?　楽しみにしてるっすよ！」

なんとか誤魔化せたようだ。ゴブタが単純で良かった。

忘れないうちにクロベエに頼むとしよう。

笑顔のゴブタを見て、俺はそう思ったのだった。

続いて、隊員百名の選出だ。

こちらは簡単に決まった。元々コンビを組ませていたので、交代要員よりも初期メンバーの方が嵐牙狼との相性が良いのだ。こうして、出撃する百名も決定した。

あとはカイジンに引き渡し、武装を整えるようにと申し付けた。

これで部隊の編成は終了である。

ゴブタを隊長とした部隊編成が終わったと同時に、タイミング良くソウエイが帰還した。

「遅くなりました」

ベニマルの背後の影から、ソウエイが出現したのだ。まさに、忍びの者。惚れ惚れするような見事な動きである。

それでは俺達も準備する事にしよう。

という訳で、早速製作部屋がある建物に向かった。

製作部門の、拠点とも言える建物。

体育館のような大きさの木造の建物である。そのうちモルタル等で壁の補強を行う予定なのだが、今は手が廻っていない。

それでも建てられた建物の中では最大級の部類なので、そこそこ立派な感じである。

中に入ると、騒々しく何人もの職人見習いが作業を行っていた。用意した百組の武具を運び出しているのだろう。警備部隊の装備は後回しになるが、それは仕方ない。

中を進む。

最近では、織物専用の部屋も用意してある。だが、利用出来るのはシュナ一人だった。高等技術過ぎて、ゴブリナ達では習得するのに時間がかかるのだ。なので、当分はシュナの専用部屋となりそうだ。

ゴブリナのやる気は十分なのだが、今はガルムの下で麻布等の衣服作製を行わせていた。全員に装備が行き渡り落ち着いたら、腕の良い者から絹製品の取り扱いにも従事させる事になるだろう。

防具の前に、まず衣服。

俺達は織物専用の部屋へと向かった。

声をかけ中へ入ると、シュナが笑顔で出迎えてくれた。

いつの間にか自分で織ったのであろう、見事な着物を着ている。

巫女服を基本《ベース》にしつつ、動きやすさを重視した作りになっていた。

千早は純白だが、袴はシュナの髪と同じ薄桃色に染まっていて可愛い感じである。

ひと目見ただけで、シュナの技術の凄さが理解出来る一品だ。これは期待出来そうである。

シュナは数着の服を取り出して、製作机の上に並べ出した。

「お待ちしておりました。リムル様の服が用意出来ております。お兄様達の服もついでに」

「ついでかよ……」

「ホッホッホ。仕方ないですじゃろ」

「シュナ様の絹織りは見事な腕前ですから、用意して頂けるだけでも有難いです。もしかして、私の服もあるのですか？」

ベニマルとハクロウは無頓着。

ソウエイは無関心。

当然というか、一番興味津々なのはシオンだった。ガサツに見えて、シオンも女性という事だろう。

「こちらで御座います！」

シュナは皆の反応など気にも留めず、俺に衣を差し出してきた。

そのあとで、それぞれにもちゃんと手渡ししているのがシュナらしい。

俺達が受け取ったのを見届けると、着替える為の部屋へと案内してくれた。

渡されたのは、二種類の衣服。それと、ガルム作製の防具一式だった。

「ガルム様より預かっておりました。着心地に一体感を出せるように、工夫を凝らしております」

ガルムの姿は見えないので、あとで礼を言っておこう。

最初に俺が着替える事になった。

一つ目は甚平《じんべい》だ。

俺の描いた適当なイラストを、見事に再現してくれていた。

普段着に丁度良い着心地である。洗濯出来るように柄違いで三セットあった。

二つ目は戦闘服だ。

こっちはシュナの意匠による、力作となっている。

俺は子供形態《こどもバージョン》に変化《へんげ》すると、早速身に纏ってみた。

艶々《つやつや》とした手触り。極上の絹よりも、素晴らしい感触である。

ズボンとシャツが、俺の描いたデザイン通りに仕上がっていた。

もはや、驚くしかない。前世の世界で着ていた服よりも、仕立ても生地も上質なのだから。

俺の『粘鋼糸』も織り交ぜてあるようで、防御力も高い。『大賢者』による『解析鑑定』なので間違いなかった。

そして、この服は――

衣服を身に纏うと、ピタリと俺の身体に適したサイズになった。魔法装備《マジックアイテム》の一種となっていたのだ。素晴らしい出来栄えで、文句の付けようもない。

俺の魔素と混じりあい、身体の一部のようにしっくりくるのだ。

試しに、大人形態《おとなバージョン》になってみたが、予想通り服のサイズが自動調整された。

完璧な仕事をしてくれたようだ。

その上に、ガルムから渡されたという防具を着る。

工夫を凝らしたと言っていただけあって、俺の身体にピタリとフィットした。

なめした皮で作られた黒毛皮鎧《ダークジャケット》。ボタンではなく、前面を紐で縛る作りになっている。

この見た目はジャケットにしか見えない防具も、魔法装備《マジックアイテム》となっており俺の妖気《オーラ》と非常に良く馴染んだ。

ガルムに毛皮を渡す前に俺の『胃袋』の中に入れていたせいで、俺の魔素が染み込んでいたようなのだ。そのせいか毛皮の色も黒く変色していたし、俺の妖気《オーラ》との相性も良いのだろう。

文句のない仕上がりであった。

あとは、衣服の上からコートを着たら完了である。

牙狼の元ボスの毛皮で織り込まれた、漆黒のロングコート。これもシュナのお手製だ。

両腕部分はなく、羽のような軽さである。前は開《はだ》けたままだが、不思議と邪魔には感じない。

着てみると、一種のローブのように見えなくもなかった。

尻尾が襟巻きのようになっており、首を防護するようだ。これは取り外しも出来るようで、マフラーとしても使えそうである。

防寒装備に見えるが、驚く事に暑さも防いでくれる優れものだった。

俺には『熱変動無効』があるから関係ないんだがと思いつつ鑑定結果を見て見ると、俺の『粘鋼糸』が織り込まれていたせいで『耐寒耐熱』効果が付与されたみたいである。他にも『自己修復』等も標準装備だった。多少破れたりしても自己修復するようだし、魔力を込めると完全再生するみたいだ。汚れ対策もバッチリだ。これも、俺の『超速再生』の影響だろう。

なるほど、と納得した。

流石はファンタジー。魔法的産物の宝庫である。

装備を着用し、外に出た。

頬を染め、うっとりと俺を眺めるシュナ。

そんなシュナを尻目に、次々と着替える鬼人達。

俺の服だけでなく、シュナの織った布で作った衣類は全て、着用者の妖気《オーラ》を吸収し同化する性質を持つようだ。

鬼人達も、それぞれが自分の妖気《オーラ》と一体化したように自然に着衣と馴染んでいる。

ベニマルは、天鵞絨《ビロード》のような真紅の着物。傾奇者《かぶきもの》みたいになっているが、色男であるせいかとても良く似合っていた。

ハクロウは、純白の山伏装束。

戦闘の邪魔にならぬよう、過分な装飾はされていない。鋭い眼光と合わさってこれ以上なくハクロウらしい。

ソウエイは、濃藍のローブとズボン。

ふわりとした服装の下に、様々な暗器を隠せそうである。

シオンは当然、紫紺のダークスーツである。

俺の注文通り、ピシリと決まっている。見た目だけなら、完全に出来る女であった。

あくまでも見た目だけなのが、シオンの残念なところであろう。

こうして俺達は着替えを終える。

全員の衣装はそれぞれの妖気《オーラ》と一体化し、魔法装備《マジックアイテム》となっていた。

実に素晴らしい出来栄えである。

こうした形状だが、ある程度は思いのままに変化すると聞き驚いた。

地獄蛾《ヘルモス》の繭《まゆ》から採れた糸や、俺の『粘鋼糸』を編み込んだ事で、そうした魔素を取り込み変化する〝魔糸〟としての特性が付与されたのだと。〝魔鋼〟で出来た武器が所有者の意思に沿って変化するように、〝魔糸〟で編まれた衣類もまた変化するのだと説明された。

成長しても着続ける事が出来るが、オシャレとして着替えるのはアリだと思う。

もっとも、これと同等品は中々手に入らないだろう。

人間の町の魔法武具《マジックアイテム》がどんな性能なのか知らないけれども、シュナの技術は相当なものだと思う。そんなシュナが、最高の素材に自分の妖気《オーラ》を込めて織り込んだ一品なのだ、そんじょそこらの品よりも格段に性能が上なのも当然だろう。

もし売るとすると、かなりの高値になりそうな気がしてならない。

「あと、これをどうぞ」

そう言ってシュナが差し出してきたのは、皮と樹脂で作られた靴だった。

「リムル様の可愛らしいおみ足に、きっと似合いますわ」

そういわれて履いてみた。草履と違い、足を包み込むような極上の感触である。

「おお、これはいいな!」

満足したと伝えると、「作って下さったのはドルド様ですのよ」とシュナが笑いながら教えてくれた。ガルムにしろドルドにしろ、恥ずかしがってシュナに渡してくれと頼んできたらしい。

シュナに頼むのは恥ずかしくないのか？　いや、シュナと話す口実が欲しかったのか……。

俺はそう気付いたが、言わないのも優しさだろう。

靴は皆の分も用意されていたようだ。

俺とソウエイとシオンは靴、ベニマルとハクロウは草履だった。

草履といっても、樹脂も使われた高級なヤツである。普段着用に草履も貰ったので、間違いないのだ。

こうして、新しい衣装で気分も一新出来た。

俺達はシュナの笑顔に見送られ、満足してその場をあとにしたのだった。


次に訪れたのが、クロベエの鍛冶小屋であった。

クロベエは最近、製作に打ち込んでいるので顔も合わせていなかった。

先程の出陣演説にも顔を出していなかったのだ。

元気にしているのは知っているんだけど、好きな事に打ち込むと周りが見えないタイプなんだろう。まあ、武器作製を優先してくれと俺がお願いしたのも理由の一つなんだろうけど。

ここ数日、寝る間も惜しんで製作に打ち込んでいるらしい。そうした話を、カイジンから会議の前に聞いていたのだ。

小屋の前までくると、扉は開いていた。

カイジンの工房から運んで来た、道具一式が設えられている。

小屋の隣には倉庫が建てられて、持って来た素材が保管されていた。

俺の持つ、〝魔鋼塊〟もそれなりに渡してある。素材的には一通り揃っているのだが、鉄鉱石が心許ないのが少し不安だったからだ。

周囲の山の調査を行い、どこかで良質の鉱石が採取出来ないか確かめる必要がある。だけど、時間と人手が足りないので、後回しになっているのだ。

建設関係が落ち着かないと、作業の手が足りないのが現状なのである。

小屋の中からは金属を叩く音が響き、熱気が漏れ出してきていた。

高温の炉があるのはここだけ。粘土を固めて高温で焼き、炉を作成した。『炎熱操作』で造ったのだが、案外上手くいった。この炉の使い勝手を調べ、順次炉の数を増やす予定である。

予定は沢山あるのだが、中々手が廻らない。困ったものだ。

それはともかく、俺達は中に入りクロベエに声をかけた。

クロベエは俺達に気付くと、満面の笑みを浮かべて出迎えてくれた。

「お待ちしておりました！　ぜひともご覧に入れたいものが御座いますだ」

自ら製作した品を自慢したい、そういう気配が濃厚であった。

そして、二時間経過した。

俺は死んだ魚のように濁った目になり、説明を受けている。

もういいよ。わかったわかった。すごいよ！

何度も、言葉が喉元まで出かかり、ぐっと我慢する。

クロベエの嬉しそうな顔を見ていると、言い出せないのだ。

どうしたものか……。

こんな時こそシオンの空気を読まない能力に期待したいのに、シオンはクロベエの説明に聞き入って、うっとりと並べられた武器を眺めているだけ。

シオンは、生粋の武器マニアだったようだ。

そしてそれはシオンだけではなく、鬼人全員がそうだった。

それぞれが手渡された武器を食い入るように眺め、手に持って説明を熱心に聞いているのだ。

ベニマルには、流麗な太刀。

ハクロウには、杖のような仕込刀。

ソウエイには、二振りの忍者刀。

シオンには、大柄で重厚な大太刀。

皆はそれぞれの武器を手に取り、満足そうに装備した。非常に様になっている。

だが、一つだけ気になる事があった。

シオンの大太刀だが……大き過ぎやしないだろうか？

「大丈夫です。鞘は魔力で覆っているだけなので、念じれば消えます」

俺の疑問に、シオンが笑顔で答えてくれた。

いや、そうではなく、武器自体が大きいのでは……そう思ったのだが、シオンの笑顔を前に俺は言葉を飲み込んだ。

シオンは使いこなせているようだし問題ない。

普通の人間には持ち上げる事も出来ない重さらしく、カイジンでも作る事は出来ないだろう。

ドワーフも中々怪力なのだが、両手で持ち上げるのが精一杯だったのだとか。

そんな鉄の塊のような肉厚の大太刀を、シオンは苦もなく片手で抜いて見せてくれた。

シオンを怒らせてはならないと悟った瞬間である。

クロベエはそんなシオンの様子を見て、笑いながら言う。

「これは、オラが作った過去最大級の武器なんだな。シオンなら、使いこなせると思っただ」

自信満々と言った顔で、そう補足説明をしてくれた。

クロベエの見立ては正しかったようで、とても満足した表情だった。

　そして最後に取り出したのは、俺の武器。

「リムル様にはこれを。これはまだ基礎段階で、未完成だども。リムル様のお考えになった、魔石を武器に組み込む刀。それを目指しとるだ。カイジン殿と共同で研究を行っとるで、今しばらくお待ちをば。それまでの間、この刀をリムル様に馴染ませておいてくんろ……」

　そう言いつつ、直刀を渡してきた。

　なるほど、俺の思いつきから始まった研究を進めるつもりなのだね？　ワクワクしてきた。

　言ってみるものである。二時間も説明を聞き疲れていた気分が、爽やかに晴れるようだった。

「わかった」

　俺は頷くと、刀を『胃袋』に飲み込み収納する。馴染ませるなら、体内の方が良いのだ。

　クロベエは一つ頷くと、もう一本の刀を取り出し渡してきた。

「こっちは試作品だで。試し打ちした物だけんど、代

用品としてお使い下され」

なんの変哲もない打刀だが、そこはクロベエ作。名品と呼べる代物だった。

有難く使わせてもらう事にしよう。

せっかくハクロウに鍛えてもらい、剣術を習っているのだ。俺だって、刀を持っていてもいいだろう。

丁度欲しいと思っていたので、嬉々として受け取った刀を腰に差した。

何となく強くなった気になるから不思議だ。

そして最後に、「クロベエ、小刀を一本用意しておいてくれ」と頼むのも忘れない。

俺の要望にクロベエは一瞬何かを考えていたようだが、笑みを浮かべつつ頷いてくれた。

何を思いついたのか知らないけど、ゴブタの武器だし気にしなくてもいいだろう。そう思いつつクロベエが嬉しそうに作業場に戻るのを見送った。

こうして、皆に武器が行き渡ったのである。

武器を受け取った俺達の前に、ガルムがやって来た。

ベニマルの鎧が、出来たそうだ。

鉄鉱石がない現状、鉄が希少である。その為、全身鋼鎧《フルプレートメイル》等は用意出来ない。けれど、鬼人には関係ない話だ。なにせ、着物には似合わないし。

クロベエが運んで来たのは、魔物の素材で作られた甲殻鱗鎧《スケイルメイル》だった。

この前冒険者のカバルに渡した物の、完成品である。そしてこれも、着用者の妖気《オーラ》に馴染むという。

俺の渡した〝魔鋼塊〟が大活躍したようで、ふんだんに使用されていた。

強度は試作品の比ではないらしい。

ベニマルの専用防具としてデザインされ、真紅の着物と非常にマッチする。

胸当てと腰当て、そして手甲と具足。兜は被らない主義らしく、作らなくて良いと言ったそうだ。派手な造りだが、ベニマルには似合っていた。華があるのだ。

他の者の鎧はと思って尋ねると、「ああ、シュナさんに預けておいた」と言い出した。

どうやら、一つ出来るごとに届けに行ったらしい。

どんだけ会いたいんだよ、という話である。

そして、ハクロウ、ソウエイ、シオンの三人には、鎖帷子《くさりかたびら》を用意したようだ。

下着の上に着用するものなので、そんなモノを着用していると気付かなかったのである。

これについてもガルムは入念にシュナと打ち合わせしたようで、衣装の美観を損ねない造りになっていた。シュナと会う口実が出来て、ガルムも満足だろう。その気持ちが作品に表れているようで、非常に素晴らしい出来である。

下心がなければ完璧だったが、それは言わぬが花であろう。

俺は既に黒毛皮鎧《ダークジャケット》を貰っていたので、これ以上必要ない。

忘れぬうちにガルムにも礼を言っておいた。

こうして、装備は整ったのである。


翌日。

狼鬼兵部隊《ゴブリンライダー》も、準備が終わったようだ。

一週間分の兵糧を背負い、整列して俺達を待っていた。

今回は、短期決戦。最低限の食糧しか持っていかない。

兵站《へいたん》部隊を用意したら、移動が遅くなってしまうからだ。

機動力が全てであり、状況次第ではさっさと逃げ帰る必要もあるし。

食糧は各自が自分の分しか持っていないが、それで十分だろう。

準備に二日はかかると思ったが、思ったより早く済んだ。

先に周囲の状況を調べておくのもいいだろうし、出発する事にする。

「敵は、豚頭帝《オークロード》！　サクッと倒すぞ！」

とても簡潔に俺は宣言した。

今回は、気負っても仕方ないのだ。流れを見極めて行動する。

目的は、わかりやすい方が良いのである。


俺の宣言に、皆は鬨《とき》の声を上げる事で応えた。

割れんばかりの大音声が、周囲を埋め尽くす。

ホブゴブリンの兵士達は、牙狼との決戦を耐え抜いた者達がメインである。

新米も何人かはいるが、狼鬼兵部隊《ゴブリンライダー》として、嵐牙狼に相棒として認められた者はエリートなのだ。

皆、士気が高かった。

そういう皆の気迫を受けて、俺の中の不安は払拭される。

今回も、勝てる。最悪の場合は、逃げたらいい。

楽観し過ぎるのは良くない。だが、負けると思いながら戦う必要もないだろう。

俺達は決戦の場である湿地帯へと向けて、意気揚々と出陣したのだ。

＊

町を出発して三日経過した。

木がまばらになったので、あと少しで湿地帯だろう。

予定よりも早い到着だった。

荷物を最小限にし、速度重視で移動した成果である。

それに、道中に水飲み場がなかったので俺の『胃袋』から水を出して水筒に補給してやったのだが、疲労回復と体力向上効果があったらしい。そのお陰で、休憩も少なめに走り続ける事が出来たのだ。

考えてみれば『胃袋』の水は、魔素を濃厚に含んでいた。魔物にとって魔素とは、毒にも薬にもなるのでその影響だと思う。回復水みたいな感じになっているのだろう。

ともかく、今日はこの場にて休息を取る。

野営準備をしつつ、会談に向けての事前調査を行うのが良さそうだ。

リザードマンの首領との会談予定日は三日後である。

ここまでくると、慌てる事もない。

という事で、皆に待機を命じる。ここで陣を張り、休息するように場所を確保させた。

さて、偵察するとなると……。

「リムル様、自分が見て参ります」

すかさず、ソウエイが発言した。

適任なのは間違いないので、今回も自信たっぷりな彼に任せよう。

「よし、ソウエイ。周辺の状況を確認して来てくれ。可能なら、豚の親玉がどの辺りにいるかも掴んでくれ」

そう言って、彼を送り出した。

きっと、その高過ぎる調査能力で色々掴んで来てくれるだろう。

ソウエイを送り出したあと、ベニマルが話しかけてきた。

「リムル様、今回俺達は好きに暴れても構わないか？」

そう質問されたのだが、ベニマルの意図がわからない。

それに、状況がわからないと答えようもないのだ。

「ん？　構わないけど、撤退の合図出したらちゃんと退けよ？」

と言っておいた。

俺の返事を聞いて、ベニマルは不敵な笑みを浮かべる。

「その合図、必要ないと思うぜ？　どうせ出すなら、殲滅《せんめつ》しろ！　だろ？」

などと、自信満々なのだ。

お前もか、そう思った。

いい男だと、こういう自信満々な態度が様になる。

勝てれば、ね。

これだけ格好をつけて、負けてしまったら洒落にならない。恥ずかしくて堪《たま》らないと思うのだが、その辺りをどう考えているのだろう？　コイツ等には、そういった心配はないのだろうか……。

まあいい。

「油断は、するなよ？」

俺は肩を竦《すく》めて話を打ち切ったのだった。

シオンなんて自分の大太刀をうっとりと眺めながら「もうすぐ好きなだけ暴れさせてあげるからね」とか、笑みを浮かべて呟いている。

かなり危険な絵面だった。

ドジっ子属性に加えて、危険な趣味まで持ち合わせているのだろうか？

一見クールなシオンだが、知れば知る程危険な匂いがする女である。

見なかった事にしよう。

ハクロウは流石に、普段通り落ち着いている。

明鏡止水とでも言おうか、流石は熟練者といった貫禄だと思ったのだが——。

「手ごたえのある相手はおらんじゃろうな……」

と、ボソッと呟いたのを俺の耳は聞き逃さなかった。

ハクロウまで……、そう思い絶句する。

本当にこの鬼人共は、自信過剰過ぎやしないだろうか？　一度負けた相手に挑むのだし、それなりに警戒心を持つ必要があると思うのだが。

俺はそんな心配をしつつ、溜息をついたのだった。

野営の準備を開始して、一時間経過した時。

（今、よろしいですか？）

皆の働きぶりを眺めつつ休息していた俺に、『思念伝達』が届いた。

（なんだ？　もう何か掴めたのか？）

（いえ、交戦中の一団を発見しました）

（なんだと⁉　ガビル達か？）

（いいえ、違います。片方はどうやら、一人。リザードマン首領の側近でしょう。そしてもう片方は、オーク達ですね。それも、上位個体とその取り巻きのようです。取り巻きの数は、全部で五十体程――）

（首領の側近……？　一人でか？）

（はい。戦闘は始まったばかりのようですが、結果は見えています。どうやら自分の力を誇示するつもりのようでして、上位個体が一人でいたぶっています。いかが致しましょう？）

（その上位個体及び取り巻きに、お前は勝てそうか？）

（容易い事かと――）

流石はソウエイ。凄い自信だ。

ソウエイの言葉を信じるとして、リザードマンをどうするか……。

見殺しにするのは不味い。しかし、オークが自分の力を誇示しているなら、その能力を調べるチャンスである。

幸い『思念伝達』とは便利な能力で、ソウエイの見た映像を俺にも伝えてくれるのだ。

ただ残念な事に、ソウエイは俺と違い常時『思念伝達』を繋ぐ事は出来ない。一定時間ごとに休憩が必要となるのである。

これはソウエイに限った話ではなく、全員にいえる事だ。受信は可能だが、送信には制限がかかるようなのだ。むしろ、無制限で出来る俺が異常であるらしい。

距離が離れていなければ、『思念伝達』にてリンクを繋げる事が出来るのだが……それは言っても仕方ない事である。

（いいか、出来る限り観察しろ。そして、あとで情報を俺に教えてくれ。そのリザードマンには悪いが、しばらくは一人で頑張ってもらう事にする。だが、殺されそうになったら助けてやれ）

（御意！）

俺はそう命令すると、『思念伝達』を打ち切った。

どうやら何かあったようだ。でなければ、リザードマンが一人でこんな所にいる訳がない。

せっかく休憩して状況調査をと思ったが、そんな暇はないようだ。

俺は皆を集め状況を話す。

「聞け、野営は中止する。どうやら何かあったみたいだ」

俺の言葉に、皆顔を引き締めた。

「それでは、このまま戦闘に？」

「そうだな。敵の数は五十体くらいらしい。お前達二人で、敵一体を相手するように。いいか、オークロードは末端の兵が喰った敵の能力をも取り込めるそうだ。決して無理はせず、駄目だと思ったら逃げるように。わかったか？」

「「ハッ!!」」

ゴブタを筆頭に、皆が一斉に返事をする。

「よし。では、ソウエイに位置を確認してから、敵を囲い込め。それが完了したら、速やかに殲滅を開始しろ。もう一度言うが、無茶はするなよ？」

「リムル様、心配し過ぎじゃないですか？　俺の見立てでは、コイツ等も大したものです。それに、俺達もいますので、ご安心下さい」

「そうか？　では任せる。それでは、行動に移ってくれ」

「了解！　では――」

俺の心配を、ベニマルが宥めてくれた。そして、俺の命令に従い出陣していく。

去り行くベニマルとハクロウそしてゴブタ達を見送ると、俺とシオンも行動を開始する。

周囲の雑魚はベニマル達に任せたが、上位個体は俺も会ってみたい。敵を少しでも知る事が出来れば、今後の戦に役立つだろうから。

ソウエイもいるし、シオンもいる。そう簡単には負けはしないだろう。

俺はランガに跨り、ソウエイのもとへと直進するのだった。

＊

俺達がソウエイのもとに着いた時、丁度ソウエイが樹上から舞い降りてオークの将の剣を受けた所だった。奇しくもそいつは二刀使いだったようで、両手に肉厚の半月刀《シミター》を持っていた。肉を斬り裂くナイフを大型にしたような湾曲剣だが、肉厚である為骨ごと叩き斬る事も出来そうだ。

手が異様に長いので、間合いが掴みにくいだろう。ソウエイと一瞬だけ攻防を行ったが、変幻自在に動くその動きは厄介そうに見えた。

のだが……なんだか、非常に弱そうに見える。

考えて見れば、直感を駆使しても避けられないようなハクロウの剣と比べれば、目で追える程度の動きなんて可愛いものなのだ。

「ググググッ、なんだ貴様等は？　このオークジェネラル様に喰われに来たのか？」

手の長い、豚と猪と人間を混ぜたようなヤツが、俺に向かって話しかけてきた。これが上位個体、オークジェネラルというらしい。

「貴様、リムル様に対して無礼ですよ！」

シオンの目つきが険しくなり、射殺すような目で豚頭将軍《オークジェネラル》を見た。

「あ、貴方様は――」

見ると、うずくまるようにしてリザードマンが俺を見上げていた。

全身傷だらけで、虫の息である。かなりの量の血を流しており、死ぬ寸前に見えた。

出来る限り観察しろと言ったのは俺だが、本当に死ぬ寸前まで手を出さなかったようだ。ソウエイは命令を守っただけなのだが、もう少し早く助けてあげて欲しかった。

これでは完全に、俺が悪者に見えてしまうから。それを回避する為にも、少しは良い所を見せておく事にする。

「これを飲め」

そう言って、リザードマンに回復薬を一個渡してやった。

一瞬躊躇《ためら》いを見せたが、一気にそれを飲み込むリザードマン。その効果は劇的で、一瞬にして全ての傷が回復する。

「なんだと⁉」

「まさか――」

オークジェネラルとリザードマンが、同時に驚きの声を上げた。

よし、これで俺の印象も多少は良くなるだろう。会談前にポイントを稼げて良かった。

そう思った俺に、リザードマンが勢い込んで話しかけてきた。

「お、お願いが御座います！　使者様に、その主様。何卒、我が父たるリザードマンの首領と、兄たるガビルをお救い下さいませ‼」

跪き、頭を垂れて。祈るような勢いで、俺に頼み込んできたのだ。

「何か――」

何かあったのか？　と聞こうとした俺に、オークジェネラルが突然斬りかかってきた。

「邪魔するなら、先に貴様から喰ってやるわ！」

そう叫びながら、両手の半月刀《シミター》を交互に振るう。

不意うちのつもりだったのだろうがしかし、俺には『魔力感知』で丸見えだった。

軽く後ろに跳躍して回避しようかと思ったのだが、その必要すらなかったようだ。俺の前にシオンが立ち、いつの間にか手に持った大太刀を一振りしたからだ。

オークジェネラルは咄嗟に剣を交差させて受け止めたようだが、シオンの怪力の前に吹き飛ばされる。エクストラスキル『剛力』にて、シオンは人外としても規格外の力を有しているのだから当然の結果だった。

「下郎が。リムル様がお話しになっているというのに、大人しく出来ないのですか？」

綺麗な顔を怒りに染めて、シオンがオークジェネラルを睨みつけた。

「くそ！　お前達、一斉にコイツ等を――」

オークジェネラルが配下に命令しようとするも、誰一人として動く者はいない。

それもそのはず……。

「手応えがなさ過ぎるな。暇潰しにもならなかったぜ」

「リムル様、コイツ等拍子抜けする程弱いっすよ。二人一組で襲ったら、なんだか可哀そうになったっす」

ベニマルとゴブタが俺の所まで来て、報告してきた。

俺の命令通り、包囲と殲滅を終わらせたとの事。その早過ぎる対応に唖然とするしかない。

オークジェネラルの取り巻きとして残っていた数体も、たった今ハクロウが斬り捨ててしまったし。

なるほど、俺が心配し過ぎだと言われる訳である。

「ば、馬鹿な——!?」

驚愕の余り絶句するオークジェネラル。

そんな彼を不幸が襲った。

「おい、そいつからは情報を——」

ソウエイの言葉にそちらに意識を向けた時、全ては終わっていたのだ。

「死ね」

その言葉と同時に放たれる一条の閃光。

その後、周囲に轟音が響く。

跡形もなく消し飛ばされるオークジェネラル……。

「何やってんだ……、この馬鹿……」

呟く俺。

ソウエイは俺の意を汲みオークジェネラルから情報を引き出そうとしていたようだが、シオンはそんな事を考えたりしない。

「リムル様、愚か者に天誅を加えてやりました！」

褒めて欲しそうに俺に笑顔で報告する。

見ればわかるんだけど、褒めるべきか怒るべきか。

「ああ、うん。次からはなるべくは生け捕りにしてね」

「わかりました！　リムル様に逆らった愚かさを刻み込んでやる必要がありますしね！」

違う、そうじゃない。そうじゃないんだが、説明するのも面倒だ。とりあえず、生け捕りに納得してくれたのだからそれで良しとしよう。

配下は殲滅してる訳だし、オークジェネラルからは情報が欲しかったのだが、まあいいだろう。

雑魚ばかりの単なる偵察部隊だったみたいだし、そこまで詳しい情報など持っていなかっただろうしな。

終わった事は考えても仕方ない。

俺はさっさと気持ちを切り替え、リザードマンの話を聞く事にした。

「会談までまだ日数があるが、何かあったのか？」

落ち着いてから、再度問う。

今度は邪魔が入らず、リザードマンはソウエイと俺を交互に見てから俺に視線を定め、確たる口調で話し始めた。

「私は、リザードマンの首領の娘であり、首領の親衛隊長を務めております。この度、同盟に先がけて我が兄であるガビルが謀反を起こし、首領を拘束し幽閉致しました。兄はオークと一戦交えるつもりです。兄はオーク共を甘く見ており、このままでは敗北しリザードマンは滅亡する事になりましょう……」

そこで一旦言葉を飲み込むリザードマン。

何度か迷ったあと、再び話し始めた。

「父たる首領は、同盟相手となる貴方方に迷惑はかけられぬと、私へ伝令を命じたのです。ですが——ですがどうか、何卒我等をお救い下さい！」

そう言うなり、リザードマンは俺に向け平伏してくる。

なるほど、ガビルとはリザードマンの首領の息子だったのか。そして首領の娘が目の前のリザードマンで、ガビルの妹だと。首領といい、この親衛隊長といい、良く出来た人物に見える。

ガビルだけが残念なヤツだったのか。しかし、首領に何かあっても具合が悪い。

さて、どうしたものか。

「俺達はまだ同盟を結んだ訳ではない。そんな状況での身内同士の諍《いさか》いに俺達を巻き込めない、首領殿はそう判断し——君を伝令に出した。そういう事だな？では何故、君は俺達に助けを求めるんだ？」

そう俺は質問した。意地悪なようだが、俺達にリザードマンを助ける義務はない。同盟後ならともかく、今はまだ撤退する方が得策だしな。

しかし、名前がないと呼び方に困る。魔物達って、互いの微妙な感情の波動で個体識別するらしいけど、元人間としては混乱するばかりだ。

リザードマンとも親衛隊長とも、どっちの言い方にも違和感があるし。

ついつい関係ない事に思考が逸れたが、俺の内情に関係なくリザードマンの親衛隊長は、真っ直ぐに顔を上げて俺を見つつ答えを述べた。

「力ある魔人の皆様を従える貴方様なら、我等を救う御力があるのではと愚考致しました。森の管理者であるドライアド様に認められる程のお方、その慈悲に縋りたく思います。虫の良い話であるのは重々承知しておりますが、何卒——」

「良くぞ申しました！　リムル様の偉大さに気付くとは、貴女は中々見所があります。貴女の希望通り、リザードマンは救われるでしょう。何しろ——オーク共の殲滅は、既に決定事項なのですから」

またかよ。激しく既視感《デジャヴュ》を感じる。シオンを俺の秘書に任命したが、勝手に仕事を請け負う能力だけはピカイチだな。

まあいいか。どうせ戦うんだし、出来るだけは協力してやろう。ただし、こちらに損害が出ない範囲でだが。

「ソウエイ、お前首領の所へ『影移動』出来るのか？」

「可能です」

「ではこれより、リザードマンの首領救出を命じる。同盟の障害となる者がいれば、これを排除せよ」

「御意!!」

「それでは——!?　ありがとう御座います!!」

リザードマンが感謝の言葉を言ってくるが、あくまでも無理せぬ範囲でだ。

「先に言っておくが、無理をするつもりはないからな？」

「わかっております。それと、私も案内のために同行したく思うのですが……」

俺が無理をするつもりがないと言っても、気を悪くした気配はない。自分が無茶を言っているという自覚があるからだろう。このリザードマンが、俺達に全てを任せるような甘い考えをしていなくて良かった。もしそうだったなら、同盟の話を見合わせたところである。

「それと、一緒に戻りたいというその気持ちはわかるが、ソウエイは一人で行動する方が早く首領の所へ辿り着けるんだが……」

俺は言葉を濁しつつ、邪魔になるからと思い留まらせようとした。

　だがその時――

「三分間、息を止めていられるか？」

　ソウエイがリザードマンに問う。

「はい、大丈夫です！　五分は耐えられます」

「よし、では連れていってやろう」

　ソウエイがリザードマンと話をつけたようだ。

「リムル様、よろしいでしょうか？」

「ああ、問題ない。ついでに、これも持っていけ」

　ソウエイが大丈夫というのなら、大丈夫だろう。邪魔にならないのなら、俺が反対する理由はないのだ。

　そして俺はソウエイに回復薬を複数個渡した。

「余程の重症じゃなければ、十分の一に薄めても効果がある。怪我人に使ってやるといい。あと、何か問題が起きたら『思念伝達』で報告してくれ」

「承知しました。では、これより任務を開始します」

　ソウエイが頷き、俺に一礼する。

　リザードマンも俺に深々と礼をして、ソウエイに向き直った。

　ソウエイは自然な動作でリザードマンの腰に手を回し、そのまま『影移動』を開始する。そして、あっという間に俺達の視界から消え去ったのだった。

「ソウエイに任せておけば、首領は大丈夫でしょう」

　ベニマルがそう太鼓判を押す。

　確かにあの手際の良さなら、任せても大丈夫だろう。

＊

　首領はソウエイに任せたので、俺達は当初の予定通り戦場の調査に移る事にする。

　ただし、状況は既に動き出しているようなので、悠長な事をしている余裕はなさそうだ。

「さてと、それでは俺達はガビルのヤツがどうなっているか見に行くとするか」

「助けるのですか？」

「そうだな、それはガビル次第だろ。そもそも、生きているかどうかも不明だしな」

　シオンの問いに、俺は肩を竦めて答えた。

俺が請け負ったのは首領の救出であり、ガビルを助けるとは一言も言ってはいないのだ。あの馬鹿を助ける為に、俺達が危険な目に遭うのは避けたいところだし……。

ともかくは、戦場の様子を確かめるのが先決である。

「まさか、リムル様自ら戦場に出向くのですか？」

ベニマルが聞いてきた。

「ああ、この眼で見て判断しようと思う」

戦場の様子を見るのは基本だし、ガビルが生きているのかも確認したい。

そう思って答えたのだが、ベニマルは大慌てで反対し始めた。

「お待ち下さい。俺とハクロウが出陣するだけでなんとかなります。リムル様はシオンと高みの見物をなさっていて下されば――」

「左様。リムル様は、我等の主。戦場に出ずとも、我等に任せて頂ければよろしいかと……」

そんな事を言い出したのだ。

いやいや、そういう訳にはいかないでしょ。

ベニマルとハクロウ、それに狼鬼兵部隊《ゴブリンライダー》百騎のみでって、それはいくらなんでも無茶である。

綿密な作戦は同盟後に会議で定める予定だったが、大雑把には決まっている。リザードマン軍を囮《おとり》にして、更にベニマル達に側近を引き受けてもらうという予定だった。

要するに、俺がオークロードと一対一で戦う為のお膳立てを任せるつもりだったのである。

二十万の軍勢をたった百騎で蹴散らせとか、自殺行為をさせたい訳じゃないのだ。

「待て待て、お前達こそ落ち着け。お前等まさかたった百名で、二十万の軍勢に勝つつもりか？」

「そうっすよ！　もっと言ってやって下さいっす！」

俺が呆れて突っ込むと、それに乗じてゴブタも文句を言い出した。

そりゃそうだろう。死ねと命令されて素直に従う必要はない。

「気合でなんとかなると思うんですがね……」

ベニマルが残念そうに呟くのに、同意するのはハクロウとシオンのみだ。

　この鬼人達は、どうも頭の回線がぶっ飛んでしまっているのではなかろうか？　気合でなんとかなる訳がないだろ!?

　ある程度任せるつもりだったが、やはり俺が監督してやる必要がありそうである。

　大体ベニマル達は一回オークに負けているのだから、その恐ろしさも知っているはずなのに。

　そう思ったが、口には出さない。進化前は関係ないとでも、思っていそうな感じだしな。

「まあともかく、俺は上空から戦の様子を観察する。その状況に応じて指示を出すから、細かい指揮はベニマルが取ってくれ」

「なるほど、それなら――」

　そう言うと、納得してくれたようだ。

　そもそも、軍の指揮なんてした事はない。シミュレーションゲームはやり込んだけど、実戦経験などあるハズもないのだ。

　という訳で俺は上空から俯瞰し、指示を出すのに徹するつもりだった。

　俺の『思念伝達』により皆をリンクし、随時状況を知らせる。これを受けて、ベニマルが指揮するのだ。

　ただし、撤退などの重要な判断だけは俺が行うという感じで話は纏まった。

「いいか、直接俺から指示がない者はベニマルに従うように。それから、死にそうな行為は慎め！　この戦は、決戦ではない。間違えるなよ」

　最後に全員を集めて、命令を下した。

「「オオオオォォォォ！！！」」

　俺の言葉に、鬨の声を上げて応じる一同。

　決戦ではないと念を押したのだが、戦を前にした興奮までは消せなかったようである。

「お任せを、リムル様！」

　シオンが返答し、ベニマルも目で頷きかけてきた。

　ハクロウは普段通り。

　ま、なんとかなるか……。

　鬼人達の自信過剰に、狼鬼兵部隊《ゴブリンライダー》達の興奮具合。

　どうにも無茶をしそうで心配である。

いざとなったら迷わず撤退命令を出そうと、俺は心に誓ったのだった。

＊

俺は背中から翼を出そうとして、服が邪魔になる事に気付いた。

翼を出したら飛べるのは実験済みだったのだが、これは困った。

さてどうするかと思った時、シュナの言葉を思い出す。

確かシュナの説明では、〝魔糸〟で編まれた衣類が所有者の意思に従ってある程度変化するという事だったけど……こういう事だったのか、と納得した。

翼を出そうとしたら、自動的に服に穴が開いた。そして、翼が出たらまた閉じたのである。

自分の意思で服と防具の構造を多少なりとも弄《いじ》れるとは、なんと便利な事だろう。

俺はシュナとガルムに感謝したのだった。

森林を走って抜けるには一時間くらいかかりそうだったが、飛行するならあっという間だった。

上空より俯瞰し、戦況を眺める。

肉眼では見分けがつかなくとも、『魔力感知』の応用を使えば、ハッキリと視認出来た。

まるで、高高度から衛星による監視を行っているかのようである。

しかしこうして考えてみると、飛行により両軍の動きを俯瞰で把握出来るのって、圧倒的に優位だわ。

尚且つ、俯瞰して得た情報を『思念伝達』により、各兵士に伝達可能とか——近代戦の情報化戦術を、ファンタジー世界で実現するようなものか。

本来の軍隊同士と異なり、伝達出来る情報量が圧倒的に違う。これなら、少数で上手く立ち回るのも可能だろう。

というより、少数を上手く動かすのに適しているのか。

そんな風に感動していた俺の脳が、正しく情報分析を終えたようだ。

状況は、リザードマンにとって分が悪い。

明らかに、囲まれてしまって身動きの取れない状況に陥っている。

なんとか保っているのは、指揮官の必死の鼓舞による影響であろう。それも、いつまでもつかわからない状況だった。

良く見ると、指揮官はガビルだった。単なる馬鹿かと思っていたのだが、ヤツを見縊《みくび》っていたようだ。

妹が兄を助けて欲しいと言う訳である。本来の彼は、俺が思っているよりは出来た人物なのだろう。初対面の印象が悪過ぎたのだ。

指揮官としては、大局を見る目が備わっていないのは致命的である。

しかし、若く経験も乏しい状況で全てを見通す目を持つ事など、誰にでも出来る事ではないのだ。

もし、今回ヤツが生き延びてその事を学べたならば、優秀な指揮官になる可能性は高いだろう。

そんなガビルの前に、一体のオークが現れた。

更に黒塗りの鎧を纏ったオーク兵の一団が、ガビル達を取り囲む。

明らかにオークの中でも上位の騎士達。

一人一人が全身鋼鎧《フルプレートメイル》を着用していて、統率が取れている。その中でも一際目立つオークが、ガビルと向き合っていた。

おそらく、先程シオンが消し飛ばしたヤツと同格であるオークジェネラルだろう。明らかに周囲の者とは格が違った。

そして一騎討ちが始まる。

ガビルは頑張っていた。

油断しなければ、ゴブタに負ける事はなかったのではないだろうか？　そう思える程の気合と槍術で以って、オークジェネラルに対峙しているのだ。

ただ残念な事に、オークジェネラルとの地力の差が大き過ぎたようだ。

ジワジワと、ガビルの身体の傷は増えていき……。

死なせるのは惜しい。

そう思った以上、答えは出ている。

俺は命令を下す。

（ランガ、ガビルの所まで『影移動』出来るか？）

（可能です、我が主よ）

ソウエイの『影移動』と同様、ランガも一度会った事のある人物のもとまで直通で向かえるようだ。

ならば――

（ゴブタ、お前も一緒に向かえ！）

（うぇ！　マジっすか!?　あんな大軍の中に――）

ゴブタの悲鳴のような思念は、途中で途切れる事になる。そして――

（快く引き受けるそうです。リムル様）

シオンの思念が、割り込むように返事を寄越した。

ゴブタに何があったのか、俺にはわからない。だが、知る必要はないだろう。

（そうか、ではガビルを救出せよ。任せたぞ！）

そう命令するだけである。

ランガが大暴れしてオークジェネラルの注意を引く隙に、ゴブタにガビルを回収させる。そして、リザードマンと子鬼族《ゴブリン》の部隊を纏め上げさせて、死中に活路を見出させるのだ。

ゴブタとランガが動き、ガビルの救出に向かった。

だがこのままでは、数に飲み込まれてゴブタ達も危険になる。

（リムル様、それでは俺達は自由に暴れますよ？）

俺の思案をよそに、ベニマルが聞いてきた。

（その前に、リザードマン達が窮地だ。ゴブタとランガを向かわせたが、このままでは不味い。先ずは一旦コイツ等を助け出せ。その後は、好きにしろ。細かい指揮はハクロウに任せて自由に暴れても構わない）

（了解！　大鬼族《オーガ》――じゃなくて、鬼人の強さをお見せしますよ！）

俺の思念に、嬉しそうな返答。

そして、戦況は動き出す。


指示を出し終え、俺は戦況を確認する。

リザードマンは防御陣形が崩れる寸前であり、そんなに長くは持たないだろう。この様子では、首領のいる洞窟内部も追い詰められているかもしれない。

ソウエイを一人で向かわせたが、大丈夫だろうか？

ランガはともかく、ゴブタは無事だろうか？

そして、ベニマル達は……。

そんな心配も頭をよぎったが、今更である。

俺が命令を出し、彼等はそれを引き受けた。

出来もしない事を引き受ける奴は無能である。

会社で新人だった頃、当時の所長に怒られたものだ。

自分に出来ない量の仕事を請け負うな、と。

請け負った者が仕事をこなさずに滞ると、全員が迷惑するのである。

同様に、人の能力を見極められずに仕事を押し付ける上司もまた、無能である。

重要なのは、身の丈にあった仕事を行う事。上司の役割は、部下の能力を見抜いて正しく仕事を割り振る事となる。

今回はまだ、俺があいつ等の能力を把握出来ていない。俺の割り振った仕事が無茶であるかどうか、判断出来ないのだ。

彼等が無能ではない事を祈る。そして、俺が無能な主という誇《そし》りを受ける事がないように。

無責任だが、今は信じるしか出来ないのだ。

そして、困った者に手を差し伸べるのも上司の役割である以上、俺は状況を見守り続ける責任があった。

もしどこかで誰かが苦戦したとしても、直ぐに手助けに入れるように……。

●

斧槍《ハルバード》の一撃で、首領の持つ槍が折れた。

とはいえ、オークジェネラルの猛攻を数合凌いだのだ、良く保った方だといえよう。

首領は誇るような面持ちで、オークジェネラルを見据え、叫ぶ。

「ふははは！　武器などなくとも、儂はまだまだ戦えるぞ！」

そう豪語する。だが、誰の目にもそれは偽りであると知れた。

既に鎧は砕け、自慢の鱗も無数のヒビ割れが出来ている。身を守る得物も失った今、首領の命は風前の灯であったのだ。

「聞けい!! 親衛隊、前へ。お前達は、女子供を一人でも多く守り抜け。決して諦める事は許さん。少しでも長く時間を稼ぎ、助けが来るのを待つのだ!!」

ありったけの威厳を込め、大音声でそう叫ぶ。

「しゅ、首領……。し、しかし援軍など――」

親衛隊の副長が問いかけてくるが、「言うな！」と一喝して黙らせる。

「信じるのだ。決して希望を失うでないぞ。最後まで、我等リザードマンの誇りを守りぬけい!!」

決して弱みは見せない。

彼こそが、リザードマンの強さの象徴であり、希望なのだから。

そして、逃げ場を失ったリザードマンにとって、首領の言葉以外に頼れるものがないのだから。

「それに、儂がコヤツを倒しさえすれば、活路も開けようというもの」

そう言って不敵に笑い、戦士団を鼓舞する。


退路を塞ぐ敵の首魁《しゅかい》を討ち取れば、確かに生きる道が見えるだろう。

リザードマンの戦士達に絶望はない。

たとえ首領が倒れたとしても、次は自分達が挑むのだと心に定めたのだ。

首領の生き様に、その背中に教わった。最後の一兵まで戦い抜き、一人でも多くの女子供を逃がすことさえ出来れば、彼等の勝利となるのだと。

未来へと繋げさえすれば……だが、そんな彼等の希望はオークジェネラルの前に無残にも砕かれる。

「愚か者め。好き放題言わせておれば、図に乗りおって！」

一閃。オークジェネラルが振った斧槍《ハルバード》が、首領の胸板を大きく斬り裂いた。

「グハッ!!」

吐血して、倒れる首領。

(最早、これまでか……)

洞窟内部にリザードマン達の絶叫が響き渡る。

首領へと止めを刺そうとするオークジェネラルの前

に立ち塞がる戦士達。それを無造作に斬り捨てて、首領へと迫るオークジェネラル。

そして、今。

「お前はリザードマンにしては良く戦った。我等の血肉となるに相応しい勇者だったぞ。我等と一体になれる事を光栄に思いつつ、死ぬがいい!!」

首領に狙いを定めて、斧槍《ハルバード》を突き出そうとして――

「それは困るな。首領殿との約束が成されておらぬ」

首領の前に出現した男の、静かな声に阻まれる。

今、まさに。

その男――ソウエイの出現により、リザードマンの運命は大きく変動したのである。

●

ソウエイは薄く笑みを浮かべる。

自らが、主の役に立てている事を実感して。

ソウエイにとって、ベニマルは前主君の息子ではあっても、主ではない。


ソウエイ自身一族を纏める長であり、ベニマルとは同年代のライバルである。ベニマルが跡目を継いだ時点でソウエイも配下となる予定であったが、結局その時は訪れなかった。

代わりに得たのが、リムルという主である。

自分は幸運であるとソウエイは思う。

戦乱などない平和が続いていた。オーガという強者に対し、森の魔物は相手として不足であった。

最近では、下位竜《レッサードラゴン》が暴れるといった事も起きていない。

その事自体は良い事であると思う。しかし、自らが鍛えた技術《ワザ》を使ってみたいというのも、偽らざる本音であった。

そんな中、集落がオークの軍勢に襲われたのだ。

その時何も出来なかった自分を、ソウエイは悔いた。

このまま主君の仇を討つ事なく、皆の無念も晴らせずに、滅びるものと思われたのに……。

ソウエイは自分の幸運に感謝する。

新たな主の下で、仲間の仇を討つ機会を与えられた。

慢心による油断など、ソウエイには無縁のもの。一度の敗北で、ソウエイは多くの物事を学んだ。ソウエイは、屈辱の記憶とともに自分の愚かさを、その心に刻んでいたのだ。

主の為に技術《アーツ》を磨き、その敵を排除する。その為に、彼は自身を研ぎ澄ます。

命令される事こそ、至上の快楽。

そして——ソウエイは己に与えられた命令を、忠実に実行へと移すのだ。

●

静かに立つ男を見上げ、首領はそれが自分と面会した魔物であると気付いた。

ソウエイと名乗った上位魔人。同盟依頼を持ちかけてきた張本人である。

(来てくれたというのか？　いや、まだ同盟を結んではいない。だがしかし……)

様々な疑念が渦巻くものの、命が尽きかけている首領に出来る事は少ない。

首領は血が混じった唾を吐きつつ、声を出す。

「ソウエイ殿……。来て下さったのか？　しかし、忠告を貰ったというのに、我等は先走って……。儂の命に免じて、どうかリザードマンを——」

自分の命が尽きる前に、首領はソウエイにあとの事を託そうとした。しかし、そんな首領に駆け寄る者がいた。その者が首領の娘である親衛隊長だと気付くよりも早く。

「父上、これを！」

差し出された水色の塊を口に含ませられる。牙の間から伝わる滴が胸の傷に触れた瞬間、見るも無残だった傷が綺麗に癒されていった。それだけではなく、身体のうちに入り込んだ液体により、首領の身体は一瞬にして完全回復したのである。

「なっ!?」

驚き、飛び起きる首領。

そんな首領に、静かな声が聞こえた。

「忠告……なんの事だ？　まあ、そんな事はどうでもいい。貴方はこのままここで、約束の日までお待ち頂きたい。それと、我が主との約束を果たす前に、勝手に死なれては困る。注意して頂きたい」

あまりにも場違いな内容。それを、心を落ち着かせるような冷静な声で言い放ったのだ。

（まさか、同盟の約束を守ってくれるというのか……しかし――）

「しかし、今はそれどころではないのです。オーク共が……」

そう言いかけて、首領は違和感に気付いた。

オークジェネラルが、斧槍《ハルバード》を構えたままの格好で動きを止めている。その顔は心なしか赤黒く染まり、必死に力を込めているのか全身の筋肉が膨れ上がって見える。

「な、何!?　一体、どうなって……」

「気にするな。ソイツは動けなくしてある」

首領の疑念は、ソウエイの一言で氷解する。しかし、その言葉の意味する事は……。

首領は驚愕に目を見開き、ソウエイを凝視した。首領を圧倒する程の強者であるオークジェネラルが、ソウエイの前に為す術もなく動く事すら出来ないという事実に気付いたのだ。

「あ、貴方は一体――」

「しかし、残念だよ。せっかく捕らえて、リムル様のお役に立てるべく拷問しようと思っていたのだが……どうやら、情報共有の秘術がかけられているようだな。殺すしかないか」

冷静に告げて、オークジェネラルを一瞥する。

情報収集を任務とするソウエイにとって、敵に情報を漏洩する事はプライドが許さない。そうであるからこそ、警戒に警戒を重ねて敵を観察していた。そんなソウエイの眼には青い光が宿り、魔素の微かな揺らぎをも捉える。エクストラスキル『観察眼』の効果だった。

その眼が、オークジェネラルが何者かに情報を送信している事を突き止めたのである。

敵に手の内を晒すより、殺す方が良いとソウエイは判断した。だがそれだけでは面白くないので、少し情報を流し敵の動きを調べようと考える。

「ただ殺してもつまらん、お前には伝言役も兼ねてもらうとしよう」

ソウエイは薄く笑い、オークジェネラルに視線を合わせる。

「見ているのだろう？　オーク共を操っている者よ、次は貴様の番だ。鬼人《キジン》である俺達を敵にした事を、せいぜい後悔するがいい」

それだけ言うと、ソウエイは興味を無くしたようにオークジェネラルから視線を外す。

用事は済んだ。あとは、ゴミの始末のみ。

「死ね」

と、一言呟くソウエイ。

直後、オークジェネラルは跡形もなく微塵切りとなる。ソウエイが絡ませていた『粘鋼糸』にて、バラバラに切断したのだ。

リムルが思い描く〝糸使い〟としての完成形が、ここに誕生した瞬間だった。


首領は驚愕に固まったまま、成り行きを見守っていた。

混乱する思考を必死に宥め、今聞いた内容を思い返す。そして吹き出る汗を拭う事も忘れ、ソウエイを見つめるのだ。

（キジン……鬼人と言ったのか⁉）

信じがたいモノを見るようにソウエイを見つめ、その力を思い出し、納得する。

（いや、ならば納得も出来よう。オークロードに並ぶ伝説。オーガの上位種、か……）

森の上位種族であるオーガが進化した存在、それが鬼人である。ならば、その力は上位魔人の域に達しているのも当然であろう。

Aランクオーバーという、途轍《とてつ》もない力。

数多の魔人の中でも、Aランクの壁を越える者は少ないというのに……。

だがそれよりも、首領には気になるセリフがあった。今ソウエイは、確かに俺達と言ったのだ。つまり、鬼人は一人ではないのか、首領はそう思い至り背筋が凍

るような震えを感じた。

そして思うのだ。

(儂の判断は――この同盟を受け入れるという判断は、正解だった……)

そして首領はその場にへたり込む。

鬼人が味方してくれるのならリザードマンは救われる、そう確信し安堵して。


将であるオークジェネラルが一瞬で敗北したというのに、オーク兵に恐怖の色は見えない。

未だ激しい戦闘は継続しており、親衛隊長はソウエイに渡された回復薬で負傷者の手当てを行っている。

面倒そうにオーク兵達を一瞥するソウエイ。

「あの五月蝿《うるさ》いヤツ等がいては、落ち着けないだろう。ついでだ、俺が片付けてやる。しばし待つがいい」

まるで下らない事だと言いたげに、泰然と立つ。

次の瞬間、ソウエイの身体がブレて重なり合うようになり……五つの影が飛び出した。

ソウエイと瓜二つ。装備の形状まで等しく同じ。


だがそれは、ソウエイが魔素を用いて作り出した『分身体』なのだ。

それぞれの『分身体』は無言で行動を開始した。

通路へと赴き、守備に徹していたリザードマン達の前に出る。退路を含めて、五つの通路全てに『分身体』が立った。

驚きつつも場所を譲るリザードマン達。

「下がって休むがいい」

そう声をかけて、それぞれの通路でオーク兵に対峙する『分身体』達。

それから先、リザードマン達は信じられない光景を見る事になる。

今まで自分達を苦しめていた、地獄の亡者の如きオーク兵達が、為す術もなくソウエイ一人に屠《ほふ》られていくのだ。

各々の通路で同じような光景が広がっていた。

――操糸妖斬陣《そうしようざんじん》――

それは、煌めく糸の殺戮舞踏。

一瞬で通路に張り巡らされた『粘鋼糸』は、魔力を通わせる事でソウエイの意のままに動く。

その技に対して、限定された空間では逃げ場がない。通路のような狭い場所では、特に。

ソウエイが技を行使した途端、オーク兵達の身体は細切れにされる。

オーク兵達にとって、恐怖という感情が欠落している事が災いした。侵入して来る者から順に、一切の抵抗を許されずに殺戮されていくのだ。

ソウエイに慈悲はない。

一切の容赦なく、罠にかかる獲物を刈り取るように、オーク兵達を惨殺してのける。

張り巡らされた蜘蛛の糸に自ら捕らわれに行くが如く、オーク兵達は細切れになった死体を貪り、通路を進み、殺される。

迷路のような構造を持つ戦場は、ソウエイの独壇場であった。

張り巡らせる罠の種類は豊富にあり、状況に応じて変化させる事が出来る。

最早ソウエイにとって、オーク兵達は排除の対象でしかない。敵と見做《みな》すには、あまりにも脆弱《ぜいじゃく》過ぎるのだ。

ソウエイの『分身体』はただ淡々と、命令に従い殺戮を遂行していった。

リザードマン達は、驚きに声も出ない。

延々と繰り返される光景に、ただただ畏怖するしか出来ないのだ。

次元の違う強さを目の当たりにして。

それは、恐怖の体現者。

彼等の想像すらも軽く上回る、圧倒的強者の姿だったのだ。

あとは『分身体』に任せても大丈夫だろう、ソウエイはそう判断した。

念の為、六番目の『分身体』を連絡用に残し、ソウエイ自身は誰に気付かれる事もなく、移動を開始する。

ソウエイは新たな役目を求め、自らの主リムルのもとへと向かうのだった。

ゴブタとランガが移動したあと、ベニマルは少し思案した。

そして、ホブゴブリン達に「聞くが、お前等は『影移動』出来るのか？」と問うた。

嵐牙狼はランガの眷属《けんぞく》であり、当然ながら『影移動』が出来る。では、その相棒のホブゴブリン達はどうなのか？　その答えは……。

「ゴブタさんみたいに自分では出来やせんが、相棒と一緒なら出来やすよ」

そう答えたのは、片目に眼帯をしたホブゴブリンである。ゴブタの隊の隊員であった。

「ここにいる者は皆、相棒と一心同体ですからね」

同意するホブゴブリン達。つまりは、全員出来るという事である。

「よし、そいつは良かった。俺達は包囲網の外から派手に攻め込むから、お前等は『影移動』で直接ゴブタのもとへ向かえ。お前達を送り込みやすいように、リムル様はゴブタを先行させたんだろうしな」

ホブゴブリンに確認を取ったベニマルが、満足そうに頷きながらそう命令を口にした。それを聞いて、ホブゴブリン達も理解する。

「なるほど、流石はリムル様ですな」

「確かに。ランガ殿に敵を引き付け、その隙にゴブタさんにリザードマン達の体勢を立て直させる、か」

「それに加え、俺達が突撃しゴブタさんに合流。そのまま敵を惑乱させ、一気に逆転という流れですな……」

ベニマルは頷く。

皆がリムルの考えに気付けた事が嬉しいのだろう、その表情には笑みが浮かんでいた。

「そういう事だな。理解したら、さっさと突撃しろ!!」

「「了解!!」」

かくして、狼鬼兵部隊《ゴブリンライダー》達は一斉に戦場へと突入を開始したのである。


ホブゴブリンと嵐牙狼が去り、この場に残ったのは三名の鬼人である。

ベニマルは気負うでもなく、軽く準備運動を開始する。

本来オーガは、傭兵などを生業とする戦闘種族であった。だからこそ、主を得る事に思い入れがあったのだ。生涯仕えるべき主を得る事が、彼等一族の悲願だったと言える。

そしてまた、ベニマルには一人の武人としての思いもある。

ベニマルは、自分が気ままな性格であると承知していた。だからこそ、オーガの里長を継ぐ事に躊躇いを覚えていたのだ。

今となってはどちらにせよ、それは叶わぬ事であったのだが……。

里長ともなれば、自ら死地に立つ等許されなかった。しかし、今は違う。

思う存分に活躍出来る。

だからこそ、ベニマルは今の立場を気に入っていた。

そんなベニマルに、文句を言うでもなく付き合う二人の鬼人。

「いよいよじゃな」

「そうですね。この機会を与えて下さったリムル様に、感謝を」

ハクロウとシオンも軽く身体を揉み解《ほぐ》し、準備する。

彼等もまた、ベニマルと同様にリムルを主として見出した。だからこそ、安心して背中を任す事が出来るのだ。

リムルを主とし、共に仕える。

その事に喜びを見出す仲間として、ベニマルは彼等の上に立つのである。

「さて、と。それじゃあ、お披露目といくか。俺達の新たなる門出、リムル様の華々しい勝ち戦の先ずは最初の一戦目だな」

ベニマルの言葉に頷く二人。

そして、三人は同時に疾走を開始する。

生い茂る木々を抜け、水の匂いが辺りに強く漂い始める。

それはまさに、飛翔するかの如き速度。

あっという間に湿地帯に到達し、外周に蠢《うごめ》くオークの群れへと勢いを殺さずに突入する。

シオンの一撃が砲撃となって大太刀から放たれた。

前方にひしめいていたオーク兵は、何が起きたのか理解出来ないままなぎ倒される。

これを合図に、戦闘が開始された。


脆い——それがベニマルの感想である。

自らが活躍するまでもなく、シオンとハクロウが近寄る者を斬り捨ててしまう。

しかし、それでは駄目だとベニマルは考えていた。

ハクロウにシオン、二人は近接戦闘は無類の強さを持つ。

シオンはそれに加え、有り余る闘気を剣に纏わせて放つ〝鬼刀砲《きとうほう》〟という技術《アーツ》まで駆使している。

戦場を俯瞰的に見るならば、ハクロウの攻撃は点であり、シオンの攻撃は線となる。

それではベニマルの攻撃は——

「よーし、お前等。俺の前に立ってる豚共、散れ。そしたら見逃してやる」

そう言われても、その場を退くオーク兵はいない。

「フザケルな!」

「我々を舐めると……」

口々に喚《わめ》きつつ、より苛烈さを増してベニマル達へと殺到するオーク兵。

「じゃあ、死ね!」

オーク兵に退く気がない事を確認したベニマルは、おもむろに右手を前方に突き出した。

その右手より、黒い炎の球が生み出される。

黒炎球は直径一メートル程度のサイズに膨張すると、前方へ向けて飛んでいく。

危険を察知し、退避行動に移るオーク兵。しかし、既に遅いのだ。

膨張しながら加速し続ける黒炎球。その速度は疾風よりも速く、鈍重なオーク兵が逃げられる速さではない。

その球に触れた者は一瞬で燃え上がり、灰も残らない。しかし、黒炎球の真の恐ろしさはその程度ではなかった。

数秒後、そのまま前方のオーク兵の密集地点に到達し、黒炎球は内包する破壊力《エネルギー》を解放する。

黒炎球の到達地点を中心にして、半径百メートルにも渡る範囲を黒い半球形《ドーム》が覆ったのだ。

その直後、豪《ゴウ》!! という音が周囲に轟いた。

戦場を圧する程に凄まじく、聞く者の背筋を凍りつかせるような寒気を与える音だった。それまでの戦いの騒音が一瞬にして掻き消され、辺りを静寂が支配する。

広範囲焼滅攻撃――〝黒炎獄《ヘルフレア》〟――

ベニマルが獲得したのは、エクストラスキル『炎熱操作』と『黒炎』それに『範囲結界』である。それに自身の妖炎術を加えて編み出したのが、ベニマルの自己流術式《オリジナル》である〝黒炎獄《ヘルフレア》〟だった。

黒い半球形《ドーム》が数秒して消え去ったあと、そこに残るは焼けた地面のみ。

湿地帯であったその場所は、水分は蒸発し表面はガラス状に焼け爛《ただ》れている。

その恐るべき高温により、変質したのだ。

当然の事ながら、半球形《ドーム》内に囚われたオーク兵数千体は、何が起きたか理解する事も出来ず焼滅している。

ベニマルが黒炎球を放ってから、一分以内の出来事であった。


これが答えである。

ベニマルは、面攻撃を可能とする恐るべき戦術級魔人へと進化していたのだ。

邪悪な笑みを見せベニマルは「道を開けろ、豚共!」と再度、告げた。

オーク兵達は恐慌状態になった。

ユニークスキル『飢餓者《ウエルモノ》』の影響下にあるオーク兵達ならば、ある程度の恐怖心など塗りつぶされているのだ。だがしかし――ベニマルの放った攻撃は、彼等の心の奥底に潜む根源的な恐怖を呼び起こすのに十分であった。

オーク兵達では、いかなる手段を用いても耐える事が出来ないであろう攻撃。

見た事もない高出力の威力。

魔法ならば対抗手段もあるのだが、対魔法防御《アンチマジックガード》の施された全身鋼鎧《フルプレートメイル》を着用した者も生き残ってはいないので、抵抗《レジスト》は無意味なのだろうとオーク兵達は想像した。

それは正解であり、生半可な魔法に対する抵抗《レジスト》だけでは防げない。高位の禁術に匹敵する、恐るべき対軍攻撃だったのである。

そんな攻撃に対抗手段などあろうはずもなく……。

死体を喰って耐性を得ようにも、その死体すら燃え尽きて灰すら残らないのでは意味がない。

オーク兵達の及ぶべくもない、上位魔人。

その出現に恐怖したのだ。

恐慌状態になったオーク兵は、潰走《かいそう》を始める。最早、統制を維持するのは困難な状況になっていた。ただただ、我先にと逃げる事しか考えていないのは一目瞭然なのだから。

そして――

オーク軍を混乱に至らしめたこの一撃こそ、リムル達が参戦する狼煙《のろし》となったのである。


そんな戦場の様子を尻目に、ベニマルは歩き出した。

戦場の中を悠然と、散歩するような気軽さで。

付き従う鬼人二人も同様である。

彼等の前に敵はなく、その視線の先にはランガ達が戦う一団が見えていた。

鬼人達にとっては、既にオーク兵達など障害にすらなりえないのだ。

●

死を覚悟したガビルであったが、寸での所で助けられたのだと悟る。

振り向き、礼を述べようとするガビル。

目に飛び込んできたのは、抜けた顔のホブゴブリン。

どこかで見た覚えがあるようなと思ったガビルだが、天啓のようにハッキリと思い出した。

（そうである！　あの牙狼族を手懐けたというあの村の主ではないか！）

ゴブタの抜けた顔が、自分を負かしたホブゴブリンのそれと一致したのだ。

「お、おお！　あの村の主殿か!?　助太刀しに来てくれたのであるか？」

思わず声に出し、問いかけていた。

卑怯なヤツと侮っていたが、援軍に来てくれたところを見るとガビルの思い違いだったのだろうと納得したのだ。

反応に困ったのはゴブタだ。

（コイツ、何言ってるんすかね？）

と、唖然とするしかない。意味がわからないので、適当に聞き流す事にした。

まったく期待していなかった援軍が来た事で、ガビルは周囲の様子を見る余裕を取り戻す。

遠くの方で大きなざわめきが起きており、何かが起きているのは間違いなかった。

先程の轟音が原因だろうとガビルは予測した。

事情を知るゴブタは、それがベニマル達が参戦した合図であると気付く。

「おっと、始まったようっすね。ええとガビルさん、でしたっけ？　さっさと味方を纏めて、防御陣形を整えるっすよ！」

「ぬ、わかったのである」

二人は意思疎通がまったく出来ていないまま、それなのになぜか行動目標をピタリと一致させるという器用さで、大慌てで行動に移るのだった。

●

そんなゴブタとガビルを放置して、ランガはオークジェネラルと対峙していた。

「邪魔をするか……。何者だ？」

槍をランガに向け、オークジェネラルが問う。

オークジェネラルは多少動揺したものの、直ぐに冷静さを取り戻していた。

突然出現した黒狼族は気になるが、先程の轟音の正体の方がより重要であった。だが、このまま黒狼族を放置するという訳にはいかない為、その正体を問うたのである。

それに対しランガは、腹の底まで響くような低音の声で低く唸った。

「我はランガ！　リムル様の忠実なる下僕《しもべ》である」

オークジェネラルを睥睨《へいげい》し、宣言した。

睨み合う両者。

「リムル、だと？　聞かぬ名よ。邪魔するというなら排除するまで」

オークジェネラルはランガへの興味を失った。

名のある上位魔人や、魔王の一味でないのならば、排除しても問題にはならないのだ。

それよりも、轟音が生じた原因を調べねばならぬとオークジェネラルは考えた。

槍を無造作に突き出し、ランガを仕留めようとする。

しかし、ランガは軽妙な動きで槍の間合いから一歩外へ出た。

「グググガ、小賢しい！」

オークジェネラルはこの時初めて、ランガをマジマジと観察した。

そして気付く。普通の黒狼族とは、若干雰囲気が違う事に。

（なんだ、たかが魔獣……なぜそれがこんなにも気になるというのだ……）

オークジェネラルは自分が感じた直感を、気の迷いであると断定した。

「畜生の分際で、我等に牙を向けるか!?」

そう叫び、配下の精鋭に鋭く命令を下した。

豚頭騎士《オークナイト》は散開し、ランガを包囲する。一糸乱れぬ、完璧な連携。

オークジェネラルの指揮にあわせ、ランガに向けて一斉に槍を構える。獣相手に一騎討ちなどするつもりはない、そういう意図であった。

ランガは嗤《わら》う。

久しぶりに感じる高揚感。自らの狩猟魔獣としての本能を解き放つ。

力の限りの咆哮を放ち、自らの妖気《オーラ》を解放した。

敬愛する主であるリムルの影に潜み、その妖気《オーラ》を浴び続けて、イメージし続けたのは一体の魔物。

この姿を目指せと、そう言われてよりずっとイメージし続けてきた。

今こそ、ランガの本能は目覚める時を迎えた事を悟ったのだ。

力が湧き出てくるのを感じる。筋肉が盛り上がり、本来の姿である五メートルを超す巨躯となった。

爪が強化され、牙が鋭く強固なものへと変質する。

特徴的なのは、その額に生じた二本目の角……。

その姿は、かつて見た主の姿。そこには、黒嵐星狼《テンペストスターウルフ》へと進化したランガがいた。


オーク兵達はランガの咆哮に震えたが、恐怖を感じる事はなかった。

オークジェネラルが傍におり、ユニークスキル『飢餓者《ウエルモノ》』の影響により心が鈍化されていたからだ。

そんなオーク兵達を鼻で笑い、ランガはオークジェネラルを一瞥する。

脅威はまるで感じない。自らの強さを実感し、そしてそれを証明する為に動く。

ランガは力の流れを感じ、自らの魔力を角に集中させる。

オークジェネラルはランガの変化と力の増加を感じ取り、危険を察知した。

慌てて配下に散開と命じるものの、それは既に遅過ぎた。

閃光が走り抜け、その後に音がやって来る。

いくつもの雷の柱が乱立し、天と地を結んだ。

そして、巻き起こる数柱の竜巻。

ランガが獲得したのは、『黒稲妻』である。リムルと異なり自在に雷を操る事は出来ないものの、二本の角にて威力と距離を調節可能であった。

そしてもう一つ。風を操る能力であるエクストラスキル『風操作』だ。

これは、リムルの獲得したエクストラスキル『分子操作』の劣化版とでも言うべき能力である。周囲に気圧差を発生させ風を操作する能力だが、『黒稲妻』と併用する事で恐るべき効果を発揮する。

ランガは本能でそれを感じ取り、迷う事なく敵へと使用した。

急激な気圧差を生じさせ、そこへ『黒稲妻』を流し込む。ある程度の指向性を持たせつつ走る雷撃により、任意の空間が満たされた。そして生じるのは、激しい上昇気流と下降気流のせめぎ合いであり、それはやがて渦となり一つに纏まろうとする。

結果として、竜巻が発生したのだ。

数柱の竜巻が、放電しつつ戦場を縦横無尽に駆け抜ける。

それはまるで、死をもたらす嵐のように……。

オークジェネラルは瞬時に炭化し、周囲のオーク兵達も嵐や雷により次々と殺戮されていった。

竜巻が過ぎ去ったあと、その場に立つオークの姿はない。

ランガの広範囲攻撃技――〝黒雷嵐《デスストーム》〟――は、こうしてこの世に産声を上げたのだ。

ランガは満足そうに、竜巻が暴れる様を観察する。


リザードマンへの被害はなく、威力最大、範囲最大で使用しても自らへのダメージもない。

流石に魔素《エネルギー》が空になったが、活動出来ない程ではなかった。

完全に使いこなせた事を確認し、嬉しそうに尻尾を振る。

「ウォーーーーーーーーーーーーン!!」

ランガが喜びの感情を込めて再び咆哮したのだが、遠目で見ていたオーク兵達を恐慌状態に陥らせてしまったようだ。

大慌てで一目散に逃げ出すオーク兵達を見て、ランガはそこに座り込み魔力の回復に努める。

戦は終わった訳ではない。

まだまだ活躍の場はあり、慌てる必要はないのだ。

ゴブタも上手く立ち回っているようだ。

ガビルの指揮の下、部隊の混乱も収まりつつあるようだ。

それに、狼鬼兵部隊《ゴブリンライダー》達がゴブタに合流したようで、苦し紛れにリザードマンやゴブリンを狙うオーク兵達を刈り取っている。

ガビルが味方を立て直すのも時間の問題だろう。

それに――

遠くから、ゆっくりと歩いてくるベニマル達の姿が見える。

ランガは自分達の勝利を確信し、一つ頷くのだった。

●

その男――ゲルミュッドは、水晶球を眺め忌々しげに毒づいた。

「クソ共が、役立たずめ！」

激情のまま、水晶球を地面へと叩き付けて粉々にしてしまう。

オークジェネラルの視線と同調し、現在の森の様子を映し出していた水晶球。ゲルミュッドはそれを見ながら戦況を把握し、野望の成就を楽しみにしていたのだ。

しかし今、最後の水晶球が真っ黒に染まり、雇った者より受け取った三つ全て役目を終えてしまったのである。

今回の儀式に先立って、ゲルミュッドは何年にも渡って慎重に計画を推し進めてきた。

今回の、新たな〝魔王〟誕生の儀式。

その企画を、ゲルミュッドは任されたのだ。

その任を与えられ、ゲルミュッドは狂喜した。

上手くすれば、自らの命令を聞く魔王を生み出す事が出来る。そう考えて、着々と準備してきた。

ジュラの大森林は何人も手出し出来ぬ、不可侵条約が魔王間で締結されている。

だがそれはあくまでも建前であり、実際には小規模な介入が日常的に行われていた。

ゲルミュッドもまた、こっそりといくつもの策を弄《ろう》していたのである。

彼が森に蒔いたのは、争いの種子。

森の各種族の中の有力な者達へ、ゲルミュッド自らが〝名付け〟を行ったのだ。名前を付けると魔素が大量に消費され、数ヶ月は力が落ちる。それ程までに危険な行為ではあるが、〝名〟を付けられた者はゲルミュッドを親のように慕い、なんでも言う事を聞くようになるのだ。

ゲルミュッドは慎重に、森の中で自分の子飼いとなるべき者達を増やしていった。芽吹く事なく摘まれてしまった種子もあるようだが、いくつかは芽吹いた。

ゴブリンやリザードマン。その他、各種族から生まれた名持ちの魔物《ネームドモンスター》による戦争を演出する。

強者を争わせ、最後の生き残りを魔王へと進化させる蠱毒《こどく》の邪法。それがゲルミュッドの狙いだった。

全ては順調だったのだ。

本来ならヴェルドラが消える三百年後に起きるハズだった、種族間戦争。

封印されているとはいえ、ヴェルドラが健在なら戦争を起こすには危険が大きい。下手をすれば封印そのものが解けてしまうおそれがあったから。

だからこそ慎重に手駒を増やし、それぞれの種族のパワーバランスを調整している最中だった。

それなのに、予想外に早くヴェルドラが消失した事で予定が狂ってしまった。

そんなゲルミュッドを、幸運は見放していない。

オークロードが出現していたのだ。しかも計算外ではあったが、上手く手懐ける事に成功していたのである。

これがゲルミュッドの切り札であった。大幅に予定が狂った今、ゲルミュッドは切り札の投入を決意したのだ。

蠱毒の邪法では自然に決着を付けさせるのが理想だったが、この際仕方がないと割り切るゲルミュッド。出来レースに近いが、オークロードを魔王とするべく作戦を変更した。

時間が足りなくなったせいで計画を前倒しする必要があったし、森の上位種族を支配下に置くには、ゲルミュッドの力はまだまだ足りなかった。

オーガやトレントと言った者達にも種子を撒きたかったが、残念ながら今回は見送るしかなかったのだ。

正確に言うならば、オーガには〝名付け〟を拒否された。

焦って交渉に及んだのだが、すげなく断られた。戦闘種族としてのオーガは、自らの主を簡単には定めない。上位魔人とはいえ、ゲルミュッドには従えぬと判断されたのだ。

その事がゲルミュッドの逆鱗に触れ、オーガを真っ先にオークロードに襲わせた理由である。

そのオーガを問題とせずに蹂躙出来た事で、ゲルミュッドは計画の成功を確信した。

念の為に雇った魔人を一人派遣していたが、その必要もなかった程だ。

オークロードは順調に成長しており、その配下ですらも今やAランクに近い能力を有していた。

その事に満足し、ゲルミュッドは溜飲を下げたのだ。

邪魔なオーガは、真っ先に滅ぼせた。

これで、不安要素は何もない。トレントはその領域を侵さぬ限り無害であり、あとからゆっくりと滅ぼしてやればいい。

全ては計画通りに進んでいる。

今までは自分を支配する魔王達を恐れていたが、今度はゲルミュッドが操る側に回るのだ。

それは、もうすぐ達成されるハズだった。

最後の仕上げとしてリザードマンを滅ぼしたら、あとは弱小のゴブリンが残るのみ。

森の覇権を奪ったオークロードが、その勢いのまま人間の都市を一つ壊滅させる。

そうする事で、世界に対し新たな〝魔王〟の誕生を告げる事となるハズだった。

そのあとで、森の管理者であるドライアドと、その守護するトレント共を討ち滅ぼせば、名実ともにオークロードがこの森の支配者として認められる。

そして、自分の命令に忠実な〝魔王〟の誕生とともに、ゲルミュッドも支配者の一角に名を連ねるハズだったのだ。

ゲルミュッドの頭には、オークロードを従える自らの姿がハッキリと映っていたのに……。

高い金を払い雇った者達は、契約終了後に再契約しなかった。

ゲルミュッドの主に紹介されて雇った〝中庸道化連〟という怪しげな一団。

確かに凄腕の魔人達だったが、計画は順調であり手伝ってもらう事も残っていなかった。何よりも、これ以上計画に踏み込まれ手柄を奪われるのを恐れたのだ。ドライアドには気をつけるように忠告を受けてはいたが、その対策として魔法防御に優れた武具を用意してある。

ゲルミュッドは問題ないと判断した。

オークロードの軍勢は順調に森を攻略し、あと一歩で森の覇権を手に出来るだろう。

それなのに……。

オークロードが魔王となる一歩手前まで漕ぎ着けた時、不測の事態が発生した。

突如、水晶球の映像が一つ消失したのだ。

それはつまり、オークロードの腹心である五体のオークジェネラルのうちの一体が、殺された事を意味する。

ゲルミュッドは慌て、次第に青ざめていった。

このままでは支配者の一角に名を連ねるどころか、ゲルミュッドの主によって彼自身が粛清されてしまうと気付いたのだ。

その事に気付いたのと、三つ目の水晶球が反応を消したのは、ほぼ同時。

このままでは、ゲルミュッドの野望は潰えてしまう。

それどころか、自身の破滅が待っていた。

ゲルミュッドは外へ飛び出し、そのまま飛翔呪文を唱え移動を開始する。

最早、形振《なりふ》り構っている場合ではなかった。

対策を練る事も忘れ、ゲルミュッドは湿地帯へと向けて高速で飛翔する。

第六章 全てを喰らう者

Regarding Reincarnated to Slime

それにしても凄まじい光景だった。

俺は現実を受け止めるように、上空より湿地帯の戦況を観察する。

戦場の一角に突然閃光が迸《ほとばし》り、轟音とともに何体かの豚頭族兵《オーク》が吹き飛ばされたり。

豪《ゴウ》!! という音が響き、黒い半球形《ドーム》が戦場に出現していたり。その半球形《ドーム》が数秒して消え去ったあとに残るのは、高温でガラス状になった地面だけだったり……。

そこらにひしめいていたオーク兵達が、綺麗に全員焼き尽くされてしまっているという事だ。

一瞬で状況は理解出来たのだが、心が認めるのを拒否した感じである。

それだけではなく、突然戦場の一角に竜巻が吹き荒れた。

広範囲に暴風を撒き散らし、乱立する雷にてオーク兵を焼き殺していく。

その一角にいた黒塗りの鎧のオーク兵達は、消し炭にされるか吹き飛ばされるかした模様。

どうなっているんだ？ というのが、正直な感想だったのだ。

剣撃一発で、大量にオーク兵達をなぎ倒すシオン。大太刀の刃が薄紫に発光している。妖気《オーラ》を纏わせているのだろう。

剣を振るう度に紫の閃光が走り抜け、斬撃でオーク兵をなぎ倒していく。

当然ながら、直接刃を受けた者は耐える事など出来ない。真っ二つどころか、爆散しているのだ。

一撃の射程は七メートル程度。直線上にいる者全てを斬る攻撃。

秀麗な美貌に艶然《えんぜん》と笑みを浮かべて、舞うように斬撃を繰り出していた。

底なしの体力なのか途切れる事なく繰り出す攻撃で、周囲のオーク兵を寄せ付けない。

圧倒的な強さであった。


だがしかし、そんなシオンですら霞んで見えるヤツ等がいる。

ベニマルとランガだ。

まずベニマルだが、先程の黒い半球形《ドーム》は一体なんの冗談だ？

いや、見た瞬間におぼろげな仕組みは理解出来た。

つまり、俺の持つ『炎熱操作、黒炎、範囲結界』の複合技であろう。

まず『範囲結界』で空間を固定し、『炎熱操作』にて内部の分子運動を加速させる。そして、内部の魔素を『黒炎』に変換すれば完了か。

限定空間内部は超高熱の炎で満たされ、全てを焼き尽くす。

炎の巨人《イフリート》の炎化爆獄陣《フレアサークル》に匹敵する威力を、より広範囲にて使用しているようなものである。時間は短く二秒で消えるが、これだけ高温なら問題ない。恐るべき殺傷能力を秘めた技である。

このスキル、核爆発と違い外部へのダメージは何もないというのが特徴だ。その証拠に、結界が解除されても衝撃波の類が外に出る事はない。

範囲指定を行う事で、内部の熱量を相乗的に高める事を目的としているようだ。

その分、内部の熱量は想像を絶する。結界内部に閉じ込められたら、生存は絶望的だろう。

問題は、そういう危険極まりない技——あとで聞いたら、自己開発した技で〝黒炎獄《ヘルフレア》〟と名付けたそうだ——を気軽に使用している事なんだけど……。


そしてもう一人、というか一匹。

ランガの方だ。

いきなり黒嵐星狼《テンペストスターウルフ》に進化して、俺を驚かせた。

しかし問題は、進化直後にぶっ放した技の方だ。

正しく『黒稲妻』を、なんの制限もかけずに使用したらああなるのだろう。

それだけではなく、ランガは風も操り竜巻を発生させていた。あれは一体……。

《解。個体名：ランガは、『黒稲妻』にエクストラスキル『風操作』を併用し、温度と気圧の差を利用した上昇気流と下降気流を生み、竜巻を発生させたと推測します》

なるほど、わからん。

要するに、雷だけ放つよりも広範囲に攻撃する為に、竜巻まで生み出したという事のようだ。

この攻撃で、敵方勢力の一角を壊滅させてしまったのには驚いた。流石に大量の魔素を使用したらしく、二発目を撃つ気配はなかったけれど……。

こんなのを連射出来るなら、戦争の概念を変える必要があると思う。

この状況を見て、気付いた事がある。

俺が無意識下で意図的にかけているブレーキ、それがコイツ等にはないのだ。

危険だから使わない、そういった考えはない。

敵対者には、躊躇《ためら》わずに使用する。弱肉強食の世界においては、当然の考えなのかもしれない。

いや、確かに俺の方がおかしいのかもな。

使うのを躊躇って、味方に被害が出たら本末転倒だし。

生前の世界——あの世界では、強力な兵器は使えないという暗黙のルールがあった。

抑止力としてしか意味のない兵器。

だが、本当にそうなのか？

使えない兵器に金をかけるのは意味がない。では、何故金をかけて兵器の開発を行うのか？

それは、いざとなったら使う為なのではないだろうか。

少なくとも、民間人に使用するのが悪だとするなら、戦場で使うのは正義なのか？

殺される側には、使う武器によって罪が変わるという理屈など通用しないだろう。

そして……抑止力としての力を持つ為にも、強い力が存在する事を見せつけるのは決して間違ってはいないのかもしれない。

現に、座り込んだランガに近寄る者はいない。敵も恐れて攻撃を仕掛ける気にはならないのだろう。

これこそが、本当の抑止力なのかもしれない。

俺はそんな事をぼんやりと考えたのだった。


戦闘が始まって、二時間が経過した。

ベニマルは計四発、黒い半球形状《ドーム》の攻撃を放っている。

流石に連射は出来ないようだが、それ程大量の魔素《エネルギー》が必要な訳ではないようだ。

ランガは最初に撃った一発のみ。

あれは威力が高過ぎると思ったが、やはり全力全開の一撃だったようだ。

もっとも、その一撃で相手へ底知れぬ警戒感を与えるのに役立ったのだが。


シオンに追い立てられるように、逃げ惑うオーク兵達の様子も見て取れる。

俺は気持ちを切り替え、冷静に戦況を動かしていった。

不思議な程、気持ちは落ち着いている。

最初の一撃はベニマルの判断だが、残りは俺の指示した地点への攻撃だ。

確実に密集地を狙い、敵の戦力を削る。

シオンに敵を上手く誘導させて、纏めた所を叩くのだ。

ハクロウには、敵の指揮官や将軍クラスを的確に摘み取らせている。

それは戦闘とは呼べない。音もなく近づき、一瞬で微塵切りにするのだ。

ユニークスキル『飢餓者《ウエルモノ》』は、死体を貪る事で影響下の者の力を増す。だから、微塵切りにした死体を更に消滅させるという念の入れようであった。

〝気操法〟の技の一つだろうか？　手の平から妖気《オーラ》を放出し、死体を焼くのだ。

焼くというより、溶かしているイメージである。

指揮官クラスを見つけては、ハクロウに伝え瞬殺していった。

こうして、戦況はこちらへの被害の出ないままに、オークの軍勢を圧倒していく。

吹っ切れた俺は効率的に戦闘を進める為に、冷静にその様子を観察していた。

調子に乗っていたオーク共も、事ここに至って自分達の優位性が失われている事に気付いたようである。一時のようにガムシャラな突撃は行っていない。ベニマルやランガを遠巻きにし、一点に固まらないように散開した布陣を取っていた。

現状、オーク兵の損害は二割を超える。四万以上のオークがその命を落としている計算である。

状況がそこまで差し迫って、初めて敵本陣が動いた。

ようやく、豚頭帝《オークロード》が動き始めたのだ。

＊

オークロードが前に出てくる。

醜悪な豚の化け物。

付き従うのは、二体の豚頭将軍《オークジェネラル》だ。

明らかに今までのオーク達とは違う。

黄色く濁った瞳に敵意を漲《みなぎ》らせ、妖気《オーラ》を放出させていく。

その妖気《オーラ》を受けて、オーク兵に力が漲っていくようだった。

迎え撃つように、ベニマル、シオン、ハクロウ、そしてランガが並び立った。

そしていつの間にかソウエイまでもが、ベニマルの隣に立っている。

こちらの準備は万端のようだ。

さて、オークロードとはどれほどの強さなのか。

奴の能力は未知数。だがどうやら、獲得した力に翻弄され、自我を失っているように見える。

反応が薄いのがその証拠であり、思った程の脅威ではなさそうだ。

そうであるとしても、これ以上強くなられても面倒である。

ベニマル達も揃った今のうちに、さっさと始末した方が良さそうだ。

俺は懐から仮面を取り出し、装着した。

引導を渡してやる、俺がそう思い地上に降りようとしたその時——

キィーーーーーーーーーン!!

という、耳障りな音が聞こえた。

同時に、俺の『魔力感知』が遠方より高速で飛来する何者かを捉えたのだ。

その者は、湿地帯の中央——両軍が対峙しているその真ん中へと、降り立った。

かなり強い妖気《オーラ》を感じる。

怪しい格好をした、変な男。おそらく、上位の魔人というヤツだろう。

俺もあとを追うように、地面へと降り立つ。

その俺の傍に、ランガとベニマルが寄り添う。

その男はこちらを一瞥した。

「これは一体どういう事だ!? このゲルミュッド様の計画を台無しにしやがって!!」

感情を露にして、そう大声で叫んだのである。

＊

この男、計画がとかなんとか叫んでいた。

俺は、ピンと来た。コイツが犯人だ。間違いない。

聞きもしないのに自白するとは、ひょっとすると馬鹿なのかもしれない。

そこはかとなく漂う小物臭。だが、見かけで判断するのは不味いだろう。

服装は怪しいが、一つ一つは魔法の品のようである。油断は出来ない、そう思った。

状況からの推測だが、オークロードをけしかけたのがコイツなのだろう。

計画が上手くいかなくて、ゲルミュッドと名乗った魔人は大激怒している様子。

「こ、これはゲルミュッド様！　我輩を助けにここまで来て下さるとは！」

ガビルが、ゲルミュッドを見て駆け寄って来た。

そう声をかけられても、ゲルミュッドはガビルにゴミを見るような目を向けただけである。ガビルを無視して、なんだか大慌てして喚《わめ》き散らし始めた。

「役立たずの鈍間《ノロマ》が！　貴様がさっさと蜥蜴人《トカゲ》や子鬼《ゴミ》を喰って魔王に進化しておれば、わざわざ上位魔人であるゲルミュッド様が出向く事はなかったのだ」

酷い言いざまである。

自分で何を言っているのかもわかっていないのではないだろうか？

トカゲやゴミ、つまり蜥蜴人族《リザードマン》や子鬼族《ゴブリン》をオークロードのエサにするつもりだったという事か。まあ、俺の知ったこっちゃないけどな。

というか、待てよ。ゲルミュッドという名前には聞き覚えがあるような……。

《解。ゴブリンにリグルと名付けた魔人が、ゲルミュッドと名乗っていたとの情報です》

ああそうだった。

二代目リグルの死んだ兄に、リグルと名付けたのが、ゲルミュッドという名前だったな。だとすれば、ガビルに名前を付けたのもコイツなのか？

俺がそんな疑問を抱いた時、ガビルがゲルミュッドの言葉に反応した。

「と、トカゲを喰う……？　は、ははは、これは厳しいご冗談ですな。このガビル、まだまだのようです。ゲルミュッド様より名を頂いてからも、精進を怠ってはいなかったのですが……」

やはりそうだったのか。ガビルに名を授けたのも、このゲルミュッドという魔人だったようだ。

しかし、せっかく名付けた者達をオークロードに喰わせるって——いや、考えてみれば合理的なのか。名付けで強力な個体となった者達を喰えば、オークロードがより強力になるだろうから。

しかし、だとすればなぜオークロードには名前を与えない？　やっぱりコイツの考えている事は良くわからないな……。

「あ？　なんだ、ガビルか。貴様もさっさとオークロードの糧となれば良いものを……。役に立たない無能の分際で、いつまでも目障りなヤツよ。まあいい。せっかく出向いたのだ、貴様の死は俺が看取ってやる。オークロードの力となれ、ガビルよ。俺の役に立って死ねるのだ、光栄に思うがいいぞ!!」

俺がゲルミュッドの計画について考察していると、ゲルミュッドがガビルを始末するようにオークロードへと命じた。

しかし、オークロードは動かない。

ゲルミュッドを濁った目で見つめ、問う。

「魔王に進化……とは、どういう事カ……？」

そしてそのまま、動きを止めて真っ直ぐにゲルミュッドを見つめる。

「チィ！　本当に愚鈍なヤツよ……。力ばかりで、脳に栄養が行き渡っておらぬ。時間がない、手出しは厳禁だが……俺がやるしかないか――」

そうブツブツと呟くゲルミュッド。目を血走らせて、ゲルミュッドはガビルに向けて手の平を突き出した。

そして、突然「死ね！」と言いながら、魔力弾を撃ち出す。

「危ない、ガビル様！」

「危険ですぞ!!」

呆然と立つガビルを、配下のリザードマン達が庇う。口々にガビルの身を案じる言葉を叫びながら、ガビルの盾となったのだ。

一発の魔力弾にて、五体ものリザードマンが吹き飛ばされた。

複数に威力が分散したからか幸運だったからか、それとも案外タフだったからかは不明だけれど、死んだ者はいない。重傷ではあるが、全員生きていた。

「お、お前達!?　い、一体……一体これはどういう事ですか、ゲルミュッド様――!?」

混乱し、ゲルミュッドに叫ぶガビル。

ガビルを利用していたのに、自分の思い通りにならないから殺す、と。ゲルミュッドってヤツは、好きになれそうなタイプではないな。

信じていた者に裏切られて、絶望に顔を歪めるガビル。

「が、ガビル様、危険です!!　早くお逃げ下され――」

怪我を負いつつも、ガビルの心配をする配下の者達。

ガビルはいい部下を持っているようだ。いや……そうではなく、ガビルが良い上司であったのだろう。

戦いぶりを見ても、ゴブリンを単なる捨て駒として扱う素振りもなかった。戦術上肉壁として用いる事はあっても、それにはきちんとした理由が垣間見えたのだ。

部下に慕われる指揮官、か。

「下等種族の分際で生意気な……。そんなに死にたいなら、纏めて殺してやるわ！　そしてオークロードの養分となり、俺の役に立つがいい!!」

そう言いながら、特大の魔力弾を撃ち出そうと頭上に妖気《オーラ》を集中し始めるゲルミュッド。

魔法ではないのか？　詠唱を行う様子はない。ただ集中し、魔力を一点に集中させているだけ。

ま、そんな事はどうでもいいか。

俺は歩き出す。リザードマン達の前に。

狼狽《うろた》えて混乱しつつも、配下を庇うように座り込んだガビルの前に。

仮面に隠れて俺の表情は見えないだろう。

ガビルに俺がどう見えているのだろうか？　ふとそんな事を思った。

なんでガビルの前に出たのか？　そんなの、答えは簡単だ。

俺はガビルを気に入った。だから助けたい。ただそれだけの理由である。

理由なんてそんなもので十分だ。

俺は好きに生きる事を躊躇わない。自由気ままに生きると誓ったのだから。

ガビルはそんな俺を呆然と見上げている。

何がなんだかわかってはいないのだろう。ヤツの脳の処理能力を超えた事態になっているみたいだ。

だが気にするな、別に見返りが欲しい訳じゃない。俺が、あのクソ野郎にムカついたってだけの話なのだ。

「リムル様、俺が――」

そう言いかけるベニマルを片手で制し、俺は一歩前に出た。

そんな俺の事など眼中にないのか、ゲルミュッドは特大魔力弾を練り上げる。

「ふははは！　上位魔人の強さを教えてやる。死ね、死者之行進演舞《デスマーチダンス》!!」

全員纏めて始末するつもりなのだろう、高笑いしつつ愉悦の表情を浮かべている。

そして放たれた特大の魔力弾は、空中で無数に分裂し円を描くように襲って来た。一つ一つが先程放った魔力弾並みの破壊力を持つようだ。それはさながら行列のように、次々と俺達へと降り注ぐ。

逃げ場のない俺達は跡形も残さずに消え去るしかない、ゲルミュッドはそう確信した事だろう。

しかし残念ながら、俺には通用しないのだ。

俺はそっと、小さな手を前に差し出した。

たったそれだけで、こちらに襲い来る魔力弾を俺の左手が吸い込んだ。『捕食者』にて魔力弾を全て吸収したのだ。

同時に行った『解析』により、結果は直ぐに判明する。

魔法ではなく、技術《アーツ》。妖気《オーラ》を練り、魔素と混ぜて破壊力を持たせたのだ。

ハクロウの〝気操法〟と似た原理のようである。もっとも、込めた魔素量《エネルギー》はゲルミュッドの方が上だが、威力は分散させているせいか同等以下である。気の練り込みが足りていないのだろう。

今コイツが放った技が全力だとするならば、俺の敵ではない。

「なあ、これが全力か？　この程度の技で、俺に死ねだって？　どうやって死ぬか、先ずはお前が手本を見せてくれよ」

そう言いながら、魔力を込め魔力弾を試してみる。

ところが、突き出した右手の先からは何も出なかったのだ。自分の中の魔力と妖気《オーラ》を感じる事は出来るのだが、それを操るとなると話は別なのだ。原理が理解出来たからといって、簡単に出来るものではないらしい。

魔法と違って、こちらは解析しただけでは獲得出来ないのか……。というか、練習もしていないのに出来るはずがないのだと納得した。

格好をつけたものの、魔力弾を撃てなくて少し恥ずかしい。

俺は誤魔化すように水氷大魔槍《アイシクルランス》を放つ。

別に“気操法”にこだわる必要もないのだ。今の俺が上位魔人とやらにどこまで通用するか、それを確かめさせてもらうとしよう。

——そして、飽きたらお前も喰ってやる——

俺の放った水氷大魔槍《アイシクルランス》が加速し、ゲルミュッドの身体に接触する。すると、身体を庇って突き出したゲルミュッドの両腕が凍りついた。

絶叫するゲルミュッド。予想に反して、魔法も通用するみたいだ。

しかし、それで終わらないのが上位魔人である。氷結した両腕の氷を瞬時に砕くと、目を血走らせて極大魔力弾を撃ってきた。先程のような小細工なしの、全てを込めた一撃だった。

「死ね!!　この俺に痛みを与えやがって……木っ端微塵になるがいい!!」

だが、無駄だ。俺は先程と同じく『捕食者』にて喰らうだけ。

先程同様に自慢の攻撃が掻き消えた事で、ゲルミュッドは驚愕したように叫んだ。

「馬鹿な!?　何だそれは、なんなのだそれは!?」

そして、激しく動揺し始める。

そんなゲルミュッドに、俺は『水刃』を放った。

回避しようにも、思わぬ速度に避けきれなかったようだ。俺の『水刃』がゲルミュッドの脇腹を大きく切り裂く。

「ギィ!!　な、貴様……魔法ではない、のか……」

避けられないのではなく、避けなかったのか。どうやらゲルミュッドは、俺の『水刃』を魔法だと思ったようである。下手に動いて体勢を崩すよりも、対魔法結界で受けて反撃しようとしたらしい。

さっきの水氷大魔槍《アイシクルランス》が大してダメージを与えなかったのは、ゲルミュッドが結界を張っていたからのようである。

ゲルミュッドは何か唱え、魔法でダメージの回復をしようと必死になっていた。

へえ、回復魔法も使えるのか。見た目は怪しいが、意外にも多才のようだな。

伊達に魔人を名乗ってはいないようだ。それでは、もっと色々と試させてもらうとするか。

俺の様子を見るベニマルやランガ達は、何か納得したように見守る態勢に入っている。

全力でぶっ放すのを期待していたのだろうシオンだが、落胆している様子はない。むしろ、目をキラキラさせながら俺の戦いっぷりを観戦している。

ハクロウやソウエイは、何かあっても対処出来るように油断なく身構えていた。流石である。

オークロード達も動く気配はないし、今のうちだな。

俺は普通に歩いて、俺に対し身構えるゲルミュッドの傍まで行った。

「さっさと本気出せよ。上位魔人の強さとやらを教えてくれるんだろ？」

ゲルミュッドを蹴飛ばした。ハクロウなら軽く回避するだろうその蹴りを、ゲルミュッドはまともに受け止めたようだ。俺の足に、ゲルミュッドの腕の骨が折れた感触が伝わってきた。

思ったより威力があったのか……それとも、ゲルミュッドが脆いだけか？　あ、もしかすると……『多重結界』と『身体装甲』で身体を守っているから、そのせいかもしれないな。

「き、キサ、貴様ッ!?　この上位魔人の――」

俺が自分の蹴りの威力について考察していると、ゲルミュッドが激怒して抑えていた妖気《オーラ》を漂わせ始めた。

流石は上位魔人。といっても、シオンやソウエイ並みの魔素量しかない。ベニマルにも劣る程度で、上位魔人なのか？　やはり、俺の敵ではないようだ。

地を蹴り、立ち上がったゲルミュッドの懐に一瞬で潜り込む。

鳩尾《みぞおち》に向け、拳を叩き込んだ。

俺の拳は痛む事なく、ゲルミュッドの魔法障壁を突き破る。物理攻撃を緩和する障壁だったようだけど、俺の拳の威力を殺しきれなかったようだ。

苦悶の表情を浮かべるゲルミュッド。

俺はお構いなく、流れるように連続して拳を叩き込んだ。

ゲルミュッドは俺の動きについてこられないでいる。妖気《オーラ》は大きいが、身体能力は非常に低い。どうやら、遠距離攻撃を得意とする魔人だったのだろう。

放出系の攻撃なら、大抵『捕食者』で無効に出来る。考えて見れば、俺は遠距離放出型に対しては絶対的な優位性を持っているようだ。

ならば俺も、遠距離攻撃で相手してみよう。

先程使った『水刃』を変化させ、水球を作る。その水に『毒霧吐息』と『麻痺吐息』の毒成分と麻痺成分を混ぜられないか試してみた。

出来た水球をゲルミュッドに向けて投げつけた。

拳大の水の玉は、思ったよりも速度が出ない。『水刃』と違い、圧力をかけて射出している訳ではないから当然か。

ゲルミュッドも当然反応出来る速度だったようで、魔力弾にて迎撃してのけた。先程の『水刃』で懲りたのか、こちらを舐める様子は消え失せている。

だが、まだまだ甘い。水飛沫が霧のように広がり、それをまともに浴びるゲルミュッド。

「ぐおおお!!」

ゲルミュッドは苦悶の声を上げ、のた打ち回っている。

狙い通りだ。これなら、『水刃』そのものを変質させる事も出来そうだ。というか――

今、何か閃きそうになった。この感覚、水球を作り出す時……。

苦痛を緩和しようと回復魔法を使っているゲルミュッドに向けて、俺は右手を突き出した。

成功するだろうか?

先程の水球を作る要領で、水を『胃袋』から出さずに妖気《オーラ》だけを練り上げる。そこに魔素を注入する感じで――俺の右手の前に、拳大の気の塊が生み出された。ここまでは成功である。さて、これをどうやって撃ち出すか……。

俺は『吐息』を吹き付けるようなイメージで、その気の塊を前へと押し出す。

手の平に軽い衝撃を感じ、『水刃』並みの速度で前に飛んでいく気の塊。どうやら成功したようだ。

ハクロウが目を見張り、「まさか、〝気操法〟を習得なさるとは……」と呟くのが聞こえた。そのあとに「まだまだ荒削りだが――」と続いていたけど、それは置いておく。

俺は見事に、魔力弾の習得に成功したのだった。

一度習得してしまえば、あとは早い。慣れれば、魔力弾に『黒炎』を混ぜたりも出来るようになりそうだ。魔力を燃焼させ、より威力を高める事が出来るだろう。

今の一発は外してしまったが、次は当てる。そう思い、ゲルミュッドを見据えた。

「な、何なんだ……お前!? おま、お前えっ!! こんな事、上位魔人の、この俺――」

ゲルミュッドを、俺が撃ち出した魔力弾が弾き飛ばす。練習なので、そこまで気を込めてはいない。だがそれでも、拳で殴るよりは威力が高そうである。

今回はスムーズに発射出来た。完璧にマスターするのも時間の問題だろう。

あとは練習あるのみ、そう思いゲルミュッドを的にして数発発射した。

その全てが命中したのを見て、我ながら容赦ないな、と冷静になる。

新たな技を習得したので、嬉しくなって調子に乗ってしまったようだ。

しかし、それにしても弱過ぎる。

ゲルミュッドの魔素量も間違いなくAランクオーバーなんだけど、ベニマル達と比べても弱く感じる。その理由はなんなのか？

《解。人間の定義する階級《ランク》分けですが、魔素量を元に算出されているのでそれに準じて判定しています。ですが、同じ魔素量の者同士が戦ったとしても、効率の良い能力《スキル》や技能《アーツ》持ちが有利になります。また、技量《レベル》に関しては算出基準がない為に階級《ランク》分けには反映されておりません》

なるほど、『大賢者』による鑑定には技量《レベル》の概念がなかったのか。

レベルなんて、自分でも測定出来ないしな。当然といえば、当然か。

ゲームではないのだし、戦ってみないとわからない面もあるだろう。

だからか……元からレベルの高かったハクロウが、強力な肉体を得て化けたのは。

大きな力を持っていても、使いこなせなければ意味がない。

現に俺は、ゲルミュッドになど負ける気がしないのだから。

「上位魔人とかいって偉そうにしてても、大した事ないんだな。それとも奥の手でもあるのか？」

挑発してみる。

コイツはどんな技を持っているのか？

危機感など感じないので、可能な限りの情報収集という感覚だった。

気軽に尋ねる。別に油断はしていない。オークロードの動きには常に注意しているが、動く気配はまったくないのだ。

「わかった、仲間にしてやろう。俺はいずれ——」

殴る。

聞かれた事にも返事出来ないのか、コイツ？

「やめ、やめろ！　ま、待て！　俺には魔王の後ろ盾があるんだぞ、貴様こんな事をして——」

何か言い出した。

面倒くさいな、コイツ。

「で？　お前、その後ろ盾にどうやって泣きつくの？まさか、生きて逃がしてもらえるとか、そんな甘い事を思ってないよね？」

俺の質問に、ゲルミュッドは顔面をひきつらせてガクガクと震え始めた。

「キィエエエーーッ!!　寄るな！　貴様、終わるぞ！　魔王様がお前を許さんぞ!!」

そんな事を口走りながら、這うように逃げ出そうとする。

魔王、ね。

というか、その魔王がレオンってヤツなら、俺の獲物なんだよ。今勝てるとも思えないけど、どれほど強いのか興味はある。

魔王が複数いるらしいというのはわかったが、強さは同じくらいなんだろうか？

コイツは色々と知っているようだし、詳しく話を聞きたい所ではある。だけど、隙を付いて逃げられるのも面倒だ。そういう事が起きないよう、尋問は考えて行わないといけない。さっき自分で黒幕だとばらしてくれたように、今回もペラペラと喋ってくれたらいいんだけど……。

喰っても〝記憶〟は手に入らない。

魔法などの知識だけは、なぜか獲得出来る事がある。その辺りは不規則で、言ってみれば運任せだった。

能力《スキル》なら確実に獲得出来るというのが、逆に反則的《チート》なのだ。

俺は逃げ出そうとしていたゲルミュッドを、『粘鋼糸』にて拘束した。

ゲルミュッドは何やら呪文を唱え、宙へ浮く。

飛んで逃げる気だったようだが、『粘鋼糸』の束縛からは逃れられない。

「クソ、この！」

と、必死に糸を解《ほど》こうとしているが、無駄である。

俺は無言でゲルミュッドに近付いた。

「やめろ、来るな。おい、オークロード！　こっちへ来い、俺を助けろ!!」

さっきまで鈍間だ愚鈍だと散々馬鹿にしていたオークロードに、助けを求め始めるゲルミュッド。

どうしようもないヤツである。

部下に慕われる者は好きだが、その反対は嫌いだ。

まして、部下を使い捨てにする者など容赦する必要はない。色々スキルを持っているようだし、サクッといただくとしよう。

しかし……会話出来るせいか、こんな怪しいヤツを喰うというのも正直良い気分はしないんだけどね。

●

目の前に広がる死屍累々に、彼の心は酷く痛む。

――腹が、減った……。

――ハラガ、ヘッタ……。

――なんだ、猪人族《ハイオーク》のガキか。死に損ないめ、さっさと死ね。

――皆、お腹を空かせています……。

――触るな、服が汚れる。ん、待てよ？

魔人様、お慈悲を――

お前は……。

――これは、食べてもいいのですか？

――勿論だとも。遠慮せず、食うがいい。腹いっぱい食べて、大きく強くなるのだ。

――ありがとう御座います、魔人様!!

この御恩は――

――良いのだ。今日から俺の事を父と思うがいい。

そうだ、お前に名前をくれてやる。

お前の〝名〟は――

思い出すのは過去の情景。

彼の養父となった魔人に拾われた頃の思い出。

そして今は、彼は受けた恩に報いる為にも、彼の養父の命令に従う。

それはまた、彼の願いにも適っていた。

この豊かなるジュラの大森林を、オークの第二の楽園とするのだ。

不毛なる地、飢饉と疫病が発生し魔王様にも見捨てられた、彼等の故郷を捨てて……。

彼が森での覇権を手にしたならば、養父は魔王様に認められ大幹部になれるらしい。そうなれば、より多くの同胞への援助を約束してくれていた。

その為には、力がいる。

森の上位種族を喰って、更なる力を――

そして、オークの安住の地を、新たな楽園を築くのだ。

森の恵みさえあれば、同胞が飢える事は無くなる。

今いる種族には悪いと思うが、弱肉強食という絶対的なルールの前に納得してもらうしかないだろう。

何しろ、これは種の生き残りをかけた戦争なのだから。

……そのはずだったのだ。

——貴様がさっさと魔王に進化しておれば——

どういう意味だ？

養父は——ゲルミュッド様は一体何を……。

彼——オークロードと呼ばれる者は、黄色く濁った瞳で養父であるゲルミュッドを見つめ続ける……。

●

ゲルミュッドは恐慌状態になり、俺に向けて魔力弾を連射し始めた。手を拘束しているのに、魔力弾を空中に作って放ってきたのだ。

器用ではあるが、無駄だった。

俺は『多重結界』で全て弾く。ゲルミュッドの魔力弾は、属性が物理攻撃となるようで、俺の防御を突破する事は出来ないのだ。それは、先程の解析で判明していた。『捕食者』で喰って無効化するまでもなかったのだ。

絶望の表情を浮かべるゲルミュッド。

「クソが！　俺を助けろ、オークロード——いや、ゲルドよ‼」

ゲルミュッドが、オークロードの〝名〟を叫んだ。

そうか、オークロードに名を付けていなかった訳ではないのか。理由は不明だが、どうもオークロードとの繋がりを隠しておきたかったように見える。

さっき手出しは厳禁とか言っていたし、やはり何か事情がありそうだ。

その時、オークロードが動き始めた。

ゲルミュッドを助けるつもりだろうか？　まあいいさ。好きにしたらいい。

トレイニーさんとの約束もあるし、オークロードは始末するしかないのだ。

ゲルミュッドに操られていただけに見えるが、今更だ。黒幕だけ始末して終わりという訳にはいかないだろうし。

俺には恨みはないので、楽に始末してやろう。

距離を詰めてくるオークロードを見つつ、俺はそう考えた。

最早、脅威は感じていない。接触していないので正確に魔素量《エネルギー》の測定は出来ていないが、ざっと見るにベニマルと同程度だろう。

イフリートの半分程度だし、本気で戦えば苦戦はしないはずだ。

大将がいなくなったあと、オーク兵達が暴走しないか、それだけが心配である。

「この愚図が、ようやく動いたか……。ひゃはは！　どこの何者か知らんが、コイツの強さを思い知るがいい！　やれ、ゲルド！　この俺に歯向かった事を後悔させて――」

ドシュッ！　という音が、ゲルミュッドの言葉を遮った。

転がる頭。

オークロードが、ゲルミュッドの首を刎ねたのだ。

鈍い音を響かせ、引き千切られるゲルミュッドの身体。

グッチャッグチャバリボリグチャバキ。

うぇ……。喰ってやがる。

ゲルミュッドのもとまで歩み寄ったオークロードは、迷いなく手に持った肉切包丁《ミートクラッシャー》でゲルミュッドの首を刎ねた。そしてそのまま解体し、貪り喰う。

なんというか、ゲルミュッドは本当に小物らしい最期だった。

というか、俺だけではなくこの豚も狙ってたのか？

それとも、本能か？

どちらにせよ、厄介な事になった。

黄色く濁っていた目に光が宿り、知性の輝きが見て取れる。

数多の種族を喰って得た力に侵食され、暴走していたであろうオークロードが、自らの自我を取り戻したのだ。

こんな事態は想定していなかった。まさか、黒幕を喰らうとは……。しかも、その力まで自分のものにしてしまったようである。

先程までとは比べ物にならない、強い妖気《オーラ》を感じる。

《確認しました。個体名：ゲルドの魔素量《エネルギー》が増大しました。魔王種への進化を開始します……成功しました。個体名：ゲルドは、豚頭魔王《オーク・ディザスター》へと進化完了しました》

うわあ……これが、世界の言葉、か。

って、そんな場合じゃない。これは、やっちまったか。

いつでも倒せると余裕ぶっこいていたら、とんでもない事になってしまった……。

本当に、マジで勘弁してもらいたい。

間違いなく、俺の責任である。

ほらな、調子に乗ったらこの様だよ。

ゲルミュッドが思ったより弱かったし、黒幕を倒したら終わりだと甘く考えたのが失敗だった。

さっさと始末しておけば、というのは今更である。

殺せる時には殺しておく、これが鉄則である。

今後の課題としよう。反省しなければ意味はないんだけどね。

それはともかく……。

コイツをどうするか？　悩んでいても無駄である。

どうにかして倒すしかないのだから。

俺の内心などお構いなく、状況は動く。

現実は待ってはくれないのだ。

「グルァアーー!!　オレは豚頭魔王《オーク・ディザスター》、この世の全てを喰らう者なり!!〝名〟をゲルド。魔王ゲルドと呼ぶがいい!!」

名乗りを上げる豚頭魔王《オーク・ディザスター》ゲルド――いや、魔王ゲルド、か。

ゲルドにとっては、ゲルミュッドの野望を叶えてやった、ただそれだけの事。

ゲルミュッドがゲルドに魔王になれと望んだから、最短で進化出来る方法を選択しただけなのだ。

ゲルミュッドの望みのままに。

それがゲルドの精一杯の忠誠心だったのだが、俺がその事に気付く訳もなく……。

「なんて化け物だよ……」

と、うんざりするのみである。

爛々とした、知性の輝きを放つ目。

ゲルミュッドなど比較にならない程の、強烈な存在感。

これが、魔王――

先程までとは圧倒的に異なる、数倍に膨れ上がった魔素《エネルギー》。魔王を自称するだけの事はある。

というより、〝世界の言葉〟が言うところの、〝魔王種〟というヤツか。今は自称でも、覚醒すれば本当に魔王になるのだろう。

コイツは――今殺しておかなければ、本当の災厄の魔王《ディザスター》になる。俺はそう確信した。

ベニマル達が戦闘態勢入った。

魔王ゲルドを脅威と認識したのだろう。

今まで浮かべていた余裕の笑みを消し、真剣な表情になっている。

「リムル様！　ここは、俺達が！」

ベニマルの言葉を待たず、シオンが動いた。

一閃。

大太刀を振り抜き、一撃を加える。

力任せの全力の一撃――エクストラスキル『剛力』と『身体強化』により途轍《とてつ》もなく強化されたそれを、片手で持つ肉切包丁《ミートクラッシャー》で受け止めようとする魔王ゲルド。

流石にそれは適わなかった。右手も添えて、シオンの猛撃に対抗する。

「薄汚い豚が魔王だと？　思い上がるな！」

そう叫びながら自らの大太刀に妖気《オーラ》を纏わせ、大上段から振り下ろすシオン。クロベエの鍛え上げた一品が、妖しく鈍い光を纏った。

両者一旦離れ、間をおかずに再度激突する。

大太刀と肉切包丁《ミートクラッシャー》がぶつかり、戦場に激しい火花を散らした。

互角に見えた両者の鍔迫《つばぜ》り合いだったが、徐々にその優劣が明確になる。

魔王ゲルドの全身の筋肉が盛り上がり、鎧が同化したように脈動し始めたのだ。

押し勝ったのは——魔王ゲルド。

ただでさえ筋力馬鹿の、『剛力』と『身体強化』持ちであるシオンを上回る筋力。身体能力も圧倒的に強化されているようで、溜息をつきたくなる。

シオンは弾き飛ばされ、そこにゲルドの追撃が迫った。

危険を察知し、大太刀で受け流しつつ自ら後方へ飛んで威力を軽減させたようだが、今のでかなりのダメージを受けてしまったようだ。

悔しそうな表情をしているが、動けるようになるまでしばらくかかりそうである。

しかし、この場にいるのはシオンだけではない。

シオンへの追撃を仕掛けた魔王ゲルドの背後に、一人の壮年の侍が立つ。

ハクロウだ。

俺ですらやっと認識出来る程の速度で、仕込刀による居合いを放った。そしてその刀身は、練り上げられた闘気により淡く光り輝いている。揺らぐ事なきその光が、ハクロウの闘気の錬度の高さを証明していた。

受ける事はおろか、回避する事も不可能。

魔王ゲルドの身体に剣線が走り、胴体を真っ二つにする。さらに返す刀で首を薙ぎ落とした。

これは流石に死んだだろう。そう思ったのだが、それは甘い考えだったようだ。

魔王ゲルドの上下に分かれた胴体が、触手のように絡みつく黄色い妖気《オーラ》によって繋ぎ止められる。そして何事もなかったように屈み込んで、落ちた頭を拾い上げ元の場所に戻したのだ。

ホラー映画のような光景に、皆一様に言葉を失った。

ハクロウも驚きに目を見開いている。

今ので確信した。

魔王ゲルドの最も恐るべき能力は、その凄まじいばかりの回復能力である、と。

今はまだ、各種耐性を持っていない。それなのに、この回復力。この化け物が各種耐性を獲得してしまったら、殺す事など出来なくなってしまうだろう。

その時――

「操糸妖縛陣《そうしようばくじん》！」

ソウエイが『粘鋼糸』によって、魔王ゲルドを捕縛した。

ハクロウの影に潜み、完璧なタイミングにて魔王ゲルドの動きを封じたのだ。

「やれ、ベニマル!!」

ソウエイの叫びを聞くまでもなく、ベニマルは動く。

いきなり黒炎獄《ヘルフレア》をぶっ放したのだ。

既に四発も撃って魔素量《エネルギー》が少ないからか、それとも対個人用に設定しているのか、小さめの半球形《ドーム》がゲルドを中心に形成される。『粘鋼糸』により動きを封じられている魔王ゲルドには逃げる術はなかった。完全に『結界』に囚われたのだ。

結界内部を高温の嵐が吹き荒れ、魔王ゲルドを焼き尽くそうとその猛威を振るう。その温度は半球形《ドーム》の大きさに左右されないらしく、確実な死をゲルドに与えるはずだった。

が、しかし――


数秒後、半球形《ドーム》が消失した場所に悠然と立つ魔王ゲルド。

自分の必殺の攻撃が通用せず、顔をしかめるベニマル。

確かに、黒炎獄《ヘルフレア》は強力だ。しかし、あくまでもエネルギー効率を考えた技でありイフリートのように熱量で押し切る事は出来ないのだ。瞬間的高温で全てを焼き尽くす事に焦点を当てているのだから。

少ないエネルギーでイフリート並みの高温を生み出す点は優秀だが、抵抗力の高い相手なら防御に集中する事で耐えきられてしまうのだろう。

もっと持久力があったなら、おそらく抵抗《レジスト》や再生を許さず完全に焼き尽くす事が出来たのだろうが……。

あるいは、より集中させて全てを焼き尽くす超々高温を生み出すか――

効いていない訳ではない。耐熱能力は持っていなかったらしく、皮膚は焼け爛《ただ》れている。それでも致命傷になっていないのは、妖気《オーラ》を放出し抵抗《レジスト》を行ったからだった。

そして生き残った以上、先程見せた脅威の回復力がある。

おそらく、スライム等の特殊な魔物が持つ『自己再生』まで獲得していたのだろう。焼け爛れていた皮膚が、見る間に再生を開始している。その上、ゲルドが何かを呟いた瞬間、一気に回復速度が上昇したのである。

ゲルミュッドの持っていた回復魔法まで継承したらしい。この二つの効果が相乗すると、俺の『超速再生』に近い復元力を発揮するようだ。

俺が分析している間にも、戦いは続く。

ベニマルの与えたダメージが回復する前に、ランガが追撃を仕掛けたのだ。

俺が試したように、『黒稲妻』を一点に収束させて、放つ。小細工なしの全力の一撃。

直撃を受けて、魔王ゲルドが硬直した。

黒く炭化し、その場に崩れ落ちたのを見て、俺は勝利を確信する。

そりゃそうだろう。俺でもこの攻撃には耐えられる自信はない。『分身体』なら黒コゲ確定なのだ。

全員で倒す感じになってしまったが、悪く思わないで欲しい。

おそらく、鬼人《キジン》の誰でも一対一では勝てなかっただろうから。

ランガは今の一撃で魔素《エネルギー》が空になったようだ。『黒稲妻』のエネルギー消費量はかなり多い上に、全力を注いだ結果である。うずくまり、動けなくなっている。

本来なら余力を残す方がいいのだが、今回はそうも言っていられなかったのだし良しとしよう。

だが、これでようやくこの戦も終わりか……俺がそう思ったその時。

「――コレが、痛みか」

炭化し死んだと思われたのに、魔王ゲルドが起き上がったのである。

どうやら、戦いはまだ終わっていなかったのだ。

＊

「嘘だろ……」

俺は思わず呟いていた。

とんでもなく常識外れの化け物過ぎて、現実味が無くなっている。

見れば、自らの腕を引き千切り、喰っていた。

そんなゲルドのもとへ走りよるオークジェネラル。

「王よ、この身を御身とともに――」

見つめ合い頷き合うと、魔王ゲルドはオークジェネラルへと手を伸ばした。

オークジェネラルを無造作に殺し、喰らう。

なんてヤツだ……。喰う毎に炭化した皮膚が剥がれ、新たな皮膚が生まれている。

そして、自ら千切った腕は根本から生え出てきた。

喰う事で失った細胞を補給し、『自己再生』と回復魔法で無限に再生出来るのだろう。

本当に、凄まじい回復能力である。

冗談抜きで、これでは即死させないと勝利は難しい。

それとも、塵も残さずに消し去るか……。

ハッキリしているのは、俺の配下で最強の五名が同時にかかっても勝てそうもないという事だ。

その時、魔王ゲルドが雄叫びを上げた。

「足りぬ。もっとだ、もっと大量に――喰わせろ!!」

絶叫するように叫び、その身より黄色い妖気《オーラ》を迸らせた。

「喰らい尽くせ、混沌喰《カオスイーター》!!」

意思を持つ触手のように、黄色い妖気《オーラ》が周囲の死体へと殺到する。

触れるモノ全てを腐食させ、喰らう。あの黄色い妖気《オーラ》そのものが、魔王ゲルドの能力の真髄なのだろう。

事実その技は、ユニークスキル『飢餓者《ウエルモノ》』の能力である『腐食』が組み込まれていた。腐食効果を伴い、接触する全ての物質を腐らせるという効果である。抵抗《レジスト》に失敗したら腐食し、生物ならば死が訪れる。恐るべき技だったのだ。

俺はそれを本能的に察知し、全員へ退避の命令を出した。

「全員散れ！」

俺の命令を聞くなり、ベニマル達も後方へと退避する。

「ゴブタやガビル達リザードマン共にも伝えろ、こっちへは近寄らせるな」

「リムル様は？」

俺の命令にベニマルが問いかけてきた。

それに答えようと口を開きかけた時——

「お前達も、オレのエサとなるがいい。死ね、餓鬼之行進演舞《デスマーチダンス》!!」

さっきゲルミュッドが使ったのと同じ技だ。だが、凶悪さは格段に上がっている。ただでさえ込められた魔素量《エネルギー》が増大しているのに加え、一つ一つの魔力弾に『腐食』効果が付与されていたからだ。

まともに喰らったら、鬼人達も無事ではすまないだろう。

だから俺が——なんとかするしかない。

俺は、自分の身体が震え出すのを止める事が出来なくなった。

この震えは、本能から来る震え。

ヤバイな。どうしようもなく、震え出す。

——コレが、恐怖か？

いや、違う。

コレは——歓喜。

そうか、俺は喜んでいたのか。

そう——

俺は身体の奥底で、本能が狂ったように喜び騒ぐのを止められなくなっていた。

俺の配下で最強の五名が同時にかかっても、勝てそうもない相手。

それなのに、俺の心に恐怖はなかった。

最初に感じた憂鬱など、この時点で既に吹き飛んでいる。

そうだ。俺はコイツを、敵として認めたのだ。

面倒だなんて思って悪かったな。

今こそ本気で、お前の相手をしてやろう!!

俺に向かって、無数に分裂した魔力弾が襲いかかる。

それを『捕食者』で飲み込んでいると、黄色い触手が俺に絡みついてきた。

魔王ゲルドの餓鬼之行進演舞《デスマーチダンス》の魔力弾は、自分で意思を持つかのように踊り狂いながら、俺に喰らいついてきたのだ。

黄色い妖気《オーラ》を纏い、混沌喰《カオスイーター》としての本能を解き放って。

俺の身体に纏わりつく粘ついた感触。

『多重結界』越しであっても不快だった。

――そうか、俺を喰おうっていうのか？　いいぜ。やれるものならやってみろよ！

高ぶる本能のままに、俺は薄く笑みを浮かべた。

俺を喰おうというのなら、その前に俺がお前を喰ってやる。

俺は静かに仮面を外し、懐にしまう。

俺と魔王ゲルドは、こうして激突の時を迎えたのだ。

＊

普通に考えるならば、俺が魔王ゲルドに勝つのは難しい。

纏わりつく黄色い妖気《オーラ》をそのままに、ゆっくりと刀を抜いた。

不快ではあるが、大してダメージは受けていない。『腐食耐性』は持っていないが、攻撃属性が物理攻撃に該当するのだろう。小さなダメージは受けているが、それは『超速再生』で回復出来ている。

俺は一気に間合いをつめ、魔王ゲルドへと斬りつけた。しかし、肉切包丁《ミートクラッシャー》であっさり受け止められて、逆に弾き飛ばされてしまう。

そりゃそうだ。

俺より力が強いシオンでさえ、力負けした相手なのだ。

何より、剣術の腕前で俺を遥かに凌駕するハクロウの技でさえ、通用しなかった相手なのである。

俺は再度、高速移動で敵を翻弄しつつ、斬撃を試みる。

あらゆる角度から、弱点はないのか探るように。

無駄なのはわかっていたが、繰り返すのは止めない。受け止められ弾き飛ばされても、愚直に全ての攻撃を試みて確信する。

俺は弱い、と。

考えてみれば、俺の配下の主力五名。付け加えるなら、シュナにクロベエも。

皆、俺のスキルの一端を受け継いでいるが、その能力を扱う上で俺を凌駕していた。

ランガの『黒稲妻、風操作』
ベニマルの『黒炎、炎熱操作』
ハクロウの『思考加速』
シオンの『剛力、身体強化』
ソウエイの『影移動、分身体』
シュナの『解析者』
クロベエの『研究者』

代表的なスキルだけ見ても、違いは明白である。

引き継いだスキルは俺の劣化版であったり一部だけであったりと、劣ったものなのは間違いない。だが、俺よりも効果的にスキルを使いこなしていた。

一人一人と一対一で戦うならば、全力を出せば勝てると思う。しかし、数名同時だと負けるだろう。それ程までに、俺の配下となった者達は強いのだ。

それなのに、魔王ゲルドは主力五名を同時に相手出来るだろう。そして、間違いなく勝利する。

それが、『大賢者』で分析した戦闘結果だった。

決定打に欠ける五名は、いずれ魔素《エネルギー》が尽きて敗北するのだ。

まともに戦って、俺の勝てる相手ではない。

そう、まともに戦うならば。

ベニマル達は、俺より上手く能力を操れる。

その理由はなぜなのか？

ハクロウは単純に鍛えた技量《レベル》が高いからだが、その他の者は違う。

その答えは、自らの技能《アーツ》との融合だったり、本能のままに制限を設ける事なく本来の性能を解き放ったり出来るからだ。

彼等は能力を上手く取り入れ、俺より効率的に使用出来ている。

だから彼等は、強い。

俺が『大賢者』で何度かシミュレートしてみても、数名同時を相手にしては勝利は難しかった。

だが、果たして本当にそうなのか？

いや、そもそも……本当に〝俺〟は弱いのか？

その答えは——


まず、前提として。

俺の能力の大半は、魔物から獲得したモノである。

生まれつき持つ能力ではないがゆえに、まともに能力を理解する事から始める必要があった。

車に乗れる＝免許を持っているではない。まして、プロの運転手《ドライバー》に勝てる道理はない。

もっと端的に言えば、素人にフォーミュラカーを与えても、運転など出来やしないのだ。

しかし、だ。

俺がこの世界へと転生を果たした時、既に持っていた能力もある。

それは、生まれつき所持していた能力。

俺に馴染み意のままに操る事が出来る、その能力。

そのスキルならば、俺にも使いこなす事が可能だろう。

だから一言、命令する。

「出番だぞ『大賢者』、さっさと敵を打ち倒せ‼」

《了。自動戦闘状態《オートバトルモード》へ移行します》

——これが、先の問いへの答えであった。

●

魔王ゲルドは歓喜した。

中々骨のある強力な魔物達が五匹もいた。

ゲルドに痛みを与える程の強者ならば、エサとして申し分ない。より強い者を喰らい、魔王として更に進化出来ると考えたのだ。

料理して食べようとした矢先に、一体の魔物が立ち塞がった。

ゲルドは腹が減っていた。

多大なるダメージを受け、その再生には肉が必要なのだ。

だからこそ、邪魔をしたその魔物に怒りを感じる。

仮面を被った変な魔物。

つまらぬ相手だ。そう感じた。

妖気《オーラ》をまるで感じさせず、人間にしか見えない。しかし、翼を出して飛んでいたのを見たので、魔物であるのは間違いなかった。

五匹のエサにトドメを刺そうとしたついでに、その魔物も殺すつもりだった。

だが、不思議な事にゲルドの攻撃が通用せず、五匹のエサを逃がす事になってしまう。

その魔物は、一人でゲルドの前に立つ。

ゆっくりと仮面を外した下から、月の光のような美しい銀髪の可愛らしい少女のような素顔が覗いた。

その表情は、可愛らしさとは裏腹に、邪悪な笑みを浮かべていた。

まるで——今から戦うのが楽しみで仕方ない、そう言わんばかりに……。

仮面を外した途端に、抑えていたのだろう妖気《オーラ》が漂い始める。

ゲルドは微かな違和感を覚えた。

(気のせい、カ。今、底知れぬ妖気《オーラ》を感じたような気がしたガ……)

しかし、ゲルドの警戒に反して、無駄な攻撃を繰り返すその魔物。

やはり気のせいだったのだと判断するゲルド。

(先に貴様から喰らってやるワ!)

自分の食事を邪魔するというのなら、ゲルドが容赦する必要はない。

それに思ったよりも魔素量《エネルギー》が多く、上質なエサであるようだ。

纏わりつくように斬りかかってくる魔物を弾き飛ばし、ゲルドはトドメを刺すべく肉切包丁《ミートクラッシャー》を構えた。

だが、その時――

それまで愚直な攻撃を繰り返していた相手が、突然立ち止まった。

(なんのつもりダ?)

少女のような魔物の表情が抜け落ち、一切の感情が消えたような能面となっている。

そして、こちらを見るその、瞳。

金色に輝き、こちらを値踏みするような――

ゲルドがそう思ったのは一瞬、目の前に舞う左腕を目にするまでだった。

(――!?)

何が起きたのか理解しつつも、それを認めるのが躊躇われる。

己の左腕の肘から先が、瞬く間に斬り飛ばされたのだ、などと……。

その斬り飛ばされた左腕を、『黒炎』が燃やし尽くす。

魔物の手に持つ刀が、黒い炎を纏っていたのだ。その炎はまるで熱を感じさせず、刀を凄然と煌かせている。しかし、斬られた左腕が一瞬で炭化した事からも、途轍もない高温である事は明白だった。

(――敵ッ?)

そう、敵だ。

今までエサと思っていた相手。しかし、今は違う。先程までとは、圧倒的に異なるその存在感。

進化し、初めてまみえる敵の存在に、魔王ゲルドの全身に緊張が走った。

そして感じる違和。

(おかしい――腕の再生が始まらぬ、だト!?)

慌てて腕の先を確認すると、いつまでも消える事なく『黒炎』がそこで燃えていた。その熱で、腕の再生を封じていたのだ。

妖気《オーラ》が敵と繋がっている。つまり、この技を仕掛けた相手を殺さぬ限り、炎が消える事はない。

ゲルドの目に怒りが灯る。

肩口から腕を引き千切って、喰らう。その上で、根本から腕を再生させた。

そして考える。

今まで足りていなかった力を能力で補っているだけだ、と。

速度は中々のものだが、力はゲルドが圧倒している。ならばこそ、全力で叩き潰しその速さと能力も奪えば良い――と。

先程を上回る速度で切り込んでくる魔物にあわせ、肉切包丁《ミートクラッシャー》で刀を受け止めた。

ところが、相手の刀とぶつかった瞬間、その熱に耐えられずに肉切包丁《ミートクラッシャー》が『黒炎』に飲まれて溶け去ったのだ。

(馬鹿ナッ!?)

慌てて身を引く魔王ゲルド。

敵？　いや違う。脅威、だ。

コイツは、自らの全力で喰い殺さなければならない。さもなければ喰われるのは自分だと、ゲルドはようやく悟ったのだ。

ゲルドの妖気《オーラ》が膨れ上がり、周囲に衝撃波を放った。


魔物が衝撃波を受け流すのを横目に、ゲルドは全力で餓鬼之行進演舞《デスマーチダンス》を撃ち放つ。

空中で八つに分裂し、次々に対象へと襲いかかる魔力弾。一発一発がユニークスキル『飢餓者《ウエルモノ》』により強化され、『腐食』効果が付与されている。

舞うように魔力弾を回避しつつ、追尾するそれを一つ一つ吸収して見せる魔物。

ゲルドは嗤《わら》う。

(今こそお前ヲ、喰らってやろうゾ!!)

最早さっきの五匹の事など頭になく、目の前の獲物を喰らう事のみ考える。

魔力弾に気を取られている魔物へと迫り、掴みかかるゲルド。

相手も寸でで気付き、向き合う形でがっぷりと組み合う事になる。

力はゲルドが上。このまま捻《ひね》り潰して――そう思った時、バランスを崩してうずくまる。

魔物がゲルドの膝を蹴り砕いたのだ、と気付いた。

可憐な少女のような外見からは想像も出来ぬ、素早く重い蹴りだった。

だがそれでも、ゲルドは手は離さない。

(グワハハハッ!!　面白い、このまま喰らってくれるワ!!)

獲物は手の中にいて、あとは喰らうだけである。

獲物が何をしても無駄なのだ。多少のダメージなどゲルドにとっては問題とはならない。今砕けた膝でさえ、既に再生は終わっているのだから。

ゲルドの手の平から黄色い妖気《オーラ》が溢れ出し、獲物への侵食を開始した。

ユニークスキル『飢餓者《ウエルモノ》』の能力であり、相手を直接に『腐食』させる。そして、相手の生命活動を完全に停止させ、自らの養分へと変換するのだ。

喰いたいという思考一色に染まり、能力の全てを『腐食』へと注ぎ込むゲルド。

やがて――相手は抵抗虚しく、徐々にその身体を溶け崩れさせていく……。

●

俺の思い通りの展開になった。

ユニークスキル『大賢者』のサポートを全面に受けて、能力を駆使し戦った。

能力を使いこなしているが、俺の技量《レベル》が上がった訳ではない。戦っているというより、『大賢者』に戦わせているという方が正確なのだ。

最適化された戦闘方法で戦う事が出来たのは、『大賢者』に全てを任せたからだった。俺の睨んだ通り、『大賢者』は能力《スキル》を完全に操って見せた。

ゲルドに力で敵わぬと見るや、刀までも『多重結界』で覆いその上に『黒炎』を纏わせて攻撃した。刀の損耗を防ぐだけでなく、攻撃力も大幅に上昇している。

俺には使いこなせていなかった能力も、『大賢者』ならば容易く扱えた。全ての情報を読み解き、適切に次手を打つ。まるで詰将棋《つめしょうぎ》のように、『大賢者』は魔王ゲルドを手玉に取った。

それでも、油断は出来ない。魔王ゲルドは俺の速さに対応しだしていたし、このまま戦闘が続くと更なる進化をする可能性があったのだ。それこそ、『炎熱耐性』でも獲得されてしまっては、目も当てられないというものである。

いや、もしかすると、既に――

それに、俺と同じ事が魔王ゲルドにも言えるのだ。今は進化したてであるから、まだそのスキルを使いこなせていないと言える。時間とともに俺の優位性は失われるかもしれない。

俺がそうであるように、魔王ゲルドもまた進化の途上なのだから。

だからこそ、この形に持ち込む必要があった。

この組み合いになるという状況も、『大賢者』の思惑通りだったのだ。

魔王ゲルドを『黒炎』で焼き尽くすのは難しい。再生能力が高過ぎて、完全に消し去るのに時間がかかるからだ。炎化爆獄陣《フレアサークル》で捕らえて、数分間閉じ込める事が出来たら倒せるだろうが、その為にはこうやって抑え込んでおく必要があったのである。

瞬間的に相手を圧倒し、最も相手の得意とするスキルでの戦いへと誘導する。

魔王ゲルドは見事に策に嵌《は》まり、力勝負へと持ち込んできたのだ。

全ては『大賢者』の予測通りであった。

魔王ゲルドはこのまま俺を『腐食』させ、喰うつもりだ。だがその前に、炎化爆獄陣《フレアサークル》を発動してしまえば俺の勝ちである。

完全に読みきった『大賢者』は、流石と言っていいだろう。

だがしかし、俺がチラッと考えた可能性――『大賢者』が極小確率であるとして切り捨てた可能性――が、ここにきて現実のものとなる。

「グワハハハッ!! オレに炎は通じぬようだゾ?」

『範囲結界』の中に俺ごと魔王ゲルドを封じ込め、炎化爆獄陣《フレアサークル》を発動させた。数千度の超高熱により燃え尽きるはずだった魔王ゲルドが、高笑いとともに言い放ったのがこのセリフである。

やはり、こういう最悪の予想というのは当たってしまうものなのだ。

《――!? 告。敵個体の炎への耐性を確認しました。至急計画の修正を――》

いつもと変わらぬ調子で、『大賢者』の声が告げる。

だが、俺にはその声が動揺しているように感じられた。

最悪だ。最悪の事態が起きてしまったといえる。

最後の詰めの段階で、盤面をひっくり返された気分であった。

だが、なぜだろう。不思議と俺の心に不安や動揺はなかった。まるで、こうなる事を望んでいたとでも言うかのように。

「そうかよ？　炎で焼け死んでいた方が、幸せだったかもしれないぜ？」

俺は不敵な笑みを浮かべて返事した。

魔王ゲルドの妖気《オーラ》――混沌喰《カオスイーター》――が、俺の『多重結界』を突き抜けて侵食してくる。痛みは感じないが、激しい不快感が俺の肌に纏わりついていた。

だが、それなのに――俺は喜びを感じたままだった。

そう、それでこそ。

俺が敵と認めた以上、これくらいは当然だろうから。

あとは任せろ、と『大賢者』へ念じ、身体の主導権を取り戻す。

俺の代わりに『大賢者』が戦ってくれていたので、俺はゆっくりと魔王ゲルドを観察する事が出来た。そして、千倍に思考加速させた時間を有効活用し、万が一の場合についても検討していたのだ。

ミスのないコンピューターのような思考では、確率で全てを判断してしまう。効率を求め、非効率な要素を切り捨てるのだ。

だからこそ、俺がいる。

非効率の塊のような、元人間としての不完全な思考を持つ、この俺が。

――だから相棒、悲観するなよ。お前は完璧だったぜ。だからあとは俺に任せてくれ――

と、心の中で呟いて、俺は魔王ゲルドを睨みつけた。

コイツは俺を喰うつもりだ。その予想は間違っていなかった。

ならば、手はあるのだ。

楽観的に考えて、俺が先に魔王ゲルドを喰ってしまえばいい話なのである。

俺は、粘体生物《スライム》だ。本来使えるスキルは、『溶解、吸収、自己再生』のみだった。

今はそれらは統合されて残っていないが、それを強化した『捕食者』というユニークスキルがある。スライムの能力と非常に酷似した、最高に相性の良いスキルが。

進化した『超速再生』が、魔王ゲルドの回復能力に劣るとは思わない。ならばこそ、互いが互いを喰い合うならば、勝利するのは俺であろう。

《――告。先に『捕食』出来る確率は――》

確率なんざ、どうでもいい。

心配するな、任せろって言っただろ？

魔王ゲルドが俺を『腐食』させ殺すのが先か、俺が魔王ゲルドを喰らうのが先か。

単純にして、明快。

勝率がゼロであったとしても、俺はこの策を実行する。

なぜならば――

俺も最初から、魔王ゲルドを喰うつもりだったのだから。

魔王ゲルドは自分の勝利を確信したのか、調子に乗って俺を溶かしていた。

それを利用し、相手の腐食攻撃で溶け出したように思わせつつ、崩れた身体を操作する。そしてそのまま、気付かれぬように相手に絡みついていく。

徐々に、相手の手の平から腕を伝い……。

相手が気付いた時は、既に俺の術中である。

俺は本能の赴くままに、スライム種の本来の戦闘方法で相手を取り込んでいた。

魔王ゲルドは慌てて俺を引き剥がそうとするが、既に全身を覆っているので不可能である。

「無駄だったろ？　残念だけど、お前のご自慢の怪力も、こうなっては意味がないだろ!?」

「ググッ、馬鹿ナッ!?　貴様、何を狙ッテ……」

「フッ。喰うのは、お前の専売特許じゃねーんだよ」

決まった。俺のセリフに、魔王ゲルドも悔しそうだ。

とはいえ、俺が有利という訳ではない。

状況は膠着状態へと移行した。

俺の『捕食』攻撃に対し、回復能力で対抗してくる。同時に、俺へ『腐食』攻撃を仕掛けてくるが、それは俺の『超速再生』で凌げるレベル。

お互いがお互いを喰らい合う。それはまるで、自之尾喰蛇《ウロボロス》に似て非なる現象だ。完璧主義の『大賢者』には考えつきもしないだろうが、俺が狙った通りの状況なのだ。

相手を喰い尽くした方が勝利する。

実に理解しやすい決着方法だ。

俺が勝つ為にこの状況へと持ち込む事こそが、勝利条件。『大賢者』の策が失敗した時に備えて思いついた訳ではなく、ただ俺の本能に従っていたら閃いただけの策だったけど。

使いこなせない能力に頼らずに、根源より本能の赴くままに行使可能な能力に頼る。それを実行したに過ぎないのだ。

俺の持つ能力。

粘体生物《スライム》の保有する『溶解、吸収』能力は、『捕食者』に統合されている。だからこそ本能のままに、『捕食者』の能力が発動するのだ。

それは、俺が捕食者《プレデター》だから。

魔王ゲルド、お前の持つユニークスキル『飢餓者《ウエルモノ》』は確かに強力なスキルだろう。

しかし、だ。お前のは、腐食者《スカベンジャー》なんだよ。

なんでもかんでも喰うのは凄いけど、倒して喰う事に特化した俺の能力の方が、この場合は優れている。

お互いが相手の事を喰い続けるのならば、先に新たな能力を獲得するのはこの俺なのだから。

俺の能力、ユニークスキル『捕食者《クラウモノ》』によって！

生きている相手からも能力を解析し得る俺に対し、

相手が死んでからしか能力を獲得出来ない魔王ゲルド。
この状況になった時点で、勝負は決したのだ。

＊

どれ程経ったのか。
俺たちはお互いに相手を喰い合っている。
勝利を確信して『捕食』に集中していると、不思議な声が聞こえてきた。

オレは負けるワケにはいかない。
オレは同胞を喰った。
オレは負けるワケにはいかない。
オレは魔王にならねばならない。
ゲルミュッド様を喰ったから。
オレは負けるワケにはいかない。
同胞は飢えている。
オレは負けるワケにはいかない。
腹いっぱい喰うのだ！

流れ込んでくる思念。
これは、魔王ゲルドのものなのだろう。
ふん。馬鹿じゃねーの？
お前が何を思おうとも、既に俺の勝ちだってーの。

だが、オレは負けるワケにはいかない……。
オレは同胞を喰った。
オレは……罪深い……。
だから、負けられぬ。

無駄だって。
教えてやるよ。
この世は所詮、弱肉強食。お前は負けたんだ。
だから、お前は死ぬ。

だが、オレは負けるワケにはいかない……。
オレが死んだら、同胞が罪を背負う。
オレは罪深くとも良い。

飢えぬ為には、なんでもやる覚悟が必要なのだ。
オレは魔王になる。
皆が飢える事のないように、オレがこの世の全ての
飢えを引き受けるのダ!!
そうだとも。
オレは、豚頭魔王《オーク・ディザスター》。
この世の全てを喰らう者。

それでも、お前は死ぬ。
だが安心しろ。
俺が、お前の罪も全て喰ってやるから。

何……だと?
オレの罪を……喰う⁉

ああ。
お前だけじゃなく——
お前の同胞全ての罪も喰ってやるよ。

オレの……同胞も含めて……罪を喰うのか……。
お前は、欲張りだ。

そうだな。
俺は欲張りだよ。
安心したか?
安心したなら、お前も喰われて大人しく眠れ。

ああ……。
オレは負けるワケにはいかなかった。
だが……。
眠いな。ここは……暖かい。
強欲な者よ。
貴方の行く道が、平穏である事などないだろうに。
それでも、オレの罪を引き受けてくれる者よ——
感謝する。
オレの飢えは今、満たされた——
豚頭魔王《オーク・ディザスター》、名をゲルド。

たった今、俺の中で奴の意識が消失した。

《確認しました。豚頭魔王《オーク・ディザスター》、消失。ユニークスキル『飢餓者《ウエルモノ》』はユニークスキル『捕食者《クラウモノ》』に吸収され、統合されました》

俺の勝ちである。

腹ペコな奴が、飢える事なきこの俺に勝てるハズなどないのだ。

そして、俺は目を開ける。

奴と、奴の同胞――豚頭族《オーク》の罪も、この身に背負って。

＊

「俺の勝ちだ。安らかに眠るがいい、豚頭魔王《オーク・ディザスター》ゲルド――」

静寂に包まれたその場所で、俺は勝利を宣言した。

その瞬間、ゴブリン＆リザードマンの陣営からは歓声が、オーク陣営からは悲嘆の声がそれぞれ発生する。

豚頭族《オーク》の侵攻はこの時点を以って終了した。

お互いに喰い合っている際に流れ込んできた思念により、ゲルミュッドの野望が原因であった事は判明している。

ただ気になったのは、ゲルミュッドを操る者が存在していたのではないだろうか、という事だ。

戦いの最中にも、〝魔王〟の後ろ盾がいるとか口走っていたし。あれがハッタリなのか本当なのかは、今となっては確かめようもないのだが。

まあ、警戒するにも情報が足りないのだ。

更に、オーク達もこのまま放置する訳にはいかない。

問題はまだ解決してはいない。

この日の翌日。

このあと、ジュラの森大同盟成立として歴史に刻まれる、重要な会談が行われる事となる。

ROUGH SKETCH

第七章

ジュラの森大同盟

Regarding Reincarnated to Slime

豪華な部屋に寛ぐように座る男が一人。

その男は、笑みを浮かべたような仮面を被っていた。

優雅な仕草で手を振って、側仕え達を下がらせる男。

側仕え達は洗練された動作で一言も発する事なく一礼し、部屋から退出していく。

その瞬間、今まで誰もいなかった壁側の長椅子から、楽しそうな声が聞こえた。

「ゲルミュッドはあかんかったな。あんだけ協力したったのに、肝心な所で全部失敗してもうたわ」

その声の主は、奇抜な服装と怪しい仮面の男――ラプラスだった。

ラプラスは別段どうでも良さそうな口調で話しかけながら、寛ぐ男の前まで歩いていく。

「フッ。私との関係を洩らさずに死んだのだ、何も問題はないさ」

「せやな。しゃーけど、せっかくお膳立てしたのに、新しい魔王は生まれへんかったんは痛いんちゃうか？　共闘だけでなく、手駒となる魔王を生み出したいいうんが、今回の作戦の肝やったんやろ？」

そう言いながら、向かい合うように椅子に腰掛けるラプラス。

そんなラプラスに親しげに頷く男。

「君が魔王になってくれたら、こんなにも苦労する必要はないのだがね」

「アカンって。そんな面倒事までは、よう引き受ける事出来ひんわ。魔王いうたら化け物ぞろいやし、下手な事したらワイも危ないやん。最後に魔王が誕生したんは――」

「魔王レオン。人間の〝魔王〟レオン・クロムウェルだよ」

「――せやったな」

その瞬間、二人の周囲の温度が低下したかのように、冷気が漂い始めた。

魔王に一番求められるモノ、それは実力である。

この世界で、魔王を自称する馬鹿はいない。

勝手に魔王を名乗っても、今いる魔王達の逆鱗に触れて殺されてしまうだけだからだ。

だが、逆鱗に触れて襲ってきた魔王を返り討ちにした者もいる。そうした者は、自らの実力を以って魔王であると認められもするのだが……。

ここ数百年、そうした実力ある魔王など生まれてはいなかった。最後に生まれた魔王が、元は人間であったレオン・クロムウェルなのだ。

彼は、その妖しげな魅力で次々と配下の魔人を増やし、辺境の地にて魔王を名乗った。

それに激怒した魔王――呪術王《カースロード》が戦争を仕掛けたのだが、レオンによって返り討ちにされた。

それも、レオン一人の手によって。

その事態を受けて、魔王達は彼を新たなる魔王として認めたのだった。

だが、そうした実力による魔王誕生など、めったに起きる事態ではない。

本来なら新参で魔王を名乗るには、最低三名以上の魔王の後ろ盾を得る必要があったのである。新参の魔王に手を出すならば、その後ろ盾も同時に相手どる必要がある、そう思わせる為に。

この事に目を付けた魔王がいた。

魔王同士で腹の探りあいをしながら手を組む交渉するよりも、意のままに操れる魔王を誕生させた方が手っ取り早いと考えた魔王が。しかし、新たな魔王を誕生させるとなると、その他の魔王が黙ってはいない。だからこそ、自然に誕生したと思わせるよう慎重に計画を進めさせていたのである。

配下であるゲルミュッドの野望を刺激しつつ、自分との関係を秘匿させた上で。

凍りつくような空気を気にせず、口を開く男。

「まあ、レオンの事は置いておこう。問題は、既に二人の魔王に声をかけてしまったという事だよ。まさか……あそこまで計画が進んで失敗するとは、ね」

事実、この計画はヴェルドラが消える三百年後を想定して、何十年にも渡って慎重に進めさせたものだった。それが失敗に終わり、悔しくないと言えば嘘になる。

「せやけど、これ見てみ？　かなり凄いもん映ってるで」

そう言いながら、ラプラスが取り出したのは四つの水晶球だ。

豚頭将軍《オークジェネラル》の視点映像を記録したもの三つと、最後の一つはゲルミュッドの視点映像を記録したものである。

ゲルミュッドに複製品を渡す際、気付かれぬよう四つ目の水晶球に登録しておいたのだ。

そこに映し出された光景を見て、男も小さな驚きの表情を浮かべた。

オークジェネラルの水晶球は、彼等の活躍を映し出す。だが最後に、圧倒的な力を持つと思われる魔人達を映して終わっていた。おそらく、その魔人に殺されたのだろう。

あれは、鬼人族《キジン》――

何百年かに一度、老齢の大鬼族《オーガ》が進化するという、上位魔人。豚頭帝《オークロード》に並ぶ可能性を秘めた存在だった。

その能力は非常に高く、天を裂き地を砕くといわれている。その鬼人が、三体。

そして、見た事もない大型の魔獣。

雷と風を操るその姿は、超上位の魔獣である証明であった。歪な進化を遂げた牙狼族であるように思われるが、映像からの判断なので確かではない。しかし少なくとも、Ａランクオーバーの実力があるのは間違いなさそうだ。

Ａランク以上の魔物が四体。ゲルミュッド如きにどうこう出来る戦力ではなかった。

しかし問題は、最後の水晶球に映されていた光景である。

ゲルミュッドの前に、一人の人間が立ち塞がったのだ。

その人間は子供の姿をしており、仮面を被っていた。普通の人間であるハズがない。魔物が人に化けていると考えるのが正解だろう。

もしそうでないならば、新たな〝勇者〟が誕生したという事になる。

召喚者や異世界人は確かに高い能力を持つ場合が多いが、子供では使いこなせない。精神が成熟していないのに、能力を使いこなす事は出来ないからである。

しかし勇者が、魔物同士の争いに介入するとは考えにくかった。消去法で考えるなら、魔物の擬態と考えるのが妥当なのだ。

映像では、その子供に四体の上位魔人が従う様子が映されている。

そのまま戦闘へと映像は切り替わったが、ゲルミュッドが勝てる相手ではないのが明白だった。

最後に真っ暗になり、映像は途切れた。なんらかの攻撃で、ゲルミュッドが死んだのだろう。

映像を見終わり、男は深く溜息を吐く。

Aランクの上位魔人であるゲルミュッドを単体で圧倒する、子供。そして従えるのは、四体の上位魔人達。

オークロードがどうなったのか気になるが、これだけの戦力を前にしては勝ち目はないだろう。

それ程までの、無視しえない戦力だった。

「な、凄いやろ？」

「ああ、これは面白いな。だが、さて……どうしたものかな？」

楽しそうな笑みを浮かべつつ、男は思案する。

彼と同格である二人の魔王。今回の話――新たな魔王が生まれそうだという情報を流した相手を思い浮かべながら。

「せいぜい頑張ってや。もし協力が必要なら格安で請け負うたるわ。それじゃ元気でな、クレイマン」

ラプラスはそう言うと、思考に耽るその男を残しその場から消える。

その男――魔王クレイマンは、それから何度も映像を再生し、一人思考を続けるのだった。

《告。ユニークスキル『飢餓者』がユニークスキル『捕食者』へと吸収統合された事により、ユニークスキル『捕食者』がユニークスキル『暴食者《グラトニー》』へと進化しました》

戦いのあと、『大賢者』が俺へと告げたのだ。

似通った能力が統合され、上位互換として引き継いだようだ。

能力の解析を行い、そっと目を閉じる。

ユニークスキル『暴食者《グラトニー》』の能力。

それは――『捕食、胃袋、擬態、隔離』に『腐食、受容、供給』を加えた七つの能力からなる。

　腐食：対象物を腐食させる。腐食効果の付与。生物ならば腐敗する。魔物の死体の一部を吸収した際、能力の一部を獲得可能。

受容：影響下にある魔物の得た能力を獲得可能。

供給：影響下にあるか、もしくは魂の繋がりのある魔物へ対し、能力の一部を授与する。

というのが、新たな能力の性能だった。

軽く調べて見ると、凄いの一言に尽きた。

●

戦いは終わった。

強烈にヤバイ相手だったと思う。

もし、完全に進化完了していたら……おそらく、倒す手段がなかったかもしれない。

今だからこそ、勝てたのだ。

欲を言えば、進化する前だったら楽勝だったのに、という程度。

その点は自業自得でもある。調子に乗らず、さっさと殺せる時に殺していれば良かったのだから。なんとか倒せただけでも、幸運だったと言えるだろう。

だが、そんな反省も吹っ飛ぶようなご褒美があった。

そう。ゲットしましたユニークスキル!!

魔王ゲルドから、四つ目となるユニークスキルを獲得したのだ。とはいえ、それは俺の『捕食者』へと統合されてしまったようだけど。

『胃袋』が統合の結果、容量が倍以上に増えている感じだ。

『腐食』の怖さは体験している。良く見れば、防具破壊とかの効果もあるらしい。

問題なのは、『受容』と『供給』の二つである。

これはつまり、ベニマルやランガ達が進化して新しい能力を獲得した時、俺もその能力を獲得出来るという事だろうか？　そして更に、俺の能力を配下へと与える事が出来る、と？

《解。その認識で問題ありません。ただし、能力を与える場合は制限が存在します。元の能力が失われる事はありませんが、授与した対象が使いこなせない場合は、能力の獲得に至りません》

マジかよ……。

どうやら、俺の能力が強化されると配下も強化するし、その逆の現象も起きるという事のようだ。

能力授与に関しては、俺にデメリットはなさそうだ。受け取り手に才能がなければ意味がないという事だろう。誰でも彼でも能力を与えても良いという訳ではないし、問題はない。

あまりにも恐るべき能力となったものである。

流石に知識の共有等は出来ないし、魔法等も伝達しないようだけど。

無論、技量《レベル》は自分で上げる必要がある。日々の努力は大切なのだ。

しかしまあ、途轍《とてつ》もない能力を獲得したものだ。

流石は、豚頭魔王《オーク・ディザスター》。ゲルミュッドを先に喰われた時は残念に思ったけど、こっちの方が素晴らしい。お釣りが来るほど良い能力であった。

ちなみに、元々『捕食者』に備わっていたハズの『解析』は、ちゃっかり『大賢者』さんが自分に取り込んだみたいである。

あれ？　俺は許可を出した覚え所か、許可申請を受けた覚えもないんだけど……。

いや、気のせいだろう。

まさか、スキルでしかない『大賢者』が、そんな勝手な事をするはずもないし。

そもそも、『捕食者』に『解析』があったというのが勘違いかもしれないな。

そういう事にして、俺は深く考えるのを止めたのだった。

ともあれ、戦は終わりを告げたのである。

戦場に満ちた喜びや、悲しみ、そして絶望の思いが渦巻いている。

さてさて。

毎度思うけど、闘う事そのものよりも、戦後の後始末は大変なのだ……。

＊

魔王ゲルド討伐の翌日。

湿地帯中央に仮設されたテントに、各々の種族の代表が集っていた。

俺達は、俺とベニマル。そして、シオン、ハクロウ、ソウエイである。

ランガは俺の影の中。これもいつも通りだ。

俺はスライム状態でシオンの膝の上に収まっていた。

そもそも、魔王ゲルドを倒す時に思いっきり正体バレしてるから、今更隠す必要もない。

移動出来ない樹人族《トレント》の代わりに、トレイニーさんが来ている。『思念伝達』でオークロード討伐を告げるまでもなく、俺の前に現れたのだ。

なんでも、俺と魔王ゲルドの戦いの波動を感知したのだとか……。

この人も大概である。底知れない力を隠してそうだ。

蜥蜴人族《リザードマン》からは、首領と親衛隊長と副長。

ガビルは反逆罪で捕らえられ、牢に入れられたそうだ。親子とはいえ、示しが付かないと不味いのだろう。

馬鹿な奴だが、面白いところもあるんだけどね。口を挟める雰囲気でもないし、種族内での問題に口を出す訳にもいかない。これぱかりは仕方ないのだ。

子鬼族《ゴブリン》からも各族長が参加している。もっとも、上位種族に気圧されて、末席にて縮こまっているようだ。

彼等にとっては雲の上の存在である樹妖精《ドライアド》まで参加しているのだから、当然といえば当然か。

豚頭族《オーク》からは、唯一生き残ったオークジェネラル。

それと、部族連合代表の十大族長達。

皆顔色悪く、沈鬱な表情で俯いている。

今回の騒乱の原因となったのはオークであり、いくらオークロードに操られていたとはいえ、彼等に責任が及ばないという事にはならない。

それがわかっているからこそ、顔色が優れないのだろう。

更に、持ち込んだ食糧が底を尽きかけているのも原因だと思う。

ソウエイの報告によると、兵糧はそんなに準備されていなかったとの事。魔王ゲルドの『胃袋』にも、兵糧関係は収納されてはいなかった。つまりは、本当に食べる物がなかったのだ。

共食いによる、ユニークスキルの影響を受けて、飢えながらも進撃が可能だっただけの話。能力の影響下から出て、共食いなど出来るものではない。それどころか、能力から解放された事で栄養失調にて倒れる者まで出始めているようだ。

彼等の抜き差しならぬ現状が、重い空気を作りだしているのだった。

戦争責任を追及されても何もしようがないだろうし、賠償など行う能力もない。

それどころか、仲間を飢えさせている現状をどうする事も出来なかった事が、今回の戦争の原因なのだ。

どのみち、数が減ったとは言え未だ十五万匹もの兵がいるのだ。飢えさせず、全員に渡る食糧はないのだろう。

それだけの兵がいても、戦争を継続する能力がない事こそが、オークという種族の追い詰められた状況を証明していた。

ユニークスキル『飢餓者《ウエルモノ》』の影響下になければ、本当に飢えて死ぬだけなのだ。

そして、ゲルドの記憶を少し覗いた俺は、もっと詳しい事情まで知り得ていた。

十五万もの兵というが、実際に生き残っているのは女性や老人、子供まで混ざっている。

全部族総出でやって来たのだ、という事を——

原因は、大飢饉。

魔大陸側は、豊かな大地であり、魔王の庇護下にある安全な場所である。

強力な魔獣や魔物が暴れたとしても、魔王配下の魔人により、安全は守られている。

だが、その代償は当然あった。それが、高額の税である。

豊かな大地に住む権利を得る代償として、大量の農作物を納める必要があったのだ。

直ぐに繁殖するオークは、鉱山や農地での労働力として、魔王に必要とされていたのである。

しかし。税を納めぬ者に与えられるのは、死。

魔王が手を下す事はない。

魔大陸は、危険な場所でもある。豊かな資源を狙い、数多の魔物が襲ってくるのだ。その魔物達から守る税を納めない者を、魔王が守る事はない。

必然、その地は危険な場所と化す。

繁殖力の高いオークなど、大半が死んでしまったとしても直ぐに必要数に戻るのだ。

増え過ぎれば間引く必要があるが、放置していても問題ない。

彼等は、大飢饉により、納める税が足りなかった。

更に状況も悪かった。

オーク達の自治領は、三名の魔王の領土と接していたのだ。強大な力を持つ魔王の領土へ攻め込む事は、種族の滅亡を意味している。かと言って、魔王の庇護を失ったままでは、枯れ果てた大地で生き残る道など残っていなかった。

ゆえに、彼等は安住の地を追われるように、ジュラの大森林へと食を求めた。

彼等は彷徨うように、ジュラの森近郊まで逃げる。

襲い来る飢えの中オークロードが生まれたが、未だ力弱く魔物に対抗出来ずにいた。

そんな時、彼等に手を差し伸べたのがゲルミュッド。

ゲルミュッドの思惑に気付く事なく、彼等は差し伸べられた手に縋《すが》った。

こうして、ゲルミュッドの支援を受けて、今回の事変は始まったのである。

とまあ、これが俺の知り得た全てだ。

詳しい事まではわからなかったが、消える間際のゲルドの意識からは、これだけの情報が読み取れた。

これを知って、俺に出来る事はあるのだろうか……。

会議は重々しい空気で開始された。

ハクロウが進行役である。

最初、リザードマンの親衛隊長にその役をお願いしたのだが、引き受けてもらえなかった。

「私には、過ぎた役割であります!」

そう言って、固辞されたのだ。

敗者側から出す訳にもいかず、こういうのが似合いそうなハクロウに押し付け——いや、お願いしたという訳である。

ハクロウが会議の開始を宣言してから、誰も口を開かない。皆一様に、俺を見てくるだけである。


面倒くさい。正直、会議は嫌いなんだよね。

会議の多い会社は潰れるとも聞くし、有意義な話は専門家に任せるべきなのに。

仕方ない。

「まず会議を行う前に、俺の知り得た情報を伝えたい。聞いてくれ」

そう話を切り出した。俺がそう言った事で、皆顔を引き締めこちらを向く。

それを見返し、魔王ゲルドの知識とソウエイの調べた情報を皆に告げる。

オークが武力蜂起する事となった原因と、現在の状況を。

オークの代表は、俺からその話が出るとは思っていなかったらしく、驚いて俺を凝視している。

俺の話が進むにつれ、涙を流す者もいた。言い訳もさせてもらえずに、代表は殺されても文句は言えないとでも思い込んでいたのだろう。

話を終える。

そして、ハクロウに目配せし、会議の進行を促した。

「うぉっほん！　それでは、先ずは今回のオーク侵攻における損害について、確認を行いたい」

ハクロウが切り出した。

そうして、会議は動き出す。

リザードマンの首領が、自分達の被害を報告する。

それを俯いて聞きながら、言葉を発する事のないオークの代表達。

「では首領殿、オークに対して要求はありますかな？」

被害の確認から、それに見合う補償の要求へと話が進んだ。

実際の戦争なんて体験した事ないからわからないけど、勝った側が有利となるのは一緒なんだろう。

こんな会議の進行なんて、俺には無理だわ。

「特には。今回の勝利、そもそも我等の力ではない。リムル殿の助けあっての事ですゆえ」

補償の放棄とも言える事を言う、首領。

もっとも、出来る事の方が少ないだろうけど。

さてと。今度はオーク側の話かな？　そう思いオークの族長達を見た。

「発言をお許し頂きたい！　今回の件、我が命にて贖《あがな》わせて欲しい……。無論、足りぬとは思うが、我等に支払えるモノなどないのだ!!」

オークジェネラルがそう叫び、地面に頭を擦り付けるようにして俺へと訴えかけてきた。

必死の形相で、言い募る。

自分はAランクの魔物であり、かなりの量の魔素を得られるだろうから、それで皆を許して欲しい！　と。

そんな事をする気はないし、問題はそこではない。

やはり、会議は面倒だな。手続きや形式で、本質を語り合う時間が削られる。

もういいや。好きにさせてもらう事にしよう。

「待て。リムル様がお話があるそうじゃ！」

俺の雰囲気を察したのか、ハクロウが場を静める。

オークジェネラルも黙り、俺を見た。

その他の者も、同様に俺を見つめてきた。

この雰囲気は苦手だが、そうも言っていられない。

「ええと、こういう会議は初めてで苦手なんだ。だから、思った事だけを言う。そのあとで、俺の言葉を皆で検討して欲しい」

そう前置きしてから、俺は自分の考えを話し出した。

「まず最初に明言するが、俺はオークに罪を問う考えはない」

そう切り出す。そして、その理由について説明した。

良いか悪いかで言うなら、侵略行為は悪である。ゲルミュッドに利用されたのだとしても、その決断をした時点で同罪だ。

ただし、彼等が森に活路を見出すしか生き残る道がなかったのも確かであり、同じ立場だったならば、他の種族の者であっても同様の判断をしたかもしれない。

受け入れてくれと頼んだところで、それは他者の生活圏を寄越せと言うに等しい。素直に受け入れてくれる種族など皆無であったのは間違いないだろう。

人と違い弱肉強食である魔物ならば、尚更だった。

今更終わった事を論じても仕方ない。話し合うべきは、これからどうするのか、という事だ。

謝罪や賠償といった、過去ばかりを見ても仕方ないのだ。

それに何より、俺はオークの罪を引き受けると魔王ゲルドと約束したのである。強引だろうが何だろうが、俺の言葉を受け入れさせないといけない。

「というのが、俺の考えだ。皆の思いはあるだろうが、オークに対する処罰は行わない。なぜならば、それが魔王ゲルドとの約束だからだ。オークの罪を全て俺が引き受けたから、文句があるならば俺に言ってくれ！」

そう告げた。

俺を驚きとともに見つめるオーク達。

そんなオーク達を無視し、続ける。

「ベニマル、お前達は里を滅ぼされているが、文句はあるか？」

「ありません。そして、死んだ者達にも不満はないでしょう。弱肉強食こそ、俺達魔物に共通する唯一普遍の法律《ルール》ですからね。逃げずに立ち向かった時点で、覚悟は出来ていました。それに——俺達は、リムル様の決めた事に異論はありませんよ」

ベニマルに問うと、非常にアッサリと返答された。

他の鬼人達も、ベニマルの言葉に頷いている。どうやら誰も異論はないようだ。

次に、リザードマン達に視線を向ける。

俺が意思を問う前に、首領が静かに問いかけてきた。

「我等にも、その事に対する不満は御座らぬ。しかし、お聞きしたい事が……」

不満はないのか？　てっきり文句が出ると思ったんだけど。

思ったよりも物分りのよいリザードマンの首領の発言だが、聞きたい事とは何だろう？

「何か？」

「オークの罪を問わぬ、それは良いのです。我等もリムル様に救われた身ですし、偉そうな事を言える立場でもないでしょうしな。ですが、どうしても確認せねばならぬ事が御座います――」

首領は一旦そこで言葉を切ると、俺を真っ直ぐに見つめて続きを口にした。

「リムル様は、オーク全てをこの森にて受け入れろと、そう仰っておられるのですか？」

――来たか。この質問が出るのは当然であり、ここが正念場だった。

「その通りだ」

俺は鷹揚に頷く。

俺が認めると同時、会場は一気に騒然となった。

驚愕し、そんな事が許されるのかと呟き合うオーク達。

口から泡を飛ばすように何かを叫ぶゴブリン。

いくらなんでもそれは無理だと叫ぶリザードマン。

目を見張り、事の成り行きを見守るトレイニーさん。

いつもと変わらぬのは、俺の仲間の鬼人達のみである。

「静まれ!!」

ハクロウが一喝し、ようやく場に静けさが戻ってきたのはしばらく経ってからの事であった。

皆が思い思いに考えを口にして、ある程度落ち着くのを待ったのだ。

「君達の考えもわかるし、不安についても理解出来る。出来るかどうか不明というのもその通りだ。だが、俺は出来ると思っている。さっきも言ったが、先ずは俺の考えを聞いてくれ」

そう言ってから、俺は自分の考えを説明し始めた。

普通に考えるなら夢物語でしかないような、ジュラの森大同盟計画の構想を。

*

そもそも、この場で処罰せずに解散となったとしても、生き残ったオーク達は結局は飢えて死ぬ。

生き残った者達は、統率も取れずに各個にリザードマンやゴブリンの村を襲うだろう。

何しろ食べる物がなく、生きる場所がないのが原因なのだ。根本的問題を解決しないままでは意味がない。

そこで、この同盟である。

リザードマンからは良質の水資源と、魚等の食べ物を。

ゴブリンからは、住む場所を。

俺達の町からは、加工品。

そして見返りとして、オークからは勤勉な労働力を提供してもらうのだ。

住む場所は各地に散ってもらう形になるが、連絡伝達を担ってもらえるようになると思う。

どうせ、同時に十五万もの数を受け入れられる場所はない。山岳地帯、麓部、川辺、森林内部と別れて住むしかないのだ。

住む家等の技術支援は、俺達で行う。ただし、自分達の事は自分達でやってもらうつもりだ。

何しろ、俺達の町も人口が少な過ぎて手付かずな事が多く、他所の事まで面倒を見る余裕などない。むしろオーク達を扱《こ》き使い、一気に労働力を獲得しようという魂胆であった。

オーガが支配していた地域も空いているが、ここにはいずれ町を作ろうと思う。山の麓に広がる森があり、豊かな資源が採れそうな場所らしいから。

俺達の町が完成してからの話だけど。

その頃にはオーク達も技術を身につけて、自分達で町を作れるようになってもらうつもりである。そうなれば、各地に散った者達も一緒に住めるようになるだろうから。

そういった内容を説明していく。

皆一様に、俺の説明に聞き入っている。

俺は最後に、

「というのが俺の考えだ。ジュラの大森林の各種族間で大同盟を結び、相互に協力関係を築く。多種族共生国家とか出来たら面白いと思うんだけどな」

と結んで話を終えた。

先程までとは異なり、異様な興奮がこの場を満たしていた。会議に参加した者達の気持ちが、熱気となって伝わってくるようである。

不安が払拭され、希望が心に灯るかの如く。

なぜか俺を抱きかかえるシオンが、偉そうにフフンと胸を反らしたのが納得いかないけど。

でも、胸が俺に当たって、プヨヨン！

まあ許そう。俺は寛大だ。

「わ、我々が……、町を作る……!?　その同盟に、我々も参加してもよろしいのでしょうか？」


オークジェネラルが恐る恐る、問いかけてきた。

「帰る場所も行く当てもないんだろうが。居場所を用意してやるから、働けよ？　サボる事は許さんよ？」

「――ははっ!!　勿論、勿論ですとも。命がけで働かせて頂きます!!」

一斉に立ち上がり、その場に跪くオーク達。涙を流し、感激に震えている。

「我等に異論はない。いやむしろ、ぜひとも協力させて頂きたい！」

リザードマンの首領も力強く頷いた。計画への参入に乗り気であるらしい。

と思っていると、オーク達と同じく俺の前に跪く。

見ると、ゴブリン達までも真似をし始めた。

あれえ？　同盟を結ぶのにそういう仕来たりでもあるのだろうか？

「何をなさろうとしておられるのですか？」

俺も皆と同じように地面に降りようとした所、俺をガシッと抱き込みつつシオンが聞いてきた。

「え、そういう儀式？　みたいなのがあるんじゃ？」

「ありません。本当にリムル様は……」

と、なぜか呆れたようなシオン。今回は鬼人達も皆呆れたように生暖かい視線を向けてきていた。

それからシオンも立ち上がり、俺を椅子の上に乗せた。そして、ベニマル達と一緒に並び、俺の前に跪く。

一体何がどうなっているんだ？　という俺の疑問に答えたのは——

「よろしいでしょう。森の管理者として、私、トレイニーが宣誓します。リムル様をジュラの大森林の新たなる盟主として認め、リムル様の名の下に〝ジュラの森大同盟〟は成立致しました!!」

などと、トレイニーさんが謳いあげるように宣言したのである。

そして、迷う事なく俺の前に跪いた。どうやら、トレントも同盟に参加する気満々らしい。

だが、ちょっと待って欲しい。

なんで俺がリーダー的立場になっているんだよ。打ち合わせも何もしていないのに、いつ決まったんだ。

なぜこういう事になったんだ!?　と言いかけた俺の言葉は、目の前に並んだ熱い視線により封じられた。

わかったよ、わかりましたよ……。

どうせオークの命運も俺が背負っているのだ。森の盟主だろうが何だろうが、引き受けてやりますよ。

「そういう事になった。皆、宜しく頼む」

俺が仕方なくそう言うと、それを待っていたかのように全員が一斉に平伏した。

「「ハハッ!!」」

俺の投げやりな言葉とは対照的な、熱意に溢れる皆の同意であった。

流れ出る冷や汗が止まらない気がする俺を置き去りに、ジュラの森大同盟は成立したのだ。


だがな、問題が残ってるんだよ。

非常に大きく、悩ましい問題が。

興奮してる所非常に悪いけど、その問題を突きつける。

「静まれ。さて、と。同盟が成立した所で、最大の問題を解決する必要がある！　それは、食糧問題だ。生き残ったオーク十五万の民を、飢えさせないようにしなければならない。皆の知恵を貸して欲しい！」

　そう言って、最後の難問を突きつける。

　オークの持つ兵糧の備蓄は、残りは二週間分もない。ユニークスキル『飢餓者《ウエルモノ》』の影響下から離れた今、限られた食糧が枯渇したら終わりなのだ。

　今から農作物を育てても間に合わないし、魚を捕まえるにしても根絶やしにしてしまう。

　とても困った問題なのである。

　リザードマンの食糧の備蓄は、一万名が半年暮らせるだけの量があった。だがそれを全て放出したとしても、十五万のオークを養うには二週間分にも満たないのだ。

　つまり、四週間がタイムリミットという事である。

　さてどうしたものか……。

　この問題を突きつけると、皆が考え込んだ。

　誰一人として他人事とは思っていないようで、俺は少し嬉しくなった。

　これならば、同盟の成功は間違いないだろう。


　その時——

「食糧が足りないのですか？　ならば私、お役に立てると思うのです。私の守護する種族であるトレントもこの同盟に参加させて頂くのですから、早速活躍出来そうですわね」

　満面の笑みでトレイニーさんが請け負った。

　やはり、きっちりと同盟に参加するつもりだったようだ。しかしまあ、食糧問題は任せろと自信を見せてくれたので頼る事にする。

　良い知恵は出なかっただろうし、断る理由もない。

　こうして全ての議題を語り終え、長かった会議も終わりを迎えたのだった。

　そしてこの日、俺の名前が初めて歴史に刻まれたのである。

＊

　大同盟が成立したその日、それは魔物達にとって忘れる事の出来ない記念すべき日となった。

一人一人に名が授けられる事になったのだ。

なんて格好よく言ったけど、誰が名前を付けると思っているんだよ……。

オークだけで十五万って……無茶ぶりもいいとこだろ。この前ゴブリン五百匹に名前を付けるのに三日くらいかかったんだぞ⁉

十五万に名前を付けるとか、何日かかるんだって話ですよ。

今回は本気で逃げたいとも思ったのだが、オークの罪を喰う必要もある。

そもそも、本来Dランクのオーク達がC^+ランクにまで強化されているのだが、これは一ヶ月もせずに元に戻るのだ。

理由は簡単。オークロードの影響が失われたからである。

だからこそ、失われる魔素を俺が喰い、同等量を与える。これにより、俺が疲労せずに〝名〟を授ける事が可能となる。

だけどね、問題は名前を考える事なのだよ。こうなってくると、アルファベットを持ち出しても無理だ。

大種族毎にグループ分けしたり、セカンドネームを入れたりしても、管理が面倒になる。

残された道は、究極にして、至高。無限の可能性を秘めた、最強シリーズを用いるしかない。

そう、数字《ナンバー》だ。

国民総背番号とか言うけど、ぶっちゃけ管理する側からすれば数字は最高に便利なのだ。

という訳で、湿地帯にオーク達を整列させた。

勝手に名前を付けると嫌がるのでは？　とも思ったが、失われる魔素の効果が無くなると、体力の低下している彼等は死ぬ可能性があった。統率が取れない暴徒と化すおそれもある。

今回の騒乱の原因は、個体数の増加――つまり、増え過ぎである。そうした事態を二度と起こさぬ為にも、名付けは有効だった。

進化したら魔物としての格が上がるので、繁殖率が落ちるのはゴブリンで確認済みなのだ。

四の五の言っている場合ではない。というか、名付けは本人が嫌がったら拒否出来るとベニマルも言っていたし、嫌なら並ぶ必要はない。

その方が俺も楽だしそう告げたのだが、誰一人として列から離れる者はいなかった。

覚悟を決めるしかないだろう。

という訳で、苦行のような名付けが始まった。

大部族に山、谷、丘、洞、海、川、湖、森、草、砂、という具合に部族名を授ける。

山の部族なら、〝山―一M〟が名前となる。女性なら〝山―一F〟となるのだ。そこからの派生は任せた。

ぶっちゃけ、そこまで管理するのは無理だ。面倒過ぎる。

産まれた子供は、〝山―一―一M〟とでも派生していけばいいさ。適当にミドルネームや、アルファベットに対応するような言葉を入れるのもアリだな。

異なる部族間で子供が出来たら面倒かもしれないが、それは本人達が考えるべき問題だ。そこまで俺が関与する事はないだろう。


こうして俺はオーク達から魔素を喰らい、その代償に名前を授けていった。

部族毎に並ばせて、男女別に整列している為、結構サクサク名前を付ける事が出来たけど、時間はかかる。だけど、名前にいちいち悩まずにサクっと言うだけで終わるのが救いだった。

並んだ順番で名前も決まっているようなモノ。そこに親子がいようが、そんな事は知らん。

今後、自分達で納得してくれればそれでいい。

そんな感じで、迷わずに名前を付けていった。

記帳は各部族の代表に任せた。紙が無いので、間違いないかの確認だけだけど。

実際には、心配する事もなく、名付けられた本人が忘れる事はない。それ程に、自分の名前というのは特別なものなのだから。

人間と異なり、魂へ刻まれた名前はお互いにわかるモノなのだそうだ。

こうして、延々と名前を付け続ける。

一人に五秒かけずに。

それでも多少のロスは生じるので、結局名付けを終えるのに十日も費やしたのだった。

寝る間もなく強行出来たのは、『大賢者』のお陰であろう。しばらくは数字を聞くだけでもうんざりしそうである。

無論、俺が休む間もなく名前を付けている間、ベニマル達を遊ばせていた訳ではない。

トレイニーさんの案内で、トレントの集落へ向かわせた。

食糧の運搬を任せたのだ。

支援してくれる食糧で、本当に足りるのか心配していたのだが……。

トレントとは水と光と空気と魔素で生きている魔物であり、そもそも食事を必要としない。自らの魔素の余りを込めて果実を実らせるのだが、それを食べる者はいないのだ。

聖域内でしか移動出来ない種族である為、実った果実を集めて保管しているだけなのだという。

果実は魔法植物であり、乾燥させてしまえば腐る事はない。

ちなみにあとで知ったのだが、その状態になったものは、乾魔実《ドライトレント》という希少な果物として市場で取引されているそうだ。出回る量が少ない為、高額で取引される嗜好品なのだとか。何しろ他種族と交流のないトレントの特産品であり、滅多に流通しないのも頷ける。

高額な理由はもう一つある。乾魔実《ドライトレント》には、濃厚な魔素《エネルギー》が保有されているのだ。一粒で七日は活動可能となる程の。空腹も感じないというから素晴らしい。

まさに、天恵を凝縮したような果実だった。

その果実を、今回惜しげもなく提供してもらっている。これで、オーク達が飢えるのを回避出来るだろう。

運搬については心配していない。

戦争において、最も頭を悩ませるのが、兵站《へいたん》である。前線で戦う兵隊を飢えさせる事は、敗北を意味するからだ。大量の食糧を運搬するのは大変なのだ。

だが今回、果実はそんなに嵩張《かさば》らない。

問題となるのは、移動時間だが……。

それについては、嵐牙狼族が活躍した。

正確には、嵐牙狼族から進化した星狼族達《スターウルフ》が。

ランガが黒嵐星狼《テンペストスターウルフ》に進化した事で、眷属《けんぞく》である嵐牙狼族もスターウルフへと進化したのだ。

ランク的には個体がBランク。上位魔獣に匹敵する。最大数は百のままだが、そのうち増えそうな気配である。

更にはランガの代理として、星狼将《スターリーダー》というAランクの指揮個体が召喚されていた。これは『分身体』みたいなものだろう。ランガの意思で、出したり消せたりするようだ。

というか、そこまでして俺の影から出たくないのかランガよ……。

それは置いておく。

スターウルフの特筆すべき点として、全個体が『影移動』が可能なのだ。

ソウエイやランガのように、瞬間移動かと思う程速く移動する事は出来ないようだが、それでも圧倒的速度で目的地へ行ける。『影移動』だと、全ての抵抗なく直線で目的地まで直通となるのだ。

点と点を結ぶ最短距離を、通常速度の二倍で移動出来ると思えばいい。

筋力もそこそこあるスターウルフに、トレントの集落で食糧を背負わせてから運搬させる。

馬車で運搬するなら、遠回りしての移動となる為片道二ヶ月以上はかかるであろう距離を、一日で往復可能というから凄い。

いずれは馬車が通れる街道の整備も必要だろうが、今は問題とならなくて助かった。

ただし、騎手であるゴブリンは一緒に移動出来ない様子。息を止めている間しか『影移動』に付き合えないのだから仕方ない。

今後の練習次第ではわからないが、可能ならば出来るようになってもらいたいものだ。

一緒に行けないゴブリン達は、俺の手伝いでオークの整列を手伝わせている。

俺が働いているのにコイツ等を遊ばせるなど、そんな事は断じて認められないのだった。

こうして、一番の難関に思えた食糧問題も無事に片付いたのである。

＊

十日後。

くたくたになりつつも、俺は成し遂げた。

頭の中を数字が駆け巡っている。しんどい。

しかしだ。俺は、やり遂げたという満足感に包まれていた。

十五万だぜ？　数えるだけでもうんざりするってもんだよ。

その頃には食糧の分配も終わっていた。

一人に五十粒ずつ。無くすと飢える事になるので、皆真剣に受け取っていた。

名付けにより、豚頭族《オーク》は猪人族《ハイオーク》へと進化した。もっとも、今回は俺の魔力を用いていないので支配や被支配関係はない。

彼等が純粋に自分達の意思で同盟に参加し、協力していってくれるのを望むばかりである。

魔物の強さ的には、C^{+}ランクに近い状態だったのが、Cランクまで下がって落ち着いた。だけど、元はDランクだったのだし上等だろうと思う。

それに知性が上昇し、得た特質もそのまま残っているのだ。どのような状況にも適応する、応用力のある種族へ進化したと言えるだろう。

彼等は俺に礼を言い、各地に散っていく事になる。それに付き添うように、狼鬼兵部隊《ゴブリンライダー》が十名ずつ付いていく。

落ち着く先を確認し、テントの支援等を行う予定なのだ。そして技術指導を行い、各集落を作っていく事になる。

先は長いが、彼等もいずれは落ち着き、暮らし向きも向上するだろう。

移住予定地周辺の種族には、トレイニーさんが事前に通達を行ってくれている。あの人も魔法で移動しているらしく、あっという間に通達は完了したそうだ。

森の管理者からの通達に表立って不満を言う者はい

なかったそうだから、大きな問題は起きないと思いたい。知恵ある種族が住んでいない場所を選んでいるから、大丈夫だとは思うけどね。

　こうして、ハイオークはそれぞれの移住先へと向けて旅立っていったのだった。

　だが、これで終わりではない。

　俺は、最後に残った者達へと目を向けた。

　オークジェネラルとその一味が、どうしても俺のもとで働きたいと言い出したのだ。

　しかしなあ……と悩んでみたが、受け入れる事にした。

　考えてみれば、労働力が欲しいのは事実なのだ。町の建設にも人手が足りないし、食糧を圧迫する程の大人数でないなら問題ないだろう。

　そう考えて、気軽に受け入れる事にする。

　黒塗りの全身鋼鎧《フルプレートメイル》を着た約二千名に上る一団。豚頭親衛隊《オークエリート》の生き残りであった。体力があるからと、最後まで残っていたのである。

　俺達と共に来るのなら、彼等に地形シリーズの数字を割り振る訳にはいかない。

　さて、どうしたものか……。

　黄色いオーラだから色分けで数字を振る事にした。

　ざっと『解析鑑定』――シュナ同様、見ただけである程度の判別がつくようになった――でオークエリートを眺める。そして、俺の指示通りに並ばせた。

　男女の区別なく、強い者から順番に数字を割り振ったのだ。

　これが、後の黄色軍団《イエローナンバーズ》誕生の瞬間であった。

　そして最後に、オークジェネラルである。

　コイツには、俺の魔素を与える事になりそうな予感がする。

　名前は決めている。

　オークロード――魔王ゲルド――の意思を継いでくれると期待して――

「お前の名前は、豚頭魔王《オーク・ディザスター》ゲルドの遺志を継いでもらうべく〝ゲルド〟とする!!」

「ハハッ!!」

絡み合う視線、そして零れ落ちる熱い涙。

俺が名前を与えた瞬間、オークジェネラルの身体が黄色い妖気《オーラ》に包まれ進化が始まった。同時に奪われる大量の魔素。やっべ、やはりこうなるのか。

いつもの如く、俺は低位活動状態《スリープモード》に移行したのだった。


——オレは道を誤った。だが、満足している。最期に、満たされたのだ。

——ゲルド様、この俺——オレが貴方の意思と〝名〟を受け継ぎます。どうか、心安らかに。

——うむ。お前ももう、気に病むのは止めよ。父を諫められなかった事、誰も責めはしないのだ。あの時、生き延びたからこそ、オレがいる。それに……お前の罪もまた、消えたのだ。

——はい。オレはこの名にかけて、全ての罪を背負ってくれたあの方をお守りします。

——ああ……任せたぞ。


やはり大量の魔素が流れたようで、今回も深く眠ってしまった。

消費した魔素によって、意識の度合いが違うのかもな。

変な夢を見たような気もするが、内容は覚えていない。寝る事が無くなったので、夢を見るなんて貴重なんだけど。思い出せないのだから、諦めよう。

起き出してみると、やはりというかなんというか。

約二千名は進化し、ハイオークとなった。それも、全員C⁺ランクのままである。各方面に散った者達より強力な者達だったからだろう。

さて、ゲルドは——

「このオレの忠誠を、貴方様に!!」

と、起きぬけの俺に跪きつつ奏上してくれた。

堅苦しいヤツだと思ったのは秘密にしておこう。

そして、進化の具合はというと……。

なんとゲルドは、オークロードと同格である猪人王《オークキング》へと進化していた。

うん。そんな予感はしていたよ。

怪しさが無くなっただけで、ほとんど同じ存在なのだとか。

しかも、ユニークスキル『美食者』を獲得していた。『胃袋、受容、供給』という効果を持つようだ。あくまでも同族限定での『受容』と『供給』みたいだけど、配下の二千名が『胃袋』を共有出来るようになったらしい。

離れた場所へ物資を輸送とか出来るのだろうか？　兵站どころか、物流の常識を覆す出鱈目な能力なんじゃないかと思う。ただし、質量ではなく体積に依存するらしい。収納容量は俺並みにあるけれど、大きなモノを収納する事は出来ないようだ。目安としては、自分の体格に相当するモノまで。鎧を入れるくらいが限界のようである。ちなみに、俺の『胃袋』にはそんな制限はないけどね。

流石に、同族に死体を喰わせたりといった能力は失われていた。その必要が無くなったからだろう。スキルは、望む者の心に影響を受けるものなのだから。

魔素量《エネルギー》もかなり増大し、ベニマルと同程度のAランクとなっている。

こうしてオークジェネラルだった者は、魔王ゲルドが狂わなかったらこうなっていたであろう、理性と威厳を兼ね備えた魔人へと生まれ変わったのだった。

強力な配下が増えたと喜ぶべきだが、俺なんかに仕えて大丈夫なのか？

心配になったので、給料なんか出ないんだという事をきちんと伝えた。だが、ゲルドは穏やかな笑顔のままで、なんの問題もないと取り合ってくれない。

本人が良いと言っているのだし、大丈夫なのだろう。一応、衣食住は保障するのだし。

そのうち独立するなら、それはそれで良いだろう。ゲルドにはそんな気はさらさらない様子だったけれども。

とまあ、こうして壮絶な名付け作業は終わった。

帰る前に、リザードマンの首領に挨拶をする。

「慌ただしくてゆっくり挨拶も出来なかったですけど、今後も宜しくお願いしますね首領殿」

「これはこれはリムル様！　首領などと堅苦しく呼ぶのは止めて下され。逆に緊張してしまいますぞ」

俺の挨拶に、緊張しきりな首領。

というか、魔物は微妙な思念の波か何かで個体識別出来るらしいけど、俺にはそんな器用な真似は出来ない。名前がないと本当に不便なのだ。

「そう言われてもですね……。そうだ、首領はガビルの親父さんだと聞きましたし〝アビル〟と名乗って見ませんか？」

つい、思った事を口にする悪い癖が出た。

「なんですと!?」

驚愕と喜び。

こうして、挨拶ついでにリザードマンの首領にも名付ける事になったのだった。

流石にリザードマン全てに名付けるという事はなく、それは首領の方でなんとかするとの事。名のある戦士への誉れとして、今後は少しずつ名前を普及させていく事になるようだ。

のちに、リザードマンの中から龍人族《ドラゴニュート》が生まれるようになるのだが、それもまた俺の知る所ではないのだ。

こうして、全ての問題が片付いた。

実際には三週間程度しか経っていないが、本当に長く戦っていた気がする。

俺だけはマジで戦っていたようなものだけどね。デスマーチは本当に辛く厳しいものだったのだ。

早く帰って、ゆっくりと寛ごう。

森の騒乱は、こうして終息したのだった。

●

ガビルは、父親である首領——アビルの前に引き立てられてきた。

ガビルは戦の終了と同時に、牢に入れられていた。

朝と夕の二回食事を差し入れされるだけで、誰も何も言わない。そんな生活が二週間続いていた。

ガビルが謀反を起こしたのは事実なので、文句を言うでもなく受け入れていた。良かれと思ってしでかした事であったが、結果はリザードマンという種族が滅亡する寸前までいったのだ。

全て自分の責任であると、ガビルは認めていた。

言い訳する事は出来ないし、するつもりもない。ガビルは死刑になると考えていたが、その事に不満もなかった。

ただ、目を瞑れば思い出される。

最後に受けた、ゲルミュッドからの裏切り。今まで信じていた者から裏切られた事が、どうでも良い些事だと思える程の、衝撃的な出来事。

それは人間の姿をした魔人がゲルミュッドを圧倒する姿であり、魔王へと挑む姿。

今も思い出すのは、銀髪を靡《なび》かせる可憐な魔人の後ろ姿だ。

ガビルを庇うように立つその姿は感動的で、ゲルミュッドに裏切られた悲しみや悔しさといった感情を吹き飛ばした。

ガビルに残ったのは、崇拝にも似た想いだけである。


だが何よりも驚いたのは、その魔人がスライムへと変じた事だった。

その魔人こそ、ガビルが下等だと見下していたスライムだったのだ。

下等な魔物。そう思っていた。

それは間違いではないが、正解でもなかった。

あのスライムは、特別だったのだ。特殊《ユニーク》だとか名持ち《ネームド》だとかそんな次元の話ではなく、もっと特別な魔物。

叶うならば、ガビルは最後に問いたかった。

なぜ、自分を助けてくれたのか？　と。

騙されていただけの、なんの価値もないガビルを助ける理由など、リムルという名のあのスライムにはなかったハズなのだ。

こんな間抜けな自分など……。

この二週間、ガビルはずっとその事を考えていた。

ガビルは首領の前に立つ。

重い空気の中、ガビルはゆっくりと顔を上げた。

その目に映るのは、巌《いわお》のような父の姿である。

若々しく脈動するような力強さを感じさせるその体躯に、ガビルは目を見張った。

こんなにも力を感じさせる父に、自分が名前を持つというだけの理由で楯突くとは……。ガビルは自分の目が曇っていたのだと思い、それを悔やむ気持ちが湧いてきていた。

ただ少し、ガビルの記憶よりも力強くなっているような……いや、気のせいであろうとその考えを打ち払うガビル。そして真っ直ぐに、目の前に立つ父に視線を合わせた。

感情を見せない威厳のある父親。

(ああ——やはり、我輩は死罪か……)

冷徹な指導者としての父の目を見て、ガビルは納得した。

群れを率いる者が、弱みを見せる事は決してない。規律は守らなければ示しがつかないのだ。

恨みはない。それが掟であり、厳然たるルールなのだから。


黙って裁きを受けようと覚悟を決める。

首領の口が開いた。

「判決を申し渡す！　ガビルよ、お前は破門だ。二度と、リザードマンを名乗る事は許さぬ。また、ここへ戻る事も許さん。出て行くがいい‼」

え？

なん……だと？

父親の親衛隊に両腕を取られ、洞窟の外まで連行された。

そのまま外へと放りだされる。

呆然としているガビルに向けて、「忘れ物だ。それを持って去るがいい！」そう言いつつ、何かが投げつけられた。

荷物と一緒に纏められた、細長い包み。

手に持つ重みでわかった。これは、リザードマンの宝とも言える魔法武器《マジックウェポン》：水渦槍《ボルテクス・スピア》だと。

ガビルの目に涙が溢れ、何か言おうと父親を見る。

しかし、声に出す事は出来ない。自分は破門されたのだ。

万感の思いを込めて、父親に礼をする。

――ガビルよ、この儂〝アビル〟が健在である間は、リザードマンは安泰である。貴様は貴様の思うがままに生きるがよい。ただし、中途半端は許さぬ。肝に銘じるのだ――

頭を下げたガビルに、聞こえるハズのない父の声が聞こえた気がした。

――ハハッ!!　貴方に認めてもらえるような、立派な戦士になってみせます。あの方のもとで――

声なき返事をすると、ガビルは踵を返し歩き始める。

そして、振り向きもせずに進むのだ。

その心に譲れぬ決意を秘めて、ガビルは迷いながらも己の行く道を定めたのだから。

しばらく進むと、見慣れた集団がガビルの前に立ち塞がる。

「お待ちしておりました、ガビル様！」

ガビル配下の百名の戦士達である。

「な、何をしておるのだお前達!?　我輩は破門になったのだぞ？」

「関係ないですよ。我々はガビル様に仕える者ですので、ガビル様が破門なら我々も破門されてます」

「「「そうだそうだ!!」」」

などと、笑顔で笑い合う配下達。

本当に馬鹿な奴等だ、とガビルは思った。

ガビルの目に涙が溢れそうになったが、それは気合で吹き飛ばす。

ここは泣く場面ではないから。

父アビルのように威厳を込めて、ガビルは豪快に笑った。

「しょうがない奴等であるな！　わかった。我輩に着いて来い!!」

こうしてガビルは、仲間と共に歩き出す。

その歩みは先程までと異なり、自信に満ちたものであった。

ガビル達がリムルと合流するのは、これから一ヶ月後の事である。

終章

安らげる場所

Regarding Reincarnated to Slime

俺は自室で寛いでいた。

俺が帰り着いてから、三ヶ月以上経過している。

あれから色々あったのだ。

俺は、今回の騒ぎに思いを馳せた。

＊

蜥蜴人族《リザードマン》の首領アビルに挨拶を終えてから、練習がてら『影移動』で先に町まで帰って来た。確かに便利な能力で、思ったよりも早く移動する事が出来たのだ。

俺の帰還を喜ぶ者達に囲まれたので、とりあえずは皆が無事であると告げる。

それから心配していた者達に、事の顛末を話して聞かせたのだった。

これから町に住民が増えると知って、皆が大慌てで働き始めた。

不安が一掃され、活き活きと働き始める町の者達。

そして、やって来るであろう新たな仲間達の為の寝床が用意されたのだ。

誰からも不満は出ず、町での受け入れ態勢は整えられていった。

そうしている間に、ベニマル達が帰還した。猪人族《ハイオーク》を各地へと送り届けていた狼鬼兵部隊《ゴブリンライダー》達も、順々に町へと帰って来る。

そしてそれぞれが自分の仕事に戻り、普段通りの落ち着きを取り戻していったのだった。

町は急速に形を整えつつあった。

一ヶ月経たずに辿り着いたハイオーク達は、ドワーフや熟練の子鬼族《ゴブリン》の指導のもと、あっという間に仕事を覚えていったのだ。

カイジン曰く、「鍛えれば、ドワーフの工作兵に劣らぬ技術を持てるかも知れん！」との事。

町は労働力を得た事により、今まで滞っていた部分にも人手が入り一気に建設ラッシュとなったのだった。

並行して、物資の運搬も順次行われている。

自分達で使わなくなったテントを解体し、豚頭族《オーク》の各集落へと届けているのだ。

各地に散った狼鬼兵部隊《ゴブリンライダー》達も指導を適切に行っているのか、順調に根を張り生活基盤を整えているとの事。

町と移住先を往復し、連絡のやり取りや物資の運搬に協力していた。

各集落の特産品を、お互いに流通し合うシステムも生まれつつあるようだ。

大昔の物々交換の出だしのような状態ではあるが、自分達で考え行動を起こしているのは素晴らしい。

まあ、まだ大規模な農耕を出来る段階ではないのだが、少しずつそれも根付いていく事だろう。

未だ種類は少ないものの、結構根性のある芋の苗が出来ていた。これは、過酷な環境でも育つのである。栄養価もそこそこ高いので、贅沢を言わなければ生活は出来るようになるだろう。

それから少しずつ苗を配り、育成を指導した。

再来年辺りからは、ある程度の自給自足が可能となるのでは？　と期待している。


テントや苗の運搬には、ゲルドが役に立った。

ユニークスキル『美食者』の『胃袋』にて、小さな物資の運搬が行える。それは運搬というよりは転送に近く、ハイオークの移住先を繋ぐ運搬経路が確立したのである。

色々な制限があるとはいえ、反則に近い能力だった。

そしてゲルド本人は、『胃袋』で転送出来ないような大きな物資の運搬に携わっている。自分で主張しただけの事はあり、テントや資材を解体したものを『胃袋』に収納し、各地へと配達してまわっていた。

この運搬に一役買ったのが、星狼族《スターウルフ》達だ。『影移動』という便利なスキルを駆使し、各地を転々としている。

それに目を付けたのがゲルドであり、『影移動』に耐えられるように練習したのだ。

ゲルドは真面目に取り組み、真っ先に『影移動』に耐えられるようになった。自分自身では扱えないが、スターウルフに便乗する事は出来るようになったのだ。

そこからは早かった。

何しろ、山岳地帯への配達を徒歩で行うならば何ヶ月もかかるのだ。それを一日で往復可能となったのだから、各集落との連絡網の整備も捗るというものである。

郵便事業の走りのようなものだ。

木板にある程度の内容を記入し、回覧板のように各集落を巡回させるのだ。

文字を書ける者がいないので、伝言を伝えるだけなのが怖いけど……。

そのうちに文字のような伝達手段を考える必要がありそうである。『思念伝達』も、流石に距離が遠過ぎて無理だしね。

今後の課題であった。


各々の部族間集落間での繋がりも確かなものとなり、次第に生活も安定し始めた。

こうして、時は流れていく。


そうこうしているうちに、ゴブリン達が一族郎党を引き連れてやって来た。

どうせなら、コイツ等にも名前を付けてやった方が良いだろう。

他種族を見下すな、と自分で言った事だし責任は果たさねばならない。ここで受け入れただけでは、能力の低さから格下を見下す土壌を生みかねないしな。

緑色っぽい肌色だし、緑色と数字を割り振って名前を付ける事にする。

しかし、次から次へと名付けとは……。

ゲルミュッドの奴がかけて来た死者之行進《デスマーチ》の本当の効果が、遅れてやって来たのかもしれん。実は恐ろしい奴だったのかも。

そんな事をチラリと思ったりしたのだった。

ちなみに、この時のゴブリン達が後の緑色軍団《グリーンナンバーズ》となる。ハイオークからなる黄色軍団《イエローナンバーズ》と双璧を成す主力軍団となるのだが、それもまた俺の知る所ではないのだった。

俺が燃え尽きたように名前を付け終わった頃、ようやく町に住む魔物達全員に家が行き渡った。

ゴブリン達は纏めて寄宿舎のような建物に住んでもらう事になったが、それでもテントよりはマシだろう。

上下水道も先に整備しているが、流石に各家々に水道を引くような余裕はなかった。各所に汲み上げ式の井戸も設置したので、かなり文化的な町となっている。

トイレが水洗なのも素晴らしい。

汲み取った水を手動でトイレに設置した桶に補給する必要はあるけれど、力ある魔物には些細な問題だ。

排泄の必要がない奴等もいるけどね。俺もだし。

だが、町のそこかしこが匂うなど問題外である。ここは譲れない点だと思ったので、こだわったのだ。

まだまだ成果の出ていない分野も多いので、これからも町を盛り立てていきたいものである。

＊

こうして、慌ただしくも体裁が整った。

今やこの地にて、俺を頼って集って来た一万を超える魔物達が暮らしている。そして、この地がより良い場所となるように、皆で協力し合って頑張っていた。

俺達の――安住の地として。

ようやく、魔物の町が出来たのだ。

PRESENT STATUS

ゲルド

Gerudo

種族 Race — 豚頭魔王《オーク・ディザスター》

加護 Protection — 魔王種

称号 Title — 仮初の魔王

魔法 Magic — 回復魔法

ユニークスキル Unique Skill — 飢餓者

エクストラスキル Extra Skill — 魔力感知 外装同一化 剛力

コモンスキル Common Skill — 威圧 強化 魚鱗装甲 自己再生

耐性 Tolerance — 炎熱攻撃耐性 電流耐性 物理攻撃耐性 麻痺耐性

PRESENT STATUS

リムル＝テンペスト

Rimuru Tempest

種族 Race	スライム（人化可能）
加護 Protection	暴風の紋章
称号 Title	魔物を統べる者
魔法 Magic	元素魔法…水氷大魔槍《アイシクルランス》
ユニークスキル Unique Skill	大賢者　変質者　暴食者
エクストラスキル Extra Skill	音波感知　影移動　黒雷　黒炎　剛力　身体強化　多重結界　超嗅覚　超速再生　熱源感知　粘鋼糸　万能変化　分子操作　分身体　魔力感知
コモンスキル Common Skill	威圧　思念伝達　身体装甲　毒霧吐息　麻痺吐息
耐性 Tolerance	痛覚無効　熱変動無効　腐食無効　電流耐性　物理攻撃耐性　麻痺耐性
擬態 Mimicry	炎巨人　黒狼　黒蛇　ムカデ　蜘蛛　蝙蝠　蜥蜴　子鬼　豚頭

あとがき

お久しぶり、もしくは初めまして、伏瀬と申します。

今回も後書きを書く事になり、何を書こうかと思案いたしました。

僕は後書きを先に読む派なのですが、後書きだけでその作品を買うかどうかを決める事もあります。

いや、買うのを止めようと思う事は滅多にないのですが、これは買おう！　と思った事が何度かあるという程度なんですけどね……。

そういう訳で、これが二度目だというのに緊張していたりします。


さて二巻ですが、ＷＥＢ版での描写不足などを補いつつ改稿したものとなっております。

今回も番外編を入れる予定でしたが、増量し過ぎてページ数が一杯になってしまい番外編を断念する程に書き加えております。

流れはＷＥＢ版を踏襲しつつ話の展開は違ったものとなりましたが、どうだったでしょうか？

ＷＥＢ版を読んだ方に、より深い物語となったと感じて頂けたなら嬉しいです。

ＷＥＢ版『転生したらスライムだった件』は、無事に完結する事が出来ました。

番外編や外伝は書く予定があるのですが、それは置いておいて……。

次は書籍版での完結を目指したいと思いますので、今後とも応援を宜しくお願いします！

GC NOVELS

転生《てんせい》したらスライムだった件《けん》 ②

2014年9月6日　初版発行
2022年10月15日　第22刷発行

著者　伏瀬《ふせ》
イラスト　みっつばー

発行人　武内静夫
編集　伊藤正和／関戸公人／山口拓真
装丁　横尾清隆（マイクロハウス）
印刷所　株式会社平河工業社
発行　株式会社マイクロマガジン社
〒104-0041　東京都中央区新富1-3-7　ヨドコウビル
[販売部]TEL 03-3206-1641／FAX 03-3551-1208
[編集部]TEL 03-3551-9563／FAX 03-3551-9565
https://micromagazine.co.jp/

ISBN978-4-89637-473-5　C0093

《千変万化》VS
最凶・精霊人の呪い！
嘆きの亡霊は引退したい
Nageki no bourei ha intai shitai
～最弱ハンターによる最強パーティ育成術～
9
著：槻影
Tsukikage
イラスト：チーコ
Chyko
10月28日発売
B6判／定価:1,320円(本体1,200円+税10%)

第一部、
堂々の完結
一色一凛
Illustration by fame
暴食のベルセルク
Berserk of Gluttony
俺だけレベルという概念を突破する
Ⅷ
10月28日発売
B6判／定価:1,100円(本体1,000円+税10%)